老天津

津门寻踪

景　灏◎编

图书在版编目（CIP）数据

津门寻踪：老天津 / 景灏编 . -- 济南：泰山出版
社 , 2024.8
（老城趣闻系列丛书）
ISBN 978-7-5519-0758-3

Ⅰ . ①津… Ⅱ . ①景… Ⅲ . ①散文集—中国—当代
Ⅳ . ① I267

中国版本图书馆 CIP 数据核字（2022）第 258306 号

JINMEN XUNZONG：LAO TIANJIN
津门寻踪：老天津

编　者	景　灏
责任编辑	徐甲第
特约编辑	史俊南
装帧设计	蔡海东

出版发行	泰山出版社
社　址	济南市泺源大街 2 号　邮编　250014
电　话	综　合　部（0531）82023579　82022566
	市场营销部（0531）82025510　82020455
网　址	www.tscbs.com
电子信箱	tscbs@sohu.com
印　刷	山东华立印务有限公司
成品尺寸	160 毫米 ×235 毫米　16 开
印　张	19
字　数	240 千字
版　次	2024 年 8 月第 1 版
印　次	2024 年 8 月第 1 次印刷
标准书号	ISBN 978-7-5519-0758-3
定　价	68.00 元

目　录

饿乡纪程（节选）

瞿秋白

一

无　涯

蒙昧也人生！

霎时间浮光掠影。

晓凉凉露凝，

初日熹微已如病。

露消露凝，人生奇秘。

却不见溪流无尽藏意；

却不见大气潆洄有无微。

罅隙里，领会否，个中意味？

"我"无限。"人"无限。

笑怒哀乐未厌，

漫天痛苦谁念，

倒悬待解何年？

知否？知否？倒悬待解，

自解解人也；

彻悟，彻悟，饿乡去也，

饿乡将无涯。

一九二〇，十二，一，哈尔滨。

山东济南大明湖畔，黯黯的灯光，草棚底下，一张小圆桌旁，坐着三个人，残肴剩酒还觑着他们，似乎可惜他们已经兴致索然，不再动箸光顾光顾。……其中一个老者，风尘憔悴的容貌，越显着蔼然可亲，对着一位少年说道："你这一去……随处自去小心，现在世界交通便利，几万里的远路，也不算什么生离死别……只要你自己不要忘记自身的职务。你仔肩很重呵！……"那少年答应着站起来。其时新月初上，照着湖上水云相映，萧萧的芦柳，和着草棚边乱藤蔓葛，都飕飕作响。三人都已走过来，沿着湖边，随意散步，秋凉夜深时，未免有些寒意。对着这种凄凉的境界，又是远别在即，叫人何以为情呢？

我离中国之前，同着云弟垚弟住在北京纯白大哥家里已经三个年头；我既决定要到俄国去，大约预备了些事物，已经大概妥当之后，就到济南拜别我父亲。从我母亲去世之后，一家星散，东飘西零，我兄弟三个住在北京，还有两弟一妹住在杭州四伯父跟前，父亲一人在山东。纯哥在京虽有职务，收入也很少。四伯做官几十年，清风两袖，现时中国官场，更于他不适宜，而在中国大家庭制度之下，又不得不养育全家，因此生活艰难得很。我亲近的支派家境既然如此，我们弟兄还不能独立，窘急的状况也就可想而知。所以我父亲只能一人住在山东知己朋友家里，教书糊口。在中国这样社会之中既没有阔亲戚，又没有钻营的本领，况且中国畸形的社会生活使人失去一切的可能，年纪已近半百，忧煎病迫，社会还要责备他尽什么他所能尽的责任呢？我有能力，还要求发展，四围的环境既然如此，我再追想追想他的缘故，这问题真太复杂了。我要求改变环境：去发展个性，求一个"中国问题"的相当解决，——略尽一分引导中国社会新生路的责任。"将来"里的生命，"生命"里的将来，使我不得不忍耐"现在"的隐痛，含泪暂别我的旧社会。我所以决定到俄国去走一走。我因此到济南辞别我亲爱不忍舍的父亲。

当那夜大明湖畔小酒馆晚膳之后，我父亲的朋友同着我父亲和我，回到他家里去。父亲和我同榻，整整谈了半夜，明天一早就别了他上火车进京。从此不知道什么时候才能相见呢！

济南车站上，那天人不大多，待车室里只有三四个人。待车室外月台上却有好些苦力，喘息着。推车的穷人，拖男带女的背着大麻布包，破笼破箱里总露着褴褛不堪的裙子衣服。我在窗子里看着他们吸烟谈笑，听来似乎有些是逃荒出去的，——山东那年亦是灾区之一。——有的说，买车票钱短了两毛，幸而一位有良心的老爷赏给我半块钱，不然怎能到天津去找哥哥嫂嫂，难道饿死在济南破屋子里么？又有一个女人嚷着："买票的地方挤得要死，我请巡警老爷替我买了，他却要扣我四毛钱，叫我在车上拿什么买油果子吃呢！"——"怎么回事……"忽听着有人说，火车快来了。我回头看一看，安乐椅上躺着的一位"小老爷"，戴着一副金丝眼镜，上身一件半新不旧的玄色缎马褂，脚上缎鞋头上已经破了两个小窟窿，正跷着两腿在那里看北京《顺天时报》上的总统命令呢。我当时推门走出待车室。远看着火车头里的烟烘烘的冒着，只见一条长龙似的穿林过树的从南边来了。其时是初秋的清早，北地已经天高风紧，和蔼可亲的朝日，虽然含笑安慰我们一班行色匆匆的旅客，我却觉得寒风飕飕有些冷意，看看他们一些难民，身上穿的比我少得多，倒也不觉得怎么样冷。火车来了。我从月台桥上走过，看见有一面旗帜，写着"北京学生联合会灾区调查团"，我想他们来调查灾区，——也算是社会事业的开始。——也许有我们"往民间去"的相识的同志在内。过去一看，只见几个学生，有背着照相架的，有拿着钞本簿籍的，却一个也没有相熟的。火车快开，也就不及招呼，一走上车了。

天津东站

我坐的一辆车里，只五六个人。中间躺着两个人：一个是英国工头模样，一个广东女人，他的妻子，两人看来是搭浦口天津通车到天津去的。英国人和他妻子谈着广东话，我一句也不懂。停一忽儿，茶房来向他们说了几句话，意思是说，今天火车到天津了，讨几个酒钱。英国人给他一块钱。茶房嫌少，不肯接。英国人发作起来，打着很好的上海话说道："你们惯欺外国人！你可得明白，我在中国住了三十多年，什么事我不知道！为什么两个人必得给你两块钱？不要就算了。"我听得奇怪——这种现象，于中英两民族交接的实况上很有些价值，因和他攀谈攀谈，原来他也是进京，就那东城三条胡同美国人建筑医院的豫王府工程处的工头之职，谈起来，他还很会说几句北京话呢。

一个坐在车里，寂寞得很，英国人又躺下睡着了。我呆呆的坐着思前想后，也很乏味，随手翻开一本陶渊明的诗集，看了几页又放下了。觉着无聊，站起来凭窗闲望。半阴半晴的天气，烟云飞舞，一片秋原，草木着霜，已经带了些微黄，田地里禾麦疏疏朗朗，显得很枯瘠似的，想起江南的风物，究竟是地理上文化上得天赋较厚呵。火车的轮机声，打断我的思潮，车里却静悄悄地，只看着窗外凄凉的天色似乎有些雨意，还有那云山草木的"天然"在我的眼前如飞似掠不断的往后退走，心上念念不已，悲凉感慨，不知怎样觉得人生孤寂得很。猛然看见路旁经过一个小村子，隐约看见一家父子母女同在茅舍门口吃早饭呢。不由得想起我与父亲远别，重逢的时节也不知道在何年何月，家道又如此，真正叫人想起我们常州诗人黄仲则的名句来："惨惨柴门风雪夜，此时有子不如无。"……

这天当夜到天津，第二天就进京，行期快了。其时正是一九二〇年十月初旬光景。

二

生活也好似行程。青山绿水，本来山阴道上，应接不暇。疾风迅雷，清阴暖日，就是平平常常一时一节的心绪，也有几多自然现象的反映。何况自然现象比社会现象简单的多，离人生远得多。社会现象吞没了个性，好一似洪炉大冶，熔化锻炼千万钧的金锡，又好像长江大河，滚滚而下，旁流齐汇，泥沙毕集，任你鱼龙变化，也逃不出这河流域以外。这"生命的大流"虚涵万象，自然流转，其中各流各支，甚至于一波一浪，也在那里努力求突出的生活，因此各相搏击汹涌，转变万千，而他们——各个的分体，整个的总体——都不知道自己，不知道自己的转变在空间时间中生出什么价值。只是蒙昧的"动"，好像随"第三者"的指导，愈走愈远，无尽无穷。——如此的行程已经几千万年了。

人生在这"生命的大流"里，要求个性的自觉（意识），岂不是梦话！然而宇宙间的"活力"，那"第三者"，普遍圆满，暗地里作不动不静的造化者，人类心灵的谐和，环境的应响，证实天地间的真理。况且"他"是"活力"，不流转而流转，自然显露，不着相而着相，自然映照。他在个性之中有，社会之中亦有，非个性有，非社会有，——似乎是"第三者"而非第三者。

"生命大流"的段落，不能见的，如其能见，只有世间生死的妄执，他的流转是不断的；社会现象，仍仍相因，层层衔接，不与我们一明切的对象，人生在他中间，为他所包涵，意识（觉）的广狭不论，总在他之中，猛一看来，好像是完全汩没于他之内。——不能认识他。能认识他的，必定得暂舍个性的本位。——取第三者的地位："生命大流"本身没有段落，可以横截他一断；社会现象不可认识，有个性的应和响；心灵的动力不可见，有环境为其征象。

在镜子里看影子，虽然不是真实的……可是真实的在那里？……

"人生都是社会现象的痕迹，社会现象都是人生反映的蜃楼。"社会吞没了一切，一切都随他自流自转。我如其以要求"突出生活"的意象想侵犯"社会"的城壁，要刻划社会现象的痕迹，要……，人家或者断定我是神经过敏了。

中国社会组织，有几千年惰性化的（历史学上又谓之迟缓律）经济现象做他的基础。家族生产制，及治者阶级的寇盗（帝皇）与半治者阶级的"士"之政治统治包括尽了一部"二十四史"。中国周围的野蛮民族，侵入中国文化，使中国屡次往后退，农业生产制渐渐发达，资本流通状态渐渐迁移，刚有些眉目，必然猛又遇着游牧民族的阻滞。历史的迟缓律因此更增其效力。最近一世纪，已经久入睡乡的中国，才朦朦瞳瞳由海外灯塔上得些微光，汽船上的汽笛唤醒他的痴梦，汽车上的轮机触痛他的心肺。旧的家族生产制快打破了。旧的"士的阶级"，尤其不得不破产了。畸形的社会组织，因经济基础的动摇，尤其颠危簸荡紊乱不堪。

我的诞生地，就在这颠危簸荡的社会组织中破产的"士的阶级"之一家族里。这种最畸形的社会地位，濒于破产死灭的一种病的状态，绝对和我心灵的"内的要求"相矛盾。于是痛，苦，愁，惨，与我生以俱来。我家因社会地位的根本动摇，随着时代的潮流，真正的破产了。"穷"不是偶然的，虽然因家族制的维系，亲戚相维持，也只如万丈波涛中的破船，其中名说是同舟共济的人，仅只能有牵衣悲泣的哀情，抱头痛哭的下策，谁救得谁呢？我母亲已经为"穷"所驱逐出宇宙之外，我父亲也只是这"穷"的遗物。我的心性，在这几几乎类似游民的无产阶级（lumpen proletariat）的社会地位中，融陶铸炼成了什么样子我也不能知道。只是那垂死的家族制之苦痛，在几度的回光返照的时候，映射在我心里，影响于我生活，成一不可灭的影像，洞穿我的心胸，震颤我的肺肝，积一深沉的声浪，在这蜃楼海市的社会里；不久且穿透了万重疑网反射出一心苗的光焰来。

　　我幼时的环境完全在破产的大家族制度的反映里。大家
族制最近的状态，先则震颤动摇，后则渐就模糊澌灭。我单就
见闻所及以至于亲自参与的中国垂死的家族制度之一种社会现
象而论，只看见这种过程，一天一天走得紧起来。好的呢，人
人过一种枯寂无生意的生活。坏的呢，人人——家族中的分
子，兄弟，父子，姑嫂，叔伯，——因经济利益的冲突，家庭
维系——夫妻情爱关系——的不牢固，都面面相觑戴着孔教的
假面具，背地里嫉恨怨悱诅咒毒害，无所不至。"人与人的关
系"已在我心中成了一绝大的问题。人生的意义，昏昧极了。
我心灵里虽有和谐的弦，弹不出和谐的调。……

　　我幼时虽有慈母的扶育怜爱；虽有江南风物，清山秀水，
松江的鲈鱼，西乡的莼菜，为我营养；虽有豆棚瓜架草虫的天
籁，晓风残月诗人的新意，怡悦我的性情；虽亦有耳鬓厮磨哝
哝情话，亦即亦离的恋爱，安慰我的心灵；良朋密友，有情意
的亲戚，温情厚意的抚恤，——现在都成一梦了。虽然如此
呵！惨酷的社会，好像严厉的算术教授给了我一极难的天文学
算题，闷闷的不能解决；我牢锁在心灵的监狱里。"内的要
求"驱使我，——悲惨的环境，几乎没有把我变成冷酷不仁的
"畸零之人"，——我决然忍心舍弃老父及兄弟姊妹亲友而西
去了。

三

　　小小的院落，疏疏的闲花闲草，清早带些微霜，好像一任
晓风飐拂摇移，感慨有些别意，仿佛知道，这窗中人快要离他
们远去万里了。北京四年枯寂的生涯，这小小的院落容我低徊

俯仰，也值得留一纪念，如今眼看别离在即，旧生涯且将告一段落，我也当有以安慰安慰这院落中的旧伴呵。可是呢。……我没离故乡之前，常州红梅阁的翠竹野花，环溪的清流禾稼，也曾托我的奇思遐想。母亲去世，一家星散，我只身由吴而鄂，由鄂而燕。黄陂铁锁龙潭的清波皓月，也曾使我低徊留恋；以至于北京南湾子头的新柳，丝丝的纤影，几番几次拂拭我的悲怀诗思。我又何独对于这小院落中奄奄的秋花格外深情呢？"自然"向不吝啬他自己的"美"，也未必更须对我卖弄，——我只须能尽量享用，印取他的"美"意，自尉偏枯悲涩的心怀，离别便离别，一切不过"如是而已"。

我离山东回到北京之后，匆匆的整理行装，早夜疲乏，清晨起来没精打彩的坐着，不知道辜负了这小院秋花的多少好意。我纯哥的家庭，融融泄泄，安闲恬静的生涯虽说不得，隐隐地森严规律的气象，点缀些花草的闲情雅意，也留我许多感想。我因远别在即，黄昏时归来就同哥嫂家常闲话，在北京整整的住了四年，虽纯哥是按"家庭的旧道德"培植扶助我，我又被"新时代的自由神"移易了心性，不能纯然坐在"旧"的监狱里，或者有和他反背的意见，——纯哥当初竭力反对我到俄国去，以为自趋绝地，我却不是为生乃是为死而走，论点根本不同，也就不肯屈从，——到现在一切都已决定，纯哥亦就不说什么，勉励我到俄国后专门研究学问，不要半途而辍。兄弟的情分，平常时很觉泛泛，如今却又有些难舍。——人生生活的剧烈变更，每每使心理现象，出于常规，向一方面特别发展。我去国未决定以前，理智强烈，已决定后，情感舒展伸长，这一时期中总觉得低徊感慨之不尽。然而走得已决定走的了。我这次"去国"的意义，差不多同"出世"一样，一切琐琐屑屑"世间"的事，都得作一小结束，得略略从头至尾整理一番。哥嫂的谈话，在家事上也帮助我不少。

应整顿的事繁琐得很。母亲死时遗下的债务须得暂时有个交托，——破产的"士的阶级"大半生活筑在债台上，又得保持旧的"体面"，不让说是无赖呵！——旧时诗古文词稿，虽则已经视如敝屣，父亲却要他做个纪念，须得整理出来；幼时的小伴，阔别已经好几年，远在江南，不能握别，须得写封信告辞。总之当时就知道俄国远处万里，交通梗塞，而且我想一去不知道甚时才能回来（生命于我无所重轻），暂时须得像永告诀别似的，完一番"人间的"手续。于是抽出这几天晚上整理整理。

儿时的旧伴，都已星散了，谁还管得谁？然而我写信时，使我忆及我一少寡的表姊。他现在只他一人同一遗腹子孤苦伶仃的住在母家，我姑母受儿媳的供养已是很为难，何尝能好好周顾到他呢。姑母家是地主，然而生活程度随着渐渐欧化的城市生活增高，农业生产，却因不能把他随着生活程度增高的雇工价值核计，不会处置变态中的农地生产资本，而且新由大家族经济变成个人经济，顿然现出濒于破产的现象。于是我表姊的寄生中之寄生生涯，精神苦痛不可言喻。还有一个表姊，从小没有母亲，和我一处长大的，他家亦是破产的"士的阶级"，丈夫是小学教员，儿女非常的多，非但自己创不起小家庭，还非得遵从家庭经济的原则，所谓仰事俯蓄，艰难得很。我表姊感着"中国妇女的痛苦"，每每对于生活起疑问。他又何尝能解决他呢？

夜深人静，灯光黯黯的笼罩着人的愁思。晚风挟着寒意，时时到窗隙里来探刺。握着笔要写又写不下去：旧话重提有什么意味？生活困难，心绪恶劣，要想得亲近人的慰藉，这也是人情，可是从何说起！亲人的空言虽比仇人的礼物好，究竟无益于事。况且我的亲友各有自己阶级的人生观，照实说来，又恐话不投机，徒然枉费。中国的社会生活，好像朦胧晓梦，模糊得很。人人只知道"时乖命蹇"，那知生活的帐子里有巨大的毒虫以至于蚊蚋，争相吸取他们的精血呢？大千世界生命的疑问不必提起。各人吃饭问题的背后，都有世界经济现象映着，——好像一巨大的魔鬼尽着在他们所加上去的正数旁边画负号呢。他们怎能明白！我又怎能一一的与以慰藉！几封诀别的信总算写完了。

我记得，我过天津的时候，到亲戚家去，主人是我世交，又是我表姊丈。他们知道我有远行，开瓶白兰地酒痛饮半宵。我这位表姊，本是家乡的名美人，现在他饱经世变，家庭生活的苦痛已经如狂风骤雨扫净了春意。那天酒酣耳热，大家吃着茶对着烟灯谈话。表姊丈指着烟盘道："我一月赚着五六十块钱，这东西倒要去掉我六十元。你看怎么过？"表姊道："他先前行医也还赚几个额外的钱。他却懒得什么似的，爱去不去，生意怎么能好？铁路局里面的事情，还是好容易靠着我们常州'大好老'（这是常州话，指京里的大官说的）的面子弄着的，他也是一天去，两天不去。事情弄掉了，看怎么样！……"他女儿丰儿忽然插话对我说道："双舅舅，双舅舅。你同我上北京去罢？去看三姨，三姨上次来我家里，和娘娘谈天，后来不知道怎么还淌眼泪来呢。……"茶已经吃完了，烟也抽了不少了。我的醉意也渐渐醒了。……那天从他们家里回客栈，不知怎么，天津的街市也似乎格外凄凉似的。……

我记得，北京西城一小公寓，短短的土墙，纸糊的窗格，院子里乱砌着鸡冠凤仙花，一见着就觉得一种极勉强极勉强的城市生活的光景。我那天去看亲戚，进了他的屋子，什物虽收拾得整整齐齐，地方究竟太窄些。我告诉了我这表舅母快要到

天津的街景（一）

天津的街景（二）

俄国去的话。他道："这样亦好。你母亲一世愁穷，可惜等你学好了本事，他再也看不见了。"我道："这也罢了！我是很爱学的。穷迫得紧，几乎没有饿死，学不成学得成又是一事。一点希望本只在自己。第一次从常州出门求学，亏得你当了当头借给我川资。这次出去求学，也刚巧借着了钱。究竟穷是什么事，暂且不放他在心上。……"我去国的志愿究竟在什么地方，不能表示出来，现在中国社会思想，截然分了两个世界，新旧的了解是不可能的。——表舅母接着问道："你在天津看你二表姊去没有？他姑爷还吸鸦片么？"我道："怎么不吸？"他叹道："像我们这样丝毫没有的人家也不用说了。他们这般公子少爷，有了财产拼命浪费；——也难怪他，他父亲不会教训，和儿子是一样的货。'有'的时候，不知道上进。现在'没'了，看怎么样。他却还吸烟！现今还比得从前吗？……像你表舅，从小没钱求学。现在一家两口，东飘西走，一月进款三四十元，够什么！这个那个小机关上的小官员，如此景况的人成千成万。现在的世界，真不知道是什么世界！……"接着又问道："三小姐到京了，你去看他没有？"我说我看见过了。他道："三小姐这桩亲事，真正……小孩子时候就定亲许人家，最坏事。幸而他们夫妻还亲爱。不过姑爷中文都不大好，又不能做什么事，生计是……将来很艰难呵。……"

我记得，我心灵里清纯洁白一点爱性，已经经过悱恻缠绵的一番锻炼。如今好像残秋垂柳，着了严霜，奄奄地没有什么生意了。枯寂的生活，别有安闲的乐趣。然而外界偶然又有感触，即使一片云影，几朵落花，也能震动我的心神。我的心神现在虽已在别一个世界，依旧是……何况，这又和旧时代的精神密切相关，是旧社会生活的遗迹，感动了我别方面的感慨，更深了我的"人与人之关系"的疑问呢？……这一天，我看三妹去，他说："我刚从南边来，你又要到北边去了！……我一个人离母家这样远，此地好像另一世界似的。满北京只有一两个熟人。西城的你的表舅母，却到我这里来过了，你近来看见他没有？他是我们家乡旧时的熟人。我总盼望他来谈谈话。……冷静得教人烦闷。家里母亲大姊不知道怎样？他（指他的新婚而言）又懒，我又不会写信，你替我写封信给你姑母和天津的二姊罢。……你几时动身到俄国去，俄国离中国有多远，在什么地方呢？……"

我答道："我大概一两礼拜后就走。你有空到纯哥那里看看，明后天我在家。……信，容易得很，我写就是了。我在天津，看见二姊，丰儿要想到北京来看你呢。呀！时光过得真快，丰儿都这样大了。我们一别，不是四五年了么？现在又得分手，人生还不是驿站似的。……"半晌大家不言语。我无意的说道："妹婿要能在什么衙门或是银行找个事情才好，三妹，你看怎么样？"他道："自然呢！不过我也不知道要怎样托托人情才行。我真为难，我还不过是一个小孩子，现在样样事要担些斤量，怎么样好？"我答道："不要紧，事情慢慢的找就是了，一切不知道的，你可以去问问纯哥纯嫂。"——做新妇的时代，是中国妇女一生一世的紧要关头。——"你的小叔子，小姑娘还算是好的。"他道："也就这样罢了。想起我们那时在环溪，乡下地方，成天的一块儿玩，什么亦不管……"我这天去看他，本想早些回家，不知不觉谈到黄昏时候。北京城南本来荒僻，我从他那里回家到东城，路却不少。出了他们大门，正是秋夜时分，龙泉寺边的深林丛树时时送出秋声，一阵一阵萧萧的大有雨意，也似催人离别。满天黑云如墨，只听得地上半枯的秋草，飕飕作响。那条街上，人差不多已经静了，只有一星两星洋车上的车灯，远远近近的晃着。远看正阳门畔三四层的高洋房，电光雪亮的耀着……

过去的留恋，心理现象情绪中的自然状态，影响于人的个性却也不少。况且旧社会一幅一幅的画呈显于吾人之前，又是我们所要解决的社会问题的对象。个性的突变没有不受社会环境的反映的。可是呢，"过去的留恋"呵，你究竟和我的将来有什么印象，可以在心灵里占一不上不下的位置呢？我现在是万缘俱寂，一心另有归向了。一挥手，决然就走！

四

二十世纪的开始，是我诞生的时候，正是中国史上的新纪元。中国香甜安逸的春梦渐渐惊醒过来，一看已是日上三竿，还懒懒的朦胧双眼欠伸着不肯起来呢。从我七八岁时，中国社会已经大大的震颤动摇之后，那疾然翻复变更的倾向，已是猛不可当，非常之明显了。幼年的社会生活受这影响不小，我已不是完全中国文化的产物；更加以经济生活的揉挪，万千变化都在此中融化，我不过此中一份而已。

二十年来思想激变，一九一一年的革命证明中国旧社会的破产。可惜，因中国五十年的殖民地化使中国资产阶级抑压他的内力，游民的无产阶级大显其功能，成就了那革命后中国社会畸形的变态。资产阶级"自由平等"的革命，只赚着一舆台奴婢匪徒寇盗的独裁制。"自由""平等""民权"的口头禅，在大多数社会思想里，即使不生复古的反动思潮，也就为人所厌闻，——一激而成厌世的人生观：或是有托而逃，寻较远于政治科学的安顿心灵所在，或是竟顺流忘反，成绮语淫话的烂小说生涯。所以当我受欧化的中学教育时候，正值江南文学思想破产的机会。所谓"欧化"——死的科学教育——敌不过现实的政治恶象的激刺，流动的文学思潮的堕落。我江苏第五中学的同学，扬州任氏兄弟及宜兴吴炳文都和我处同样的环境，大家不期然而然同时"名士化"，始而研究诗古文词，继而讨究经籍；大家还以"性灵"相尚，友谊的结合无形之中得一种旁面的训育。然而当时是和社会隔离的。后来我因母亲去世，家庭消灭，跳出去社会里营生，更发见了无量无数的"？"。和我的好友都分散了。来一穷乡僻壤，无锡乡村里，当国民学校校长，精神上判了无期徒刑。所以当时虽然正是袁世凯做皇帝梦的时候，政治思想绝对不动我的心怀。思想复古，人生观只在于"避世"。

唯心的厌世梦是做不长的。经济生活的要求使我寻扬子江而西。旧游的瓜洲，恶化的秦淮，长河的落日，皖赣的江树，和着茫无涯涘的波光，沉着浑噩的波声，渗洗我的心性，舒畅我的郁积，到武昌寻着了纯哥，饥渴似的智识欲又有一线可以充足的希望。——饭碗问题间接的解决法。同时却又到黄陂会见表兄周均量，诗词的研究更深入一层；他能辅助我的，不但在此，政治问题也渐渐由他而入我们的谈资。然而他一方面引起我旧时研究佛学的兴趣，又把那社会问题的政治解决那一点萌芽折了。这三四个月的旅行，经济生活的要求虽丝毫没有满足，而心灵上却渐渐得一安顿的"境界"。从此别了均量又到北京，抱着入大学研究的目的。当时家庭已经破碎，别无牵挂，——直到如今；——然而东奔西走，像盲蝇乱投要求生活的出路，而不知道自己是破产的"士的阶级"社会中之一社会现象呵！

从入北京到五四运动之前，共三年，是我最枯寂的生涯。友朋的交际可以说绝对的断绝。北京城里新官僚"民国"的生活使我受一重大的痛苦激刺。厌世观的哲学思想随着我这三年研究哲学的程度而增高。然而这"厌世观"已经和我以前的"避世观"不相同。渐渐的心灵现象起了变化。因研究国故感受兴趣，而有就今文学再生而为整理国故的志向；因研究佛学试解人生问题，而有就菩萨行而为佛教人间化的愿心。这虽是大言不惭的空愿，然而却足以说明我当时孤独生活中的"二元的人生观"。一部分的生活经营我"世间的"责任，为自立生计的预备；一部分的生活努力于"出世间"的功德，做以文化救中国的功夫。我的进俄文专修馆，而同时为哲学研究不辍，一天工作十一小时以上的刻苦生涯，就是这种人生观的表现。当时一切社会生活都在我心灵之外。学俄文是为吃饭的，然而当时吃的饭是我堂阿哥的，不是我的。这寄生生涯，已经时时重新触动我社会问题的疑问——"人与人之关系的疑问"。

菩萨行的人生观，无常的社会观渐渐指导我一光明的路。五四运动陡然爆发，我于是卷入旋涡。孤寂的生活打破了。最初北京社会服务会的同志：我叔叔瞿菊农，温州郑振铎，上海耿济之，湖州张昭德（后两位是我俄文馆的同学），都和我一样，抱着不可思议的"热烈"参与学生运动。我们处于社会生活之中，还只知道社会中了无名毒症，不知道怎么样医治，——学生运动的意义是如此，——单由自己的体验，那不安的感觉再也藏不住了。有"变"的要求，就突然爆发，暂且先与社会以一震惊的激刺，——克鲁扑德金说：一次暴动胜于数千百万册书报。同时经八九年中国社会现象的反动，《新青年》《新潮》所表现的思潮变动，趁着学生运动中社会心理的倾向，起翻天的巨浪，摇荡全中国。当时爱国运动的意义，绝不能望文生义的去解释他。中国民族几十年受剥削，到今日才感受殖民地化的况味。帝国主义压迫的切骨的痛苦，触醒了空泛的民主主义的噩梦。学生运动的引子，山东问题，本来就包括在这里。工业先进国的现代问题是资本主义，在殖民地上就是帝国主义，所以学生运动倏然一变而倾向于社会主义，就是这个原因。况且家族农业经济破产，旧社会组织失了他的根据地，于是社会问题更复杂了。从孔教问题，妇女问题一直到劳动问题，社会改造问题；从文字上的文学问题一直到人生观的哲学问题；都在这一时期兴起，萦绕着新时代的中国社会思想。

我和菊农，振铎，济之等同志组织《新社会》旬刊。于是我的思想第一次与社会生活接触。而且学生运动中所受的一番社会的教训，使我更明白"社会"的意义。社会主义的讨论，常常引起我们无限的兴味。然而究竟如俄国十九世纪四十年代的青年思想似的，模糊影响，隔着纱窗看晓雾，社会主义流派，社会主义意义都是纷乱，不十分清晰的。正如久壅的水闸，一旦开放，旁流杂出，虽是喷沫鸣溅，究不曾自定出流的方向。其时一般的社会思想大半都是如此。我以研究哲学的积习，根本疑及当时社会思想的"思想方法"。所以我曾说："现在大家，你说我主张过激，我说你太不彻底，都是枉然的……究竟每一件东西，既是我们的研究对象，就得认个清楚；主观客观的混淆，使你一百年也不能解决一个小小的问题。……"虽然如此，我们中当时固然没有真正的"社会党"，然而中国政府，旧派的垂死的死神，见着"外国的货色"——"社会"两个字，就吓得头晕眼花，一概认为"过激派"，"布尔塞维克"，"洪水猛兽"——于是我们的《新社会》就被警察厅封闭了。这也是一种奇异现象，社会思想的变态：一方面走得极前，一方面落得极后。

此后北京青年思想，渐渐的转移，趋重于哲学方面，人生观方面。也像俄国新思想运动中的烦闷时代似的，"烦闷究竟是什么？不知道。"于是我们组织一月刊《人道》（Humanité）。《人道》和《新社会》的倾向已经不大相同。——要求社会问题唯心的解决。振铎的倾向最明瞭，我的辩论也就不足为重；唯物史观的意义反正当时大家都不懂得。《人道》的产生不久，我就离中国，入饿乡，秉着刻苦的人生观，求满足我"内的要求"去了。

五

中国社会思想到如今，已是一大变动的时候。一般青年都是栖栖皇皇寝食不安的样子，究竟为什么？无非是社会生活不安的反动。反动初起的时候，群流并进，集中于"旧"思想学术制度，作勇猛的攻击。等到代表"旧"的势力宣告无战争力的时期，"新"派思想之中，因潜伏的矛盾点——历史上学术思想的渊源，地理上文化交流之法则——渐渐发现出来，于是思潮的趋向就不像当初那样简单了。政治上：虽经过了十年前的一次革命，成立了一个括弧内的"民国"，而德谟克拉西（Ladémocratie）一个字到十年后再发现。西欧已成重新估定价值的问题，中国却还很新鲜，人人乐道，津津有味。这是一方面。别一方面呢，根据于中国历史上的无政府状态的统治之意义，与现存的非集权的暴政之反动，又激起一种思想，迎受"社会主义"的学说，其实带着无政府主义的色彩——如托尔斯泰派之宣传等。或者更进一步，简直声言无政府主义。于是"德谟克拉西"和"社会主义"有时相攻击，有时相调和。实际上这两个字的意义，在现在中国学术界里自有他们特别的解释，并没有与现代术语——欧美思想界之所谓德谟克拉西，所谓社会主义——相同之点。由科学的术语上看来，中国社会思想虽确有进步，还没有免掉模糊影响的弊病。经济上虽已和西欧物质文明接触了五六十年，实际上已遵殖民地化的经济原则成了一变态的经济现象，却还想抄欧洲工业革命的老文章，提倡"振兴实业利用外资"。——这是中了美国资本家新式侵略政策的骗，及听了罗塞尔偶然的一句"中国应当振兴实业"的话，所起的一种很奇怪的"社会主义"的反动。当然又因社会主义渐落实际的运动，稍稍显露一点威权，而起一派调和的论调，崇拜"德国式"妥协的革命，或主张社会政策。——这又是一种所谓"社会主义"。两派于中国经济上最痛切的外国帝国主义，或者是忘记了，或者是简直不能解决而置之不谈，却还尽在经济问题上打磨旋。学术上：二十余年和欧美文化相接，科学早已编入国立学校的教科书内，却直到如今，才有人认真聘请赛先生（陈独秀先生称科学为Mr. Science）到古旧的东方国来。同时"中国的印度文化"再生，托尔斯泰等崇拜东方文化说盛传，欧美大战后思想破产而向东方呼吁，重新引动了中国人的傲慢心。"西方文化与东方文化"，居然成了中国新思潮中的问题。于是这样两相矛盾的倾向，各自站在不明瞭的地位上，一会儿相攻击，一会儿相调和，不论政治上，经济上，学术上的思潮都没有明确的意义，只见乱哄哄的报章，杂志，丛书的广告运动，——一步一步前进的现象却不能否认，——而思想紊乱摇荡不定，也无可讳言。

我和诸同志当时也是飘流震荡于这种狂涛骇浪之中。

我呢？以整顿思想方法入手，真诚的去"人我见"以至于"法我见"，当时已经略略领会得唯实的人生观及宇宙观。我成就了我世间的"唯物主义"。决然想探一探险，求实际的结论，在某一范围内的真实智识，——这不是为我的，——智识和思想不是私有权所能限制的。况且我幼时社会生活的环境，使我不期然而然成一"斯笃矣派"（Stoiciste），日常生活刻苦惯的，饮食起居一切都只求简单节欲。这虽或是我个人畸形的发展，却成就了我入俄的志愿——担一份中国再生时代思想发展的责任。

"思想不能尽是这样紊乱下去的。我们对社会虽无责任可负，对我们自己心灵的要求，是负绝对的责任的。唯实的理论在人类生活的各方面安排了几千万年的基础。——用不着我和你们辩论。我们各自照着自己能力的限度，适应自己心灵的要求，破弃一切去着手进行。……清管异之称伯夷叔齐的首阳山为饿乡，——他们实际心理上的要求之实力，胜过他爱吃'周粟'的经济欲望。——我现在有了我的饿乡了，——苏维埃俄国。俄国怎样没有吃，没有穿，……饥，寒……暂且不管，……他始终是世界第一个社会革命的国家，世界革命的中心点，东西文化的接触地。我暂且不问手段如何，——不能当《晨报》新闻记者而用新闻记者的名义去，虽没有能力，还要勉强；不可当《晨报》新闻记者，而竟承受新闻记者的责任，虽在不能确定的思潮中（《晨报》），而想挽定思潮，也算冒昧极了，——而认定'思想之无私有'，我已经决定走的了。……现在一切都已预备妥帖，明天就动身，……诸位同志各自勉励努力前进呵！"这是一九二○年十月十五日晚十一二点钟的时候，我刚从北京饭店优林（Urin，远东共和国代表）处签了护照回来，和当日送我的几位同志——耿济之，瞿菊农，郑振铎，郭绍虞，郭梦良，郭叔奇——说的话。

十月十六日一早到北京东车站，我纯哥及几位亲戚兄弟送我，还有几位同志，都来和我作最后的诀别。天气很好，清风朗日，映着我不可思议的情感，触目都成异象。……握手言别，亲友送我，各人对我的感想怎样，我不知道；我对于各人自有一种奇感。……"我三妹，他新嫁到北京，处一奇异危险的环境，将来怎么样？我最亲密最新的知己，郭叔奇，还陷在俄文馆的思想监狱里？——我去后他们不更孤寂了么？……"断断续续的思潮，转展不已。一声汽笛，忽然吹断了我和中国社会的万种"尘缘"。从此远别了！

天津重过。又到我二表姊处去告别。张昭德及江苏第五中学同学吴炳文，张太来三位同志都在天津，晚间抵足长谈，作我中国社会生活最后的回忆。天津的"欧化的都市文明"：电车汽车的吵闹声，旅馆里酒馆里新官僚挥拳麻雀声，时时引入我们的谈资，留我对于中国社会生活最后的印象。……

十八日早，接到振铎，菊农，济之送别的信和诗：

追寄秋白宗武颂华

民国九年十月十六日同至京奉车站送秋白，颂华，宗武赴俄，归时饮于茶楼，怅然有感，书此追寄三兄。

济之，振铎。

汽笛一声声催着，
车轮慢慢的转着。
你们走了——
走向红光里去了！
新世界的生活，
我们羡慕你们受着。

但是……
笛声把我们的心吹碎了，

我们的心随着车轮转了！

松柏依旧青着，

秋花依旧笑着，

燕都景色，几时再得重游？

冰雪之区——经过，

"自由"之国——到了。

别离——几时？

相隔——万里！

鱼雁呀！

你们能把我们心事带着去么？

汽笛一声声催着，

车轮慢慢的转着。

笛声把我们的心吹碎了，

我们的心随着车轮转了！

九，十，十六，晚十时。

追寄颂华宗武二兄暨秋白侄

菊　农

回头一望；悲惨惨的生活，乌沉沉的社会，

——你们却走了！

走了也好，走了也好。

只是盼望你们多回几次头，

看看在这黑甜乡酣睡的同人，究竟怎样。

要做蜜蜂儿，采花酿蜜。

不要做邮差，只来回送两封信儿。

太戈尔道："变易是生活的本质。"
柏格森说，宇宙万物都是创造，
——时时刻刻的创造。

你们回来的时候，
希望你们改变，创造。

我们虽和你们小别，
只是我信：
我们仍然在宇宙的大调和，
普遍的精神生活中，
和谐——合一……

我没有什么牵挂，
不知，你们有牵挂也不？

我因覆信，并附以诗，引我许多自然和乐的感想。——他日归来相见，这也是一种纪念。信和诗如下：

"Humanité"鉴：
我们今天晚车赴奉，从此越走越远了。越走越远，面前黑魆魆的地里透出一线光明来欢迎我们，我们配受欢迎吗？诸位想想看！我们却只是决心要随"自然"前进。——不创造自创造！不和一自和一！
你们送我们的诗已经接到了，谢谢！……

菊农叔呀！"采得百花成蜜后，为谁辛苦为谁甜？？？"

我们此行的意义，就在这几个问题号里。

流血的惨剧，歌舞的盛会，我们都将含笑雍容的去参预。你们以为如何？……附诗。

秋白　一九二〇年十月十八日

去国答《人道》

秋　白

来去无牵挂，
来去无牵挂！……
说什么创造，变易？
只不过做邮差。

辛辛苦苦，苦苦辛辛，
几回频转轴轳车。

驱策我，有"宇宙的意志"。
欢迎我，有"自然的和谐"。

若说是——
采花酿蜜：
蜂蜜成时百花谢，
再回头，灿烂云华。

天津倚装作

当日覆信寄出之后，晚上就别了炳文，太来，昭德，上京奉车。同行的有俞颂华，李宗武。当时我们还不知道往俄国去的路通不通。"中华民国"驻莫斯科总领事陈广平，同着副领事刘雯，随习领事郑炎，恰巧也是这时候"启节"，我们因和他们结伴同行。预备先到哈尔滨再看光景。

其时通俄国的道路：一条是恰克图，一条是满洲里。走恰克图须乘张库汽车。直皖战争后，小徐（指徐树铮）办的汽车已经分赃分掉了。其余商办的也没有开。至于满州里方面，谢美诺夫与远东革命军正在酣战，我们却不知道，优林的秘书曾告诉我，如其能和总领事同行，专车可以由哈直达赤塔。我们信了他的话，因和领事结伴同走。

当天在天津上车，已是晚上十一二点钟光景。我同宗武和颂华说："现在离中国了，明天到满洲，不知道究竟什么时候才能到'赤都'（莫斯科）呢？……我们从今须暂别中国社会，暂离中国思想界了。今天我覆菊农的诗，你们看见没有？却可留着为今年今月今日中国思想界一部分的陈迹……"车开了，人亦慢慢的睡静了。瞿秋白渐渐的离中国——出山海关去了。……

海行杂记

朱自清

这回从北京南归，在天津搭了通州轮船，便是去年曾被盗劫的。盗劫的事，似乎已很渺茫；所怕者船上的肮脏，实在令人不堪耳。这是英国公司的船；这样的肮脏似乎尽够玷污了英国国旗的颜色。但英国人说：这有什么呢？船原是给中国人乘的，肮脏是中国人的自由，英国人管得着！英国人要乘船，会去坐在大菜间里，那边看看是什么样子？那边，官舱以下的中国客人是不许上去的，所以就好了。是的，这不怪同船的几个朋友要骂这只船是"帝国主义"的船了。"帝国主义的船"！我们到底受了些什么"压迫"呢？有的，有的！

我现在且说茶房吧。

我若有常常恨着的人，那一定是宁波的茶房了。他们的地盘，一是轮船，二是旅馆。他们的团结，是宗法社会而兼梁山泊式的；所以未可轻侮，正和别的"宁波帮"一样。他们的职务本是照料旅客；但事实正好相反，旅客从他们得着的只是侮辱，恫吓，与欺骗罢了。中国原有"行路难"之叹，那是因交通不便的缘故；但在现在便利的交通之下，即老于行旅的人，也还时时发出这种叹声，这又为什么呢？茶房与码头工人之艰于应付，我想比仅仅的交通不便，有时更显其"难"吧！所以从前的"行路难"是唯物的；现在的却是唯心的。

这固然与社会的一般秩序及道德观念有多少关系，不能全由当事人负责任；但当事人的"性格恶"实也占着一个重要的地位的。

我是乘船既多，受侮不少，所以姑说轮船里的茶房。你去定舱位的时候，若遇着乘客不多，茶房也许会冷脸相迎；若乘客拥挤，你可就倒楣了。他们或者别转脸，不来理你；或者用一两句比刀子还尖的话，打发你走路——譬如说："等下趟吧。"他说得如此轻松，凭你急死了也不管。大约行旅的人总有些异常，脸上总有一副着急的神气。他们是以逸待劳的，乐得和你开开玩笑，所以一切反应总是懒懒的，冷冷的；你愈急，他们便愈乐了。他们于你也并无仇恨，只想玩弄玩弄，寻寻开心罢了，正和太太们玩弄叭儿狗一样。所以你记着：上船定舱位的时候，千万别先高声呼唤茶房。你不是急于要找他们说话么？但是他们先得训你一顿，虽然只是低低的自言自语："啥事体啦？哇啦哇啦的！"接着才响声说，"噢，来哉，啥事体啦？"你还得记着：你的话说得愈慢愈好，愈低愈好；不要太客气，也不要太不客气。这样你便是门槛里的人，便是内行；他们固然不见得欢迎你，但也不会玩弄你了。——只冷脸和你简单说话；要知道这已算承蒙青眼，应该受宠若惊的了。

定好了舱位，你下船是愈迟愈好；自然，不能过了开船的时候。最好开船前两小时或一小时到船上，那便显得你是一个有"涵养工夫"的，非急莘莘的"阿木林"可比了。而且茶房也得上岸去办他自己的事，去早了倒绊住了他；他虽然可托同伴代为招呼，但总之麻烦了。为了客人而麻烦，在他们是不值得，在客人是不必要；所以客人便只好受"阿木林"的待遇了。有时船于明早十时开行，你今晚十点上去，以为晚上总该合式了；但也不然。晚上他们要打牌，你去了足以扰乱他们的清兴；他们必也恨恨不平的。这其间有一种"分"，一种默喻的"规矩"，有一种"门槛经"，你得先做若干次"阿木林"，才能应付得"恰到好处"呢。

开船以后，你以为茶房闲了，不妨多呼唤几回。你若真这样做时，又该受教训了。茶房日里要谈天，料理私货；晚上要抽大烟，打牌，哪有闲工夫来伺候你！他们早上给你舀一盆脸水，日里给你开饭，饭后给你拧手巾；还有上船时给你摊开铺盖，下船时给你打起铺盖：好了，这已经多了，这已经够了。此外若有特别的事要他们做时，那只算是额外效劳。你得自己走出舱门，慢慢地叫着茶房，慢慢地和他说，他也会照你所说的做，而不加损害于你。最好是预先打听了两个茶房的名字，到这时候悠然叫着，那是更其有效的。但要叫得大方，仿佛很熟悉的样子，不可有一点讷讷。叫名字所以更其有效者，被叫者觉得你有意和他亲近（结果酒资不会少给），而别的茶房或竟以为你与这被叫者本是熟悉的，因而有了相当的敬意；所以你第二次第三次叫时，别人往往会帮着你叫的。但你也只能偶尔叫他们；若常常麻烦，他们将发见，你到底是"阿木林"而冒充内行，他们将立刻改变对你的态度了。至于有些人睡在铺上高声朗诵的叫着"茶房"的，那确似乎搭足了架子；在茶房眼中，其为"阿"字号无疑了。他们于是忿然的答应："啥事体啦？哇啦啦！"但走来倒也会走来的。你若再多叫两声，他们又会说："啥事体啦？茶房当山歌唱！"除非你真麻木，或真生了气，你大概总不愿再叫他们了吧。

"子入太庙，每事问"，至今传为美谈。但你入轮船，最好每事不必问。茶房之怕麻烦，之懒惰，是他们的特征；你问他们，他们或说不晓得，或故意和你开开玩笑，好在他们对客人们，除行李外，一切是不负责任的。大概客人们最普遍的问题，"明天可以到吧？""下午可以到吧？"一类。他们或随便答复，或说，"慢慢来好啰，总会到的。"或简单的说，"早呢！"总是不得要领的居多。他们的话常常变化，使你不能确信；不确信自然不问了。他们所要的正是耳根清净呀。

茶房在轮船里，总是盘踞在所谓"大菜间"的吃饭间里。他们常常围着桌子闲谈，客人也可插进一两个去。但客人若是坐满了，使他们无处可坐，他们便恨恨了；若在晚上，他们老实不客气将电灯灭了，让你们暗中摸索去吧。所以这吃饭间里的桌子竟像他们专利的。当他们围桌而坐，有几个固然有话可谈；有几个却连话也没有，只默默坐着，或者在打牌。

我似乎为他们觉着无聊，但他们也就这样过去了。他们的脸上充满了倦怠，嘲讽，麻木的气氛，仿佛下工夫练就了似的。

最可怕的就是这满脸：所谓"诋诋然拒人于千里之外"者，便是这种脸了。晚上映着电灯光，多少遮过了那灰滞的颜色；他们也开始有了些生气。他们搭了铺抽大烟，或者拖开桌子打牌。他们抽了大烟，渐有笑语；他们打牌，往往通宵达旦——牌声，争论声充满那小小的"大菜间"里。客人们，尤其是抱了病，可睡不着了；但于他们有甚么相干呢？活该你们洗耳恭听呀！他们也有不抽大烟，不打牌的，便搬出香烟画片来一张张细细赏玩：这却是"雅人深致"了。

我说过茶房的团结是宗法社会而兼梁山泊式的，但他们中间仍不免时有战氛。浓郁的战氛在船里是见不着的；船里所见，只是轻微淡远的罢了。"唯口出好兴戎"，茶房的口，似乎很值得注意。他们的口，一例是练得极其尖刻的；一面自然也是地方性使然。他们大约是"宁可输在腿上，不肯输在嘴上"。所以即使是同伴之间，往往因为一句有意的或无意的，不相干的话，动了真气，抢眉竖目的恨恨半天而不已。这时脸上全失了平时冷静的颜色，而换上热烈的狰狞了。但也终于只是口头"恨恨"而已，真个拔拳来打，举脚来踢的，倒也似乎没有。语云，"君子动口，小人动手"；茶房们虽有所争乎，殆仍不失为君子之道也。有人说，"这正是南方人之所以为南方人"，我想，这话也有理。茶房之于客人，虽也"不肯输在嘴上"，但全是玩弄的态度，动真气的似乎很少；而且你愈动真气，他倒愈可以玩弄你。这大约因为对于客人，是以他们的团体为靠山的；客人总是孤单的多，他们"倚众欺"起来，不怕你不就范的：所以用不着动真气。而且万一吃了客人的亏，那也必是许多同伴陪着他同吃的，不是一个人失了面子：又何必动真气呢？克实说来，客人要他们动真气，还不够资格哪！至于他们同伴间的争执，那才是切身的利害，而且单枪匹马做去，毫无可恃的现成的力量；所以便是小题，也不得不大做了。

　　茶房若有向客人微笑的时候，那必是收酒资的几分钟了。酒资的数目照理虽无一定，但却有不成文的谱。你按着谱斟酌给与，虽也不能得着一声"谢谢"，但言语的压迫是不会来的了。你若给得太少，离谱太远，他们会始而嘲你，继而骂你，你还得加钱给他们；其实既受了骂，大可以不加的了，但事实上大多数受骂的客人，慑于他们的威势，总是加给他们的。加了以后，还得听许多唠叨才罢。有一回，和我同船的一个学生，本该给一元钱的酒资的，他只给了小洋四角。茶房狠狠力争，终不得要领，于是说："你好带回去做车钱吧！"将钱向铺上一撂，忿然而去。那学生后来终于添了一些钱重交给他；他这才默然拿走，面孔仍是板板的，若有所不屑然。——付了酒资，便该打铺盖了；这时仍是要慢慢来的，一急还是要受教训，虽然你已给过酒资了。铺盖打好以后，茶房的压迫才算是完了，你再预备受码头工人和旅馆茶房的压迫吧。

我原是声明了叙述通州轮船中事的，但却做了一首"诅茶房文"；在这里，我似乎有些自己矛盾。不，"天下老鸦一般黑"，我们若很谨慎的将这句话只用在各轮船里的宁波茶房身上，我想是不会悖谬的。所以我虽就一般立说，通州轮船的茶房却已包括在内；特别指明与否，是无关重要的。

一九二六年七月　白马湖

北南西东

缪崇群

车上散记

去年春末我从北地到南方来，今年秋初又从上江到下江去。时序总是春夏秋冬的轮转着，生活却永远不改的作着四方行乞的勾当。

憧憬着一切的未来都是一个梦，是美丽的也是渺茫的；追忆着一切的过往的那是一座坟墓，是寂灭了的却还埋藏着一堆骸骨。

我并不迷恋于骸骨，然而生活到了行乞不得的时候，我向往着每一个在我记忆里坟起的地方，发掘它，黯然的做了一个盗墓者。

正阳门站

生在南方，我不能把北平叫做我的故乡；如果叫她是第二故乡罢，但从来又不曾有过一个地方再像北平那样给我回忆，给我默念，给我思想的了。

年青的哥哥和妹妹死在那里，惨淡经营了二十多年，直到如今还没有一块葬身之地的我的父亲和母亲，留着一对棺柩，也还浮厝在那里的一个荒凉的寺院里。

我的心和身的家都在那里，虽然渐渐的渐渐的寂灭了，可是它们的骨骸也终于埋葬在那里。

当初无论到什么地方去，或从什么地方归来，一度一度尝着珍重道别时的苦趣，但还可以换得了一度一度的重逢问安时的笑脸。记得同是门外的一条胡同，归来时候怨它太长，临去时又恨它过短了。同是一个正阳门车站，诅咒它耸在眼前的是我，欣喜着踏近它的跟边的也是我……心情的矛盾真是无可奈何的，虽然明明知道正阳门车站仍然是正阳门车站：它是来者的一个止境，去者的一个起点。

去年离开那里的时候，默默的坐在车厢里，呆呆的望着那个站楼上的大钟。等着么？不是的，宕着么？也不是的；开车的铃声毕竟响了这一次，可真如同一个长期的渺茫的流配的宣告一样，心里凄惶的想：做过了我无数次希望的止境的站驿，如今又从这里首途了。一个人，满身的疾苦；一座城，到处的伤痍，恐怕真的是别易见难了。

我曾叫送行的弟弟给我买一瓶子酒来，他买了酒，又给我带了一包长春堂的避瘟散。我笑领了，说：

"这里只剩了你一个人了，珍重啊，要再造起我们的新的家来，等着重新欢聚罢？"

同时又暗自的想：

季候又近炎夏了，去的虽不是瘴厉之地，但也没有一处不是坎坷或隐埋着陷阱的所在。

人间世上，不能脱出的，又还有什么方剂可以避免了惟其是在人间世上才有的那种"瘟"气呢？

车，缓缓的从车站里开出了，渐渐地渐渐地看见了荒地，看见了土屋，看见了天坛……看见正阳门的城楼已经远了；正阳门的城楼还在那两根高高的无线电台边慢慢的移转着。

转着，直到现在好像还在我的脑中转着，可是我的弟弟呢。生活的与精神的堕落，竟使他的音讯也像一块石头堕落在极深极深的大海里去了！

哪里是故乡？什么时候再得欢聚呢？到小店里去，买一两烧酒，三个铜板花生米，一包"大前门"香烟来罢。

凄凉夜

大好的河山被敌人的铁蹄践踏着，被炮火轰击着；有的已经改变了颜色，有的正用同胞们的尸骨去填垒沟壑，用血肉去涂揖沙场，去染红流水……所谓近代式的立体的战争，于是连我们的任何一块天空也成了灾祸飞来的处所了。

就在这个风声鹤唳的时候，一列车的"三等"生灵，虽然并不晓得向何处去才能安顿自己，但也算侥幸的拾着一个逃亡的机会了。

辘辘的轮声，当作了那些为国难而牺牲的烈士们呜咽罢！这呜咽的声音，使我们这些醉生梦死的人们醒觉了。那为悲愤而流的泪，曾漩溢在我的眼眶里，那为惭怍而流的汗，也津津的把我的衬衣湿透了。

车向前进着，天渐渐黑暗起来了。偶然望到空间，已经全被乌云盖满了，整个的天，仿佛就要沉落了下来，列车也好像要走进一条深深的隧道里去。

是黑的一片！连天和地也分不出它们的限界了。

是黑的一团！似乎把这一列火车都胶着得不易动弹了。

　　不久，一道一道的闪光，像代表着一种最可怖的符号在远远的黑暗处发现了，极迅速的，只有一瞬的。这时我的什么意识也没有了，有一个意识，那便是天在迸裂着罢！

　　接着听见轰轰的声响，是车轮轧着轨道吧？是雷鸣吧？是大地怒吼了罢？

　　如一条倦怠了巨龙似的，列车终于在天津总站停住了。这时才听见了窗外是一片沙沙的雨声。因为正在戒严的期间，没有什么上来的客人，也没有什么下去的客人。只有一排一排荷枪的兵士，从站台这边踱到那边，又从那边踱到这边。枪上的刺刀，在车窗上来来往往的闪着一道一道白色的光芒。

　　整个车站是寂静的，沙沙的雨声，仿佛把一切都已经征服了似的。车厢里的每个人，也都像惊骇了过后，抽噎了过后，有的渐渐打着瞌睡了。

　　车尽死沉沉的停着不动，雨已经小了。差不多是夜分的时候，连气笛也没有响一下，车开了。

　　隔了很久很久，车上才有一两个人低低说话了，听不清楚说的什么。现在究竟什么时候，到了什么地方，也没有谁去提起。

　　自己也好像睡了，不知怎么听见谁说：

　　"到了杨柳青了。"

　　我猛省，我知道我已经离开我的乡土更远了。

　　这么一个动听的地名，不一会也就丢在背后去了。探首窗外，余零的雨星，打着我的热灼灼的脸，望着天，望着地，都是黑茫茫的。

　　夜是怎么这样的凄凉啊！想到走过去的那些路程，那里的夜，恐怕还更凄凉一些罢？

　　关上车窗，让杨柳青留在雨星子里去了。

旅　伴

一个苦力泡了一壶茶，让前让后，让左让右，笑眯眯的，最后才端起杯子来自己喝一口。再喝的时候，仍然是这样的谦让一回。

我不想喝他的茶，我看见他的神色，像已经得到一种慰藉似的了。

一个绅士，一个学生，乃至一个衣服穿得稍稍整齐的人罢，他泡一壶茶，他不让旁人喝，自己也不像要喝的样子，端坐着，表示着他与人无关。那壶茶，恐怕正是他给予车役的一种恩惠罢。

其实谁也不会去讨他的茶喝，看见了他的神色，仿佛知道了人和人之间还有一条深深的沟渠隔着呢。

一个衣服褴褛的乡村女人，敞着怀喂小孩子奶吃。奶是那样的瘪瘦，身体恐怕没有一点点营养；我想那个孩子吸着的一定是他母亲的一点残余的血液，血液也是非常稀薄了的。

女人的头抬起来了，我看见了她的一副苍黄的脸，眼睛是枯涩的，呆呆的望着从窗外飞过去的土丘和莽原……

汽笛响了，孩子从睡中醒了；同时这个作母亲的也好像从什么梦境里醒觉了。把孩子抱了起来，让他立在她的膝盖上。

孩子的眼睛望着我，我的眼睛也望着孩子的。

"喂！叫大叔啊！"女人的眼睛也望了我和孩子。

孩子的脸，反转过去望他的母亲了。

"叫你叫大叔哩。"母亲的脸，被笑扯动了。

孩子的腿，在他母亲的膝盖上不住欢跃着，神秘的看了我一眼，又把脸转过去了。

"认生吧？"

"不；大叔跟你说话哩。"

笑着，一个大的，一个小的脸，偎在一起了。

车再停的时候，她们下去了。

在这么短短的两站之间，孩子的心中或许印着那么一个"大叔"的影子；在这么长长的一条旅途上，陌生人们的眼里还依旧是陌生的人们罢。

红　酒

傍晚，车停在一个站里等着错车，过了一刻，另一列车来了。起初很快，慢慢地就停在对面了。

这边的车窗正好对着那边的车窗，但那边车窗是被锦绣的幔子遮住一半。就在这一半的窗子之下，我看见了一个小小的台子，台子上放着一个黄绫罩子的宫灯，灯下映着明晃晃的刀叉，胡椒盐白瓶子，多边的盘子……还有一个高脚杯子，杯子里满盛着红色的酒液。

看见一只毛茸茸的手把杯子举了一下，红色的杯子变成白色的了。

看见两只毛茸茸的手，割切着盘子里面的鱼和肉，一会儿盘子里狼藉的只剩下碎骨和乱刺了。

看见高脚杯里又红满了……

又是一只毛茸茸的手伸出来了……

那边的人，怕已醺醺然了，可是这只毛茸茸的手，仿佛从我心里攫夺了什么东西去的，我的心，觉得有些痉挛起来。

——红酒里面，是不是浸着我们的一些血汗呢?

大地被压轧着响了，对面的列车又开始前进了。

一九三四年作

选自《缪崇群散文集》，百花文艺出版社 1991 年 7 月版

塘沽码头

范长江

同是旅行，因为各人经济环境的不同，所受的待遇，乃有差异。而旅行的滋味，就有苦乐的分别了。

同是旅行，为了各自的目的不同，对于旅途中所见所闻的事物，在各人思想上所起的反应，也完全不一样。

记者此次国内长途旅行，目的在从各方面来表现现实的中国。现实的中国整个的在变化过程中，而且正沉沦于破落与痛苦的阶段，自然我所得的印象，不会是富丽与安舒，即使有一

塘 沽

些安乐的现象，它的背后实存在着无限的苦痛与辛酸。

"码头"的本然功用，在于便利客货运输。然而在政治社会失了常轨之后，码头却渐渐变了性质，成为敲诈勒索的场所。

目前海河的深度，吃水十七八尺的招商轮船已能直达天津，从天津直接起运，而英商怡和公司的利生轮吃水仅仅十三尺，却要在塘沽停泊，不直接开到天津来。从天津搭利生轮的客货，要多花费天津到塘沽的车船费，另外还要受到时间的损失，与二次上下车船的麻烦。不过，对驳船公司却大有好处。怡和公司是否受了驳船的影响，他们自己一定知道。

从塘沽车站到轮船码头，还隔着三四里路的路程。二三十辆半破人力车，就是联络码头与车站惟一的交通工具。行李较多或旅行经验稍差的旅客，简直如驯羊似地任他们敲索。他们还制止其他的车夫来和他们自由竞争，实行他们的"独占贸易"。

上了轮船，常有一群态度从容、面目凶恶的工人模样的瘪

天津的人力车

三守着舱门口，若有其事似的，执行其"看票"工作。没有经验的旅客，往往误认他们为船上职员，把事先买好的船票，从衣袋里或皮包里取出来给他们看。他们却故意和旅客们为难，使你精神集中到纠纷问题上去，而四面预先布置好的小偷，却来偷你的船票和钱袋这一些东西。

官舱的客人，他们比较不大敢欺侮，对于统舱的旅客，他们简直是无法无天。他们什么都不是，而他们却直接接受客人，出卖"铺位"。价目随他们自己决定，愈老实的人所出代价愈高。船上的茶房，只能分他们的余润，丝毫不敢干涉他们的行动。最可恶的，他们只顾无限制出卖铺位，到统舱已无地可容的时候，他们又强迫已出钱买好了铺位的客人实行"紧缩政策"，缩小铺位面积，甚至把乡下气味浓厚一点的旅客，从已买好了的"铺位"上赶到船上过道的旁边，而另安插新客人上去，再收一次铺位代价！

沽大公安局不断有人在码头上下"维持治安"，不过，他们对于上述这些事情，似乎是没有看见。我曾经看见一位瘪三和一位旅客冲突的时候，那位瘪三还用"到公安局"来威吓他，可见公安局对于这些事情并不是不管！

其实这些码头流氓，由于他们的社会环境，决定了他们来混这种生活。如果有合理的社会环境，他们也可以成为社会发展的有用人才。

记者在榆关事变后，曾到滦州一次，路过塘沽，此次再过塘沽，见车站上下，充斥着东洋景色！短短两年时光，河山渐行易色，回瞻燕冀，不觉悲从中来也。

一九三五年五月三日于烟台

原载1935年5月10日至7月28日《大公报》

致杨静

戴望舒

丽萍：

　　到平已月余，可是还没有给你写一封信，这种心情也许你是能理解的吧。我一直对自己说，我要忘记你，但是我如何能忘记！

　　每到一个好玩的地方，每逢到一点快乐的事，我就想到你，心里想：如果你在这儿多好啊！一直到上星期为止，我总以为朵朵暂时不记得你了：从上船起一直到上星期这一个多月中，她从来没有提到你一个字，我以为新年快乐使她忘记了一切，可是，在上星期当她打了防疫针起反应而发高烧的时候，她竟大声喊着："妈咪，你作免哝要我第，顶哝解我第嗨里处！"这呓语泄漏出了她一个月以来隐藏着的心情，使我眼泪也夺眶而出。真的，你为什么抛开我们？我们为什么会在这里的啊！

　　可是不要说这些感伤的话了，且把我们分手后的情形告诉你吧。那一天，船一直到晚上九点才开，上船后，我的气喘就好多了。我和二朵朵，卞之琳和邝先生各占一个房舱（大朵朵在我们隔壁的房舱）。房舱很舒服，约等于普通船的头等舱。大菜间也是我们独占的，我们整天在那里玩。伙食也不错，而且餐餐有酒喝。在海上除了第一二天有雾外，一路风平浪静，

天津大沽白河

白河入口

船上的人，除了大朵朵外，一个晕船的也没有。三月十七日晨，船就到了大沽口，可是并没有当天上岸，因为从北平派来接我们的人，一直到十八日下午才开了小轮船来接我们（我们

白河上的商船

的船太大了不能一直开到天津）。那天晚上，我们到了塘沽，宿在海关的宿舍里，受着隆重的招待，第二天十九日，塘沽公安局招宴，宴毕，才上了专为我们而备的专车。十二时到天津，市政府又在车站中款待我们，休息了一小时，在四时到了北平，当即来到翠明庄。翠明庄是从前日本人造来做将校招待所的，胜利后国民党拿来做励志社，现在是人民政府拿来做招待民主人士的地方，虽不及北京饭店或六国饭店大，但比前二处更清静而进出自由。我住的三十一号是全庄最好的一间，有客厅，卧室，浴室，贮藏室等四间，小而精致，房中有电话，十分方便。在军调部时代，据说是叶剑英将军住的，而北平解放后人民政府副市长徐冰也曾住在这里，可以算是有历史性的房间了。卧室有两张沙发床，我和二朵朵睡，大朵朵独自睡一张，一个多月来我们就一直生活在这儿。在刚来的那一天，二朵朵高兴兴奋得了不得，变成小麻雀一样地多话了。真的，一切在她都是新鲜的，我一辈子也没有做过专车，她却第一次坐火车就坐了，高耸着的正阳门，故宫的琉璃瓦，这一切都是照她所说那样，是"从来也没有看见过"的。（以后她还吃了她"从来也没有吃过"的糖葫芦，炒红果，蜜钱，小白梨等。）这里，我们的一切需要他们都管，如洗浴，理发，洗衣，医药等，饭食是每日三餐，早晨吃粥，午晚吃饭，饭菜非常丰富，每餐有鱼有肉，有时是全只的鸡鸭，把嘴也吃高了，不知将来离开此地时怎样呢？

这一个多月差不多是游玩过去的，不是看戏就是玩公园故宫等等。孩子们成天跟着我，直到四月一日以后，我才比较松一点。因为她们是在四月一号起进了孔德学校的。孔德学校是北平有名的中小学，虽然现在已不如以前，可是总还不错。因为校长和主任都是认识的，所以她们两人就毫无困难地进了去。大朵进了五年级，二朵进了幼稚园大班。麻烦的是二朵只上半天课，下午还是缠住了我。她现在北京话已说得很不错了。

我身体仍然不大好，所以本来计划从军南下的计划，只能搁起而决定留在北平。也许最近就得到新的工作岗位上去，不再过这种舒适有闲的生活了。我希望仍能带着孩子，可是事情只能到那时再说。政府的托儿所是很好的，好些同志的孩子们都是红红胖胖的，恐怕比我管好得多。

前些日子和二朵到颐和园去玩，请朋友照了像，这里寄奉，大朵因为在读书，所以没有去。

预料你回信来时我一定不住在这里了，所以你的信还是写下列地址好："北平宣武门外校场头条二十一号吴晓铃先生转"。

你的计划如何？到法国去呢，到上海去呢，还是留在香港？我倒很希望你到北平来看看，索性把昂朵也带来。现在北平是开满了花的时候，街路上充满了歌声，人心里充满了希望。在香港，你只是一个点缀品，这里，你将成为一个有用的人，有无限前途的人。如果有意，可去找沈松泉设法，或找灵凤转夏衍。我应该连忙声明这是为你自己打算而不是为我。

昂朵好否？你身体如何？请来信告知一切。

望舒一九四九年四月二十七日灯下

选自《戴望舒全集》（散文卷），中国青年出版社 1999 年 1 月版

由三藩市到天津

老　舍

一　旧金山

到三藩市（旧金山）恰好在双十节之前，中国城正悬灯结彩，预备庆贺。在我们的侨胞心里，双十节是与农历新年有同等重要的。

常听人言：华侨们往往为利害的，家庭的，等等冲突，去打群架，械斗。事实上，这已是往日的事了；为寻金而来的侨胞是远在一八五〇年左右；现在，三藩市的中国城是建设在几条最体面，最冲要的大街上，侨胞们是最守法的公民；械斗久已不多见。

可是，在双十的前夕，这里发生了斗争，打伤了人。这次的起打，不是为了家族的，或私人间利害的冲突，而是政治的。

青年们和工人们，在双十前夕，集聚在一堂，挂起金星红旗，庆祝新中国的诞生。这可招恼了守旧的，反动的人们，就派人来捣乱。红旗被扯下，继以斗殴。

双十日晚七时，中国城有很热闹的游行。因为怕再出事，五时左右街上已布满警察。可惜，我因有个约会，没能看到游行。事后听说，游行平安无事；队伍到孙中山先生铜像前致敬，并由代表们献剑给蒋介石与李宗仁，由总领事代收。

全世界已分为两大营阵，美国的华侨也非例外：一方面悬起红旗，另一方面献剑给祸国殃民的匪酋。

在这里，我们应当矫正大家常犯的一个错误——华侨们都守旧，落后。不，连三藩和纽约，都有高悬红旗，为新中国欢呼的青年与工人。

就是在那些随着队伍，去献剑的人们里，也有不少明知蒋匪昏暴，而看在孙中山先生的面上，不好不去凑凑热闹的。另有一些，虽具有爱国的高度热诚，可是被美国的反共宣传所惑，于是就很怕"共产"。

老一辈的侨胞，能读书的并不多。晚辈们虽受过教育，而读不到关于中国的英文与华文书籍。英文书很少，华文书来不到。报纸呢（华文的）又多被二陈所控制，信息的造谣。这也就难怪他们对国事不十分清楚了。

纽约的华侨日报是华文报纸中唯一能报导正确消息的。我们应多供给它资料——特别是文艺与新政府行政的纲领与实施的办法。此外，也应当把文艺图书，刊物，多寄去一些。

二　太平洋上

十月十三号开船。船上有二十二位回国的留学生。他们每天举行讨论会，讨论回到祖国应如何服务，并报告自己专修过的课程，以便交换知识。

同时，船上另有不少位回国的人，却终日赌钱，打麻将。

船上有好几位财主，都是菲律宾人。他们的服饰，比美国阔少的更华丽。他们的浅薄无知，好玩好笑，比美国商人更俗鄙。他们看不起中国人。

十八日到檀香山。论花草，天气，风景，这真是人间的福地。到处都是花。街上，隔不了几步，便有个卖花人，将栀子，虞美人等香花织成花圈出售；因此，街上也是香的。

这里百分之四十八是日本人，中国人只占百分之二十以上。这里的经济命脉却在英美人手里。这里，早有改为美国的第四十九州之议，可是因为东方民族太多了，至今未能实现。好家伙，若选出日本人或中国人做议员，岂不给美国丢人。

二十七日到横滨。由美国军部组织了参观团，船上搭客可买票参加，去看东京。

只有四五个钟头，没有看见什么。自横滨到东京，一路上原来都是工业区。现在，只见败瓦残屋，并无烟筒；工厂都被轰炸光了。

路上，有的人穿着没有一块整布的破衣，等候电车。许多妇女，已不穿那花狸狐哨的长衣，代替的是长裤短袄。

在东京，人们的服装显着稍微整齐，但仍掩蔽不住寒碜。女人们仍有穿西服的，可是鞋袜都很破旧。男人们有许多还穿着战时的军衣，戴着那最可恨的军帽——抗战中，中国的话剧中与图画中最习见的那凶暴的象征。

日本的小孩儿们，在战前，不是脸蛋儿红扑扑的好看么？现在，他们是面黄肌瘦。被绞死的战犯只获一死而已；他们的遗毒余祸却殃及后代啊！

由参观团的男女领导员（日本人）口中，听到他们没有糖和香蕉吃——因为他们丢失了台湾！其实，他们所缺乏的并不止糖与香蕉。他们之所以对中国人单单提到此二者，倒许是为了不忘情台湾吧？

三十一日到马尼拉。这地方真热。

大战中打沉了的船还在海里卧着，四围安着标帜，以免行船不慎，撞了上去。

岸上的西班牙时代所建筑的教堂，及其他建筑物，还是一片瓦砾。有城墙的老城完全打光。新城正在建设，还很空旷，看来有点大而无当。

本不想下船，因为第一，船上有冷气设备，比岸上舒服。第二，听说菲律宾人不喜欢中国人；税吏们对下船的华人要搜检每一个衣袋，以防走私。第三，菲律宾正要选举总统，到处有械斗，受点误伤，才不上算。

可是，我终于下了船。

在城中与郊外转了一圈，我听到一些值得记下来的事：前两天由台湾运来的大批的金银。这消息使我理会到，蒋介石虽在表面上要死守台湾，可是依然不肯把他的金银分给士兵，而运到国外来。据说，菲律宾并没有什么工业；那么，蒋自己的与他的走狗的财富，便可以投资在菲律宾，到台湾不能站脚的时候，便到菲律宾来做财阀了。依最近的消息，我这猜测是相当正确的。可是，我在前面说过，菲律宾人并不喜欢中国人。其原因大概是因为中国人的经营能力强，招起菲律宾人的忌妒。那么，假若蒋匪与他的匪帮都到菲律宾去投资，剥削菲人，大概菲人会起来反抗的。一旦菲人起来反抗，那些在菲的侨胞便会吃挂误官司。蒋匪真是不祥之物啊！

舟离日本，遇上台风。离马尼拉，再遇台风。两次台风，把我的腿又搞坏。到香港——十一月四日——我已寸步难行。

三　香港

下船好几天了，我还觉得床像是在摇晃。海上的颠簸使我的坐骨神经痛复发了，到现在几乎还无法行走。香港大学又在山上，每次出门都给我带来极大的痛苦。

我在此地已待了十天，仍不知何时才能回到北京。此地有许多人等船北上，所以很难搞到船票。看来，我还得再待上一段时间，我没法从这里游回家去。

两个多星期了，可我仍搞不到去北方的船票。在这期间，病痛却一天天加剧，我已根本无法行走。一位英国朋友正努力帮我搞一张到天津的船票，但我实在怀疑他是否能行，这里有成千上万的人等着离开香港。

等船，一等就是二十四天。

在这二十四天里，我看见了天津帮，山东帮，广东帮的商人们，在抢购抢卖抢运各色的货物。室内室外，连街上，入耳的言语都是生意经。他们庆幸虽然离弃了上海天津青岛，而在香港又找到了投机者的乐园。

遇见了两三位英国人，他们都稳稳当当地说：非承认新中国不可了。谈到香港的将来，他们便微笑不言了。

一位美国商人告诉我："我并不愁暂时没有生意；可虑的倒是将来中外贸易的路线！假若路线是'北'路，我可就真完了！"

我可也看见了到广州去慰劳解放军的青年男女们。他们都告诉我："他们的确有纪律，有本事，有新的气象！我们还想再去！"

好容易，我得到一张船票！

不像是上船，而像一群猪入圈。码头上的大门不开，而只在大门中的小门开了一道缝。于是，旅客，脚行，千百件行李，都要由这缝子里钻进去。嚷啊，挤啊，查票啊，乱成一团。"乐园"吗？哼，这才真露出殖民地的本色。花钱买票，而须变成猪！这是英国轮船公司的船啊！

挤进了门，印度巡警检查行李。给钱，放行。不出钱，等着吧，那黑大的手把一切东西都翻乱，连箱子再也关不上。

一上船，税关再检查。还得递包袱！

呸！好腐臭的"香"港！

四 天津

二十八日夜里开船。船小（二千多吨），浪急，许多人晕船。为避免遭遇蒋家的炮舰，船绕行台湾外边，不敢直入海峡。过了上海，风越来越冷，空中飞着雪花。许多旅客是睡在甲板上，其苦可知。

十二月六日到仁川，旅客一律不准登岸，怕携有共产党宣传品，到岸上去散放。美国防共的潮浪走得好远啊，从三藩市一直走到朝鲜！

九日晨船到大沽口。海河中有许多冰块，空中落着雪。离开华北已是十四年，忽然看到冰雪，与河岸上的黄土地，我的

天津码头（一）

天津码头（二）

泪就不能不在眼中转了。

因为潮水不够，行了一程，船便停在河中，直到下午一点才又开动；到天津码头已是掌灯的时候了。

税关上的人们来了。一点也不像菲律宾和香港的税吏们，他们连船上的一碗茶也不肯喝。我心里说：中国的确革新了！

我的腿不方便，又有几件行李，怎么下船呢？幸而马耳先生也在船上，他奋勇当先的先下去，告诉我："你在这里等我，我有办法！"还有一位上海的商人，和一位原在复旦，现在要入革大的女青年，也过来打招呼："你在这里等，我们先下去看看。"

茶房却比我还急："没有人来接吗？你的腿能走吗？我看，你还是先下去，先下去！我给你搬行李！"经过这么三劝五劝，我把行李交给他，独自慢慢扭下来；还好，在人群中，我只跌了"一"跤。

检查行李是在大仓房里，因为满地积雪，不便露天行事。

行李，一行行的摆齐，丝毫不乱；税务人员依次检查。检查得极认真。换钱——旅客带着的外钞必须在此换兑人民券——也是依次而进，秩序井然。谁说中国人不会守秩序！有了新社会，才会有新社会的秩序呀！

又遇上了马耳和那两位青年。他们扶我坐在衣箱上，然后去找市政府的交际员。找到了，两位壮实，温和，满脸笑容的青年。他们领我去换钱，而后代我布置一切。同时，他们把我介绍给在场的工作人员，大家轮流着抽空儿过来和我握手，并问几句美国的情形。啊，我是刚入了国门，却感到家一样的温暖！在抗战中，不论我在哪里，"招待"我的总是国民党的特务。他们给我的是恐怖与压迫，他们使我觉得我是个小贼。现在，我才又还原为人，在人的社会里活着。

检查完，交际员们替我招呼脚行，搬运行李，一同到交际处的招待所去。到那里，已是夜间十点半钟；可是，滚热的菜饭还等着我呢。

没能细看天津，一来是腿不能走，二来是急于上北京。但是，在短短的两天里，我已感觉到天津已非旧时的天津；因为中国已非旧时的中国。更有滋味的是未到新中国的新天津之前，我看见了那渐次变为法西斯的美国，徬徨歧路的菲律宾，被军事占领的日本，与殖民地的香港。从三藩市到天津，即是从法西斯到新民主主义，中间夹着这二者所激起的潮浪与冲突。我高兴回到祖国来，祖国已不是半殖民地半封建的国家，而是崭新的，必能领导全世界被压迫的人民走向光明，和平，自由与幸福的路途上去的伟大力量！

原载1950年《人民文学》第4期

南开四十年

张伯苓

南开学校的教育宗旨和方法

一　南开学校教育宗旨及其教授管理之方法

南开老校长张伯苓

凡事必有一定宗旨，然后纲举目张，左右逢源。本校教育宗旨，系造就学生将来能通力合作、互相扶持，成为活泼勤奋、自治治人之一般人才。英语所谓Cooperative human being者是也。欲达此目的，不可不有适宜之办法。前山东师范生来本校参观，在思敏室茶话。席间有以本校教授管理之方法相询者。余当时曾设譬答之，谓如幼稚园之幼稚生然，唱歌时每须举动其手足。为之保姆者，不过略一指点。其前列聪颖之幼稚生，立时领悟，余者即自知如法仿效，无须事事人人，皆须保姆为之也。本校教授管理亦无以异是。惟在引导学生之自动力而已。诸位先生倡之，老学生行之，新学生效之，无须个个提耳谆嘱也。而精神则在"诚"字、"真"字、"信"字。本校至今办理小有效果者，恃有此耳。诸生日日灌溉此精神之中，亦知之乎？汝等新来诸生，亦当如幼稚生之视其前列聪颖者之举动，而注目先来诸生之勤苦者之举动，特汝等现在程度，远非幼稚生之比，则努力进步，应亦较幼稚生为甚，如此作去，则九百余人之教授管理，殊易易也。

二　爱学校

人为万物之灵，而不能如草木之孤立为生。在昔原人时代，人之生也，只知有母，其后人类进步，而有父母兄弟。以中国习俗言，尚有祖父母、伯叔等等诸关系。此种组织 institution 是曰："家庭"。然家庭系血统的联属，自然相爱。再进，人不能不求知识，为涉世之预备，于是离家庭、入学校，等而上之为社会、为国家。凡在一种组织之中，则己身为一分子，member 一言一动莫不与全体有密切关系。对于社会国家，今姑勿论，而但言学校。学校系先生、学生与夫役三部所合成。其目的则造成德育、智育、体育完全发达，而能自治治人、通力合作之一般人才，以应时势之需要。诸生须知既为学校中之一分子，则汝实栖息于此全体之中。学校而良善，汝亦随之以受益；汝而良善，学校亦随之与有荣。反言之，学校而有缺点，汝亦不完；汝而有败行，学校亦玷污。利害相关，休戚与共。夫狭义之言学校，则课读而已；广义之言学校，则教之为人。何以为人？则第一当知爱国。今人莫知我国国民爱国心薄弱，欲他日爱国则现在宜爱校，既同处一校则相与关切至密，亦既言之矣！故须相爱，以相助相成，其理由至易明瞭。然则如何用其爱，第一对于人有师长、有同学、有夫役，余不敢谓本校诸位先生如何特别优尚，惟余生平任事数校，求如本校诸位先生之一致、之认真、之热心，并以余暇竭力扶助学生诸般之自治事业，殆属绝无仅有。吾向以中国前途一线光明，舍振兴教育外无他术。今得如许同志协心同德，将来当不无成就也。诸生知有人敬爱汝，则汝必思厚报之。今诸生能敬爱诸位先生，则诸位先生亦自更加精神，以惠爱答之也。然教育非如贸易者，以一文之价来，必以一文之物去，硁硁然不肯溢利与我也。且师长对于学生，莫不勉力扶植之，而对于资质稍次者为尤甚，表面似恨之，其实则竭力成全如恐不及。诸生切勿误会此意，对师长要爱，对于同学尤要爱。诸生试思，在家兄弟最多六七人已不易得，今在学校则九百余众，是皆异姓兄弟也。在家兄弟少，在校兄弟多，则在校兄弟之乐，自亦较大于在家兄弟之乐也。且在校同学一语良言，其益往往过于师长终日强聒，盖相习既久，长短互现，无隔靴搔痒之谈，多对症下药之论，收效之易自无待言。交友不必酒食征逐，须择规过劝善之真能益我者。然语云："无友不如己者"。西语亦有云：Birds of a feather flock together（喻人以类聚也）。优尚者与优尚者处我虽欲得益友，奈益友之不以我为友。何曰此，惟在汝自处如何耳！汝日日进步，则益友不求自至矣！自爱爱人，人安得不汝爱乎？

今再言夫役，余生平之仆役，自为学生至于今日，无一人不忠顺于我者，此何以故？无他，以人待之耳。世人往往以奴仆为次于平人一等，至目之为禽兽，随自己之喜怒以横虐之，不知彼亦人也。汝不以人待之，彼亦不以己为有人格，渐渐无所不为矣！尚欲其忠顺得乎？若能以严正驭之，而加以仁慈使知自爱，既知自爱，夫何不忠顺之有？以上言在学校对于人之爱。兹复言对于物之爱，爱物亦公德也。公德心之大者为爱国家，为爱世界。在校先能爱物，而后始可望扩而大之。至于国家、世界、校中桌椅，非汝之所有，亦非我之所有，推而至于书籍、图报、讲室、斋舍、食堂、厕所、球场，亦皆非汝与我之所专有，而为学校之所公有。我所有者不过其一分，一方面既为我之一分，则我之物我爱而保存之，固宜一方面为众人之所公有，则众人我所爱也。爱其人自亦不应毁其物，如偶或损坏，务要到会计室自行声明，照价赔偿，不可佯为不知。因微物有价而人品无价，毁物不偿所省有几，而汝之人品全失。失无价之人品，余有限之微资，勿乃自贬太甚乎？同学见有此等事，应为立即举发，因彼所毁之物亦有汝之一分也。然此物之有形者也，尚有无形者，为团体精神与全校名誉。本校出版之诸种报纸、杂志，如《校风》《敬业》《英文季报》及未出版之《励学》等，皆团体精神也。较物质百倍可贵，则维持之、发扬之，应尽其力之所能及。至于全校名誉，其良否皆与尔各个人有关（理详上），则尤所不可忽也。

原载1916年1月24日《校风》第18期

南开学校中学部第八次毕业式训词

　　二年前，由他校并入本校生徒共四班。四班中以此次毕业诸君结果为最良善。今兹言别，不禁黯然。每星期三辄与诸君谈，然则余所奉劝于诸君者，诸君闻之熟矣。但此次为最后致词于诸君之日，斯不能不举其较大而易识者，为诸君将来出校做事的基本。我所望于诸君牢记而守之终身焉者无它，"诚"之一字而已。即现在座而非毕业生之诸位来宾与在校学生，亦甚望有以共体吾言也。就现在时局而言，袁前总统办事富于魄力，因应机警，即外人亦啧啧称道，然而一败涂地。其终也，纵极相亲相善之僚友亦皆不能相信，不诚焉耳。以袁一世之雄，不诚且不能善其后，况不如袁者？此吾少年最宜猛省者也。黎今总统才略不如袁，而即位旬日，全国有统一之势，恃诚焉耳！一以诚成，一以不诚败，而事实昭然。皆诸君所共闻共见，当不以所言为太迂远。盖权术可以欺一时一世，而不能欺世界至万世。不诚者，未有能久而不败也。用权而偶济，用诚岂不所济更大更远！中国近来最大患，即事事好用手段，用手段为行权术也。权术遍大地而中原人格堕。一种人而无人格与无此种人同。然则不诚之弊极足以灭种亡国。如此言，富强岂非缘木求鱼之道乎，可不戒哉！是故诚之一字，为一切道德事业之本源。吾人前途进取应一以是为标准。事出于诚，即无不成；偶败，亦必有恢复之一日。聪明人每好取巧，取巧而得巧，则处处思取巧，终至弄巧成拙，聪明反被聪明误，事后悔恨已无及矣！望诸君明征学理，细味不诚无物之言。近按时人详察一成一败之故，既深知之，即力行之。然则此后与诸君天涯海角，貌则离矣；意气相投，神则合也。言尽于此，奋尔鹏程。

原载1916年9月4日《校风》第36期

旧中国之新希望与旧南开之新责任

春假内余曾赴京，所受感动，当于今日，为诸生言之。校内于春假亦曾组织旅行团，与行者受益自必不少。旅行最要之点，即为得一新经历。因吾人每日起居动息皆有例可循，常而不变，必寡精神。至旅行则可引起兴味，再做何事，自能得良善结果。余之至京，其原因之最要者，意赴美后，要余演说者，必有其人，虽欲拒绝，恐亦难免。演说时如谈世界大局，自觉恐才有不逮；如谈专门科学，恐识有未足；即言身所历，目所经之教育，又觉寡趣无已。其一，言中国之与东亚诸问题乎？此为关系美日中三国者。关系中日固矣，何以谓为关于美乎？盖与美所界，只一太平洋间，故亦有关系。此种问题美日皆有著作论说，而中人则阙然久未及此，且常有外国友人对余提及。故虽觉不足，亦以尽厥责任为目的。曾思中人对于此种问题，较他人知之应为更稔，而况余侪教育中人乎！此所以必不得已于言也。然徒恃一己之眼光，而不知他人之论调，又呜呼可！故必参考美日之议论，然后言时较为圆满而有把握。余至京以此意告之西友密司忒葛雷。葛君言政府顾问英人莫理逊君处，藏书甚富，且多关于中国之与东亚诸问题。莫君曾为伦敦《泰晤士报》主笔，前八年以顺直禁烟事余曾见之。今得葛君介绍，往访其人，得伊欢迎。且定于某日上午十钟涉猎其所藏书，至时赴约往视。其屋之小大，不下本校礼堂。书架满屋，琳琅满架。较之处则充栋宇，出则汗马牛，殆有过之。内分书籍杂志等，其书各国文字皆备，内约百分之九十余为英文，以著作者既多英美国人，而他国人亦间有用英文者故也。其余为法文、为德文、为拉丁文、为瑞典文。法文所载，率为云南、广西二省之土地风俗人情、矿产等。德文所载率皆关于山东之情形。拉丁文则为罗马教士初至中国所记载。瑞典文则寥若晨星，不多觏矣。一时不能遍观。伊为我介绍数册，后又视其法文所书之关于云广者，其中绘图之精，中国书籍中殆未之见。以其地与安南毗连，故彼觊觎最力。德文中则有五厚册关于山东者。莫君对余曰："若辈之经营亦不为不力矣。"真慨乎其言之。余闻听之余不寒而栗，方知他人较中人之知中国之多，有过之无不及也。嗣后与之略谈中国大局。其批评中国政治缺憾甚当，且曰：满室之书无一语敢谓中人不足有为者。彼对于中国将来希望甚大。余要之演说，伊言演说非其所长。及十一钟余，余兴辞去。是日晚，葛君请一英国大学历史教育（授）某君（其名为记者所忘）共餐，余在座，食时，某君言及中国人与他国人皆谓中国古国也，地利率皆用尽，是诚大谬。中国宝藏甚富，蕴而未开，可享之数世而有余也。斯言也，在常人言之亦无价值，而某君者则曾在中国各地演说，其言皆从调查学问经历得来。言必有中，铁案不移也。后余在清华学校居住数日，潜玩莫君为余所介绍之书。阅毕，与前此对于中国之眼光不尽有所改变，方知吾人欲知中国情形，必观外人书籍。斯言乍听似偏，然吾中人之对中国，语焉而不精，知焉而不详，非按科学方法所研究既不能一致，故亦不能谓之真知。彼则以社会、经济、博物、政治、宗教等学理分类揭出，故有规则、有条理，较之中人所述似为较胜。昔苏格拉底有言曰："Know themselves."中人之病，即患在不自知。诸生知夫睡狮乎？其齿非不利也，爪非不尖也，力非不猛也，徒以睡故而失去知觉，麋鹿欺之。故欲有为，必先恢复知觉；而恢复知觉即在"awakening"——"醒"之一字也。此字也昔曾言之而不知之，今则能谓真知矣。盖此字非阅历、思想不能知也。余今日之题为"the new hopes of old China and the new responsibilities of old nan-kai school"（旧中国之新希望与旧南开之新责任）。夫世界各国各尽厥责，如德倡潜艇政策而美抗之，尽其责也。而中国如何？睡狮知觉之无有，中国何责之能尽？虽然，中国人岂真不能尽责而有为耶？则固知莫理逊之言，无人敢谓中人不足有为者，与某君之谓，中国地利可数世享之而无穷，不我欺也。推原其故，睡狮所短者，精神也；而中国所短者，亦精神也。精神何以短？以性好保守也。譬之以奕，能取能弃，欲取姑与，方能制胜。耶稣基督曰：如求生命必先弃生命。譬之种粮，必先撒种于地，待之半年，方能刈获。若数事者，岂保守之人所能为哉！此中人之所短者也。何谓旧中国新希望？中国所少者，岂官吏乎？岂一班人民乎？亦皆非也。所短者，即为为五十年或百年后造福利之人。何谓旧南开新责任？即为余与诸生从兹立志唤醒一己，唤醒国人，醒后负责任为世界发明新理论，新学说，使世界得平安，为人类造幸福。此为余春假中所得者，亦为所望于诸生者，而又赴美后所欲以之演说者也。

原载1917年4月18日《校风》第61期

以社会之进步为教育之目的

开学之始，曾以活、动、长、进四字相勉。而今合起来论此四字，不过单就个人的长进而言。

夫教育目的，不能仅在个人。当日多在造成个人为圣为贤，而今教育之最要目的，在谋全社会的进步。

诸生当听过进化诸说。下等动物长为高等动物，高等动物进而为人。人再长，又分为二项：一为心理的长进（psychologically），一为社会的或合群的长进（sociologically）。

人同人组合起来，其效用能力之大，自非一人可比。现在世界何国最强？其原因何在？一至其国，便可了然。其最大的原因，就是比我们齐，亦如一家哥们兄弟均不相下。若一家只仗一人，则相差太多。社会国家同是一理。所以，近来教育家不仅注重个人长进，并注重社会的长进。Social end不仅在心理的长进，而在多数人的齐进。因为社会乃个人联合而成者，若社会不进，则居此间之个人，亦绝难长进。是以个人强，可以助社会长；社会长，亦可以助个人强。是二者当相提并论，不容偏重者。

现在西洋人对于教育青年，均使之有一种社会的自觉心（social consciousness），而吾国多数人尚未脱家族观念，遇公共事则淡然视之。

予前去北京，于车中见有以免票私相售受者，何其不知公共心一至于是耶？彼以铁路为公家者，但能自己得利，则虽损坏公共利益，亦无所顾忌，而旁坐诸人，亦以此非自己之事，故不过问，亦不关心，若此情形，实为社会流毒（social evils）。细考京奉、津浦各路间，此类事殊不少见，似此流毒究竟责在谁人？吾以为虽有强政府、有能力之总统、严厉之法律、有组织之路局，亦不能铲除净尽也！惟有国民社会的自觉心可制此毒。舆论力攻，众目不容，以此对于公共事业之非理举动，即对吾等各个人之举动，有伤于吾各个之权利，则若斯流毒，无待总统法律，自然消灭于无形。国民社会自觉心，诚有不可及之效力。

在京见美国公使，谓国人近来能得钱者，发财后多退入租界，是诚可耻之事，而舆论亦不攻击，甚有争相仿效，以不及为可辱者，真是怪事。而予窃不以为怪，因其所以如是者无他，国民的社会自觉心，Social consciousness未长起来耳。

今者时间有限，姑不多论。即就所以长进社会自觉心，而能谋全社会进步的方法上着想，则须于改换普通道德标准上有所商榷。

若不骂人、不偷、不怒、不谎、不得罪于人等事，先时多谓此为道德很高，然而此为消极的，于今不能谓此为道德。盖彼者，不过无疵而已，于社会虽有若无。今因于社会进步上着想，吾等当另定道德标准，谓："凡人能于社会公共事业，尽力愈大者，其道德愈高。否则，无道德可言。易言之，即凡于社会上有效劳之能力者，Social efficiency则有道德。否则无道德。"若斯数语，包含无限道理。愿诸生用为量人量己之尺，相染成风，使渐渐社会上均用此尺度己，亦用此尺量人，则去所谓社会自觉心、社会进步者不远矣。

然而徒知此理，于社会毫无所用。先时教育多尚空谈，殊觉无用，若无实习，恐且有害。美国某教育博士曾谈笑话，谓有函授学堂教人泅泳，学者毕业后投身水中，实行泅泳，竟至溺死。此喻仅知理论而无实验之害，诚足惊人。诸生欲按此尺而为道德高尚之人，幸勿仅求理论，更当于己身所在之社会，实在有所效用。于此先小做练习，至大社会时，自然游刃有余。所谓己身所在之社会，对诸生言，如班、如会、如校、如各种组织均是。予此二次所言者，即教育着重个人的长进，更须着重社会的进步。

原载1919年3月18日《校风》第117期

教育宗旨当本国情而定*

题旨：一中学之办法（活、动、长、进）。二大学之筹备。三实业之提倡。每次开学，均有演说。而此次与往者略有不同：

（一）予告假一年半，今方接任；

（二）正计划将来的进行。

前中学成立，在予同严先生由日调查教育后。今先生又极力帮同筹款设立大学，亦正在予同先生由美研究教育来。今方欲用半年工夫，审慎筹备此事。此时可谓南开新纪元。

前二次办专科，无如今日之筹备，亦幸而未成。如果成立至今，亦须改变。以其有许多未妥处，而此次则较有把握。

今所欲言者分三项，其轻重繁简，各有不同。

（一）关于中学之作法十之七。

（二）关于大学之筹备十之二。

（三）关于实业之提倡十之一。

一、关于中学之作法。

办学校须有宗旨，亦犹盖房者，心中须先有草图，用何器具，得何成效。

---

* 本文为张伯苓在南开学校第二学期始业式演说纪要，由幸蒙记录，标题为编者所加。

先时尊君尊孔等，后来全个仿日本，均非其道。现在欲求宗旨，须从反面着想，如同（一）需造哪类人；（二）当用何种方法。于此须知者：

（一）本国政体（需造哪类人）；

（二）人民情形（当用何方法）。

知乎此，然后再定教育宗旨，是以教育宗旨不可仿造，当本其国情而定。而所谓国情者，又太泛太 General，令人不易捉摸。兹再例述几项易于捉摸者：

（一）世界文明国多活泼，吾人太死。

（二）世界文明国多进取，吾人好保守（按此当提倡自动）。

（三）吾人多知自己及家族，而思想眼光多不知社会之必要（按此当提倡使国人有社会的自觉心〈Social Consciousness〉）。

（四）国人好作消极的言论行动（当提倡积极精神）。

以上所言，不过四项，已经比徒言国情者易于领悟。然此不过是目的而已，目的使之自动进取等等。但欲达此目的，需用何种方法，如使学生有机会，在学生中及团体中做事，即练习社会自觉心；又如使学生自谋其前途事业，即练习自动心。凡此愈说愈近，已经易于领悟多了。

凡此种种，予愿同诸位师生共同勉励，用南开作一个试验场，以长以进，就是民主的精神。

予末后告诉诸生，易懂易记的四个字，就是"活—动—长—进"。按此四字去行，自然可以得着生命、经验、方法等等。

二、关于大学之筹划。

前此办过专科二次，好批评者，有谓为维持本校运动计而立专科；有谓为维持本校新剧计而立专科；又有谓为校长名誉计而立专科者；若此均不待辩论，识者自知。究竟办大学与不办大学比起来是难是易，于此亦可了然。予前给在美留学生将来本校大学教员凌冰去信，告诉他将来在这办大学，是一个很不易的事。这因为予由美来华之先，即曾同凌君谈到办一件新事的困难，而此次无论如何，必极力去做。意者或谓，南开中学已千余人，事业非不盛，主其事者，何乐不可休息休息！亦知此种思想已十分腐旧。教育的事业乃进的，又安有止境一说？先时教育为扬名声，显父母，而今日则迥乎异矣！教育为社会谋进步，为公共谋幸福；教育为终身事业（life work），予于此至死为止。所以必立大学的原因：

（一）现在教育在别一方面言，即使青年合于将来社会的习惯，加大学即将其习惯加长，使造成益形坚固之习惯。

（二）中学毕业后，直接在社会上做事不足，故需有大学的培养。

此外，仍有一个次要的原因，即国中国立的、教会立的大

卖柿子的小商贩

学，虽是不少，然而真正民立的大学却不多见。须知今日中国所以幸存者，多半是因为世界的舆论帮助。然而吾们亦当教世界知道，吾们国民能做点事，所以这亦是旁边的原因。

街头的大茶炉

至于大学的筹备：（一）人才方面，有凌冰先生，并转在美约请数人。（二）财政方面，予此次至京，各界均有意帮忙，并见南开旧同学尤极高兴。严先生已预备至各处捐款。本月十五日，为此事在校内开一乐贤会。

三、关于实业之提倡。

先欲劝大家省钱，合力去做买卖。凡本校师生所用的东西，均由本校师生自己去做，自己经营。这个意思就是想引着大家省钱，并注意实业。以前有思想的人，多半不想实业；而办实业的人，又多半无思想，这样如何不贫？是以以后想有工场、有售品处。大家合作，人人有份。

予今日所言者，无不许如何、不准如何等消极的报告，惟望大家一齐努力，共跻于成。

原载1919年3月18日《校风》第117期

在南开乐贤会上对学生家长的演说*

今日开会，其宗旨：一方为欢迎校董，一方为得与学生家人联络，而其主要意思则在长进。

今日次序，上午为展览会，此刻为乐贤会，晚有新剧以助余兴。予今藉此得与诸位家长谈谈。今日到会者千余人，若一一面谈，殊难周到。诸位若有所见亦请随时指导，本校无任欢迎。

诸位已看过东楼上其第一室为校中历史，表明本校当日如何渐渐长成；第二为学生手工室，极简单，不过学了半年，成绩颇不足观；三为出版室；四为体育室；五为学生之组织及学校办事法；此外有讲室、饭厅、宿舍、会所、义塾等等。诸位如有未看完者，明日下午二点仍可来。

当诸位看本校历史时，即知本校发起在严先生家里，现在中学已成立十四年半。再往前说，则在二十一年前，即戊戌变政时彼时无所谓改良，严先生由贵州学政返津，倡议改科举。其时予即在先生家教其子侄六人英文、算术等，后又有王宅书房数人与此合并，遂于光绪三十年改为中学堂。堂中共有学生十三人，此即十四年以前事也。后集款建此，学生渐加，现在

---

* 本文为张伯苓在南开学校乐贤会上对学生家长的演说词，由幸蒙记录，标题为编者所加。

有一千多人。此校纯是私人对于教育热心办起来者，起手捐款为严、王、徐诸先生，后渐长，乃加入省款，亦因有官立学校学生归并为此故也。

敝校办理不周之处，在所难免。而敝校所最注意者，即教育方法，彼时学校初兴，办事多主严，致风潮迭起。此点本校所主张稍有不同，盖纯严则压制学生使不得长，而学生此时正在长进之期，岂可阻滞。孩童当五六岁时多好跳跃奔走，如吓之不使动转，殊碍其生机，结果则一班人身体多不强健，或谓如任孩童随意奔跑，恐有损筋折骨之险，然而绝不当因此即使之不长，而当设法使之跳而不至损骨。盖如在此五六岁时，不顺其天然使之长，则成人以后虽欲不能矣！近闻有因家中孩童由小学放学甚早，嘈闹不堪，于小学功课以外下班后仍送之于塾师，以图省心者，殊不合于生养之方，仅图省事不顾幼孩之长进，贻害无穷。此关于教养幼童心理生理二方之极简道理。

中学时之学生，正在发展集合性及做事心之际，是以多好动。教育家当于此时因其势而力导之，为之作种种预备，若竟图省事，则此时少年丢去许多长进的机会。何以国人外交屡屡失败？无团结力，即少时无练习之故，至长成做事，于社会为软弱，见外人则摔倒，如今亡羊补牢，正当使青年顺性发达，以练达其做事心及团结力。凡无害之事，则放心使之自由发达；而于坏习惯则丝毫不容，如烟酒、嫖赌等事，犯者绝不宽假，至二十（岁）以后理解可以胜嗜欲，自然可以无虑矣！外人每评论吾国人无团结力，如散沙，好自争，是固然。其缘故因吾辈年幼之时，即无此种练习，比长成至社会再去练习团结，抑亦晚矣！

向者，人多以到学校为念书，其实学校的意思不止于此。到学校当学生活之方，当学共同生活。如只念书而不会生活，则非徒无益，而且有害，是以当随时使之做事。起初亦有小争，以其幼时自私之念尚未消融，而渐渐则极有秩序。对于此点，予不能不感谢诸位（对学生家长言）。子弟之良善，予亦敢以此十四年之经验，证明吾国人可以往民国去做，更由此可以报告诸位，中国是有希望。

此外尚有关于学生之事数项，欲向诸位家长面谈：第一，即关于钱财。本校章程，入校时均使之写账。此种习惯极需养成，即便钱多，亦当知节俭之道。诸位可按报告与学生算账，于此亦可助学校之不周。天津地方，如三不管为最不清洁，本校特派人在彼处巡查，凡有犯校章者立即革除，于此不能不严。至二十岁以后。好习惯已成，即无需监督自然亦不至错步。而家中人往往因子弟一星期在校用功，至星期日则纵之使消遣于恶劣之地，学校六日建筑之功，每因此一日遂至破坏，是以格外请诸位注意。又如娶亲一事。本校定章，不至二十一岁不得娶亲，违者革除。早婚于学问、进步、道德诸方面均是有损无益。其所以早婚的原因，大概多由于祖父母或父母欲多得一辈人。是固然。然而得一辈伤一辈，究竟何益？有时学生因早婚为本校察觉即行革除。家长来言亦无法通融；或谓定亲已久，至今不能不娶，固属至理，而鄙意亦深望诸位家长勿早为子弟定亲。就中仍有琐事甚多，恐不能一一向诸位面谈，如学生告假一项，本校亦事事从严。用电话不能告假，必须有相当理由及信。如随便使学生告假，即使之多一说谎机会，于将来极有影响。本校如查得其人作假，亦无大罚，申斥之而使之知所悔改。盖犯过之人未必均是坏人，大多由于习惯或由于软弱。有病，所以当可怜，而不当过斥；过斥亦往往无效，如得其病源而告之使改，其人更爱服，往往流涕誓改。是以教育当防其有过，而于已经有过者更勿记恨其过，当设法使之改悔。

此外，凡本校有不周之处，切请时时指示。前者有学生家长因学生所着大氅无处放置特来相告。同人颇感其言，即于东楼旁设法匀一通学生存物室。虽多用一人多占一屋，而为学生方便亦所不辞。然往往因经济的限制，不能事事满意，但能为者必尽力为之；若能得诸位经济上的辅助，尤极欢迎。

此次到美，愈觉现世为民主发达时代。而吾国所处与此主义正复相合。现在世界已将强权打消。当鄙人走时，东邻极强，诸多欺侮；而今世界帮助当无多虑。然永仗他人帮助，绝非其道。是以须自造民国，而教育事业益不可缓。现在大家商议藉着南开做一大学。或谓左近已有北京、北洋及教会所立大学，无需再多此一举。其实不然，教育无嫌其多者，但看学者多否，如学者多则可加多。美国学校各有各性质。本校性质纯为私立，在做成由人民所立之学校，现在筹款筹地，著著进行，事事多仗人民私力。即徐菊人先生虽为总统，终为本校旧校董，亦系一人民资格。

诸位均知南开为私立学校，有先生，有东家，当日由严先生一人当东家，已有如此进步。若诸位者今日均为东家，则前途益觉光大，所以敝校对于诸君有无限欢迎。

原载1919年3月11日《校风》第116期

本校教育政策*

上星期六晚，曾到校内校外、各处宿舍看看，若干的少年人从远方来，在这里求学。要是有年纪长的人，常常同他们谈谈，可以帮助他们长进，亦可使他们安慰快乐。可惜近来校中人太多，无法一一亲近。在当初二三百人时，予于全校学生，都能认识，并可略道其家中事。

该晚与学生谈时很乐。见他离家来此，颇有志气。以前所谓各省的学生，大半都是各省的人，寄居京津的。而近来从安徽、山东、山西、广东、江浙等省各处来的学生，多半是由本省一直投入本校。这些人都能舍家远游，必定有志气。家里肯供给到此来读书，必定有造就，所以愈看愈乐。我就问他们各处的学生，因为什么到这儿来？有好些人就说，他本省学校办的不好。这些人既然来到本校，志气极高，将来必有为领袖的机会。其中虽有一二人目的未定，然而有目的实居多数。其目的都是很可尊重的。

诸生既到本校来，须知本校亦有本校目的。人类所以比他类强的，就是他可以用方法去达到他的目的。本校要师生合起来，去达到两项相连属的目的。这就是本校的精神，亦可说是本校教育政策。这两项就是"理解"跟"自由"。

---

* 本文是张伯苓在南开学校修身班的演讲，由幸蒙记录。

　　所谓"理解"者，即一切事，不使学生专仗先生去推。当认清理解，自己去行。意在造出一班自动的人来。果能按理解去自动，即完全给以"自由"。近来自由几为社会的诟病。然而予不但不以为病且欲多讲育。怕者无理解的自由。若有理解，何故不给人自由呢？！

原载1919年3月31日《校风》第119期

在南开学校全体教职员会上的开会词

余在各地学校常与人谈中国教育，越办越糊涂。吾常言，读书可赚钱，只不可赚混账钱；读书可求个人之生活，要（更）求大众之生活。……如此作去，要自问是否与教育宗旨相合？是否与教育学生之目的相合？……试问学校之设施是否合乎国家之需要？对于学生之输入，是否合乎社会之需求？造就之人才，是否将来有转移风俗、刷新思潮、改良社会之能力？若曰不能，是自小视教育也。……若仅为个人增加知识技能而办教育，则教育神圣亦不足称矣。吾人……实具一改良社会之希望，因此次休课之暇，乃举行香山会议。……以慈幼院为开会之所，列席者有本校各课主任及各班学生代表数人，藉此以征求各班学生之意见。

此一段话，说香山会议成立之历史。在香山前后一个礼拜，所讨论者凡四十议案。精思细想，得有此一大结果。吾不得不感谢诸列席者，研究心之富，办事心之勇，为吾南开辟一新纪元，开一新道路，建一新楼台。

此四十议案中，有讨论有结果者，有讨论尚须审查者，有讨论未有结果、待此半年继续讨论者。其中最要之点：

（一）校务公开。学校一切事，不是校长一人号令，应大家共同商量，所以要大家同负责任。有了此种力量，才能一致的奋斗，况教育目的，不是饭碗，安有高过此的意思？若要达到这种意思，非得全体一致的动作不可，所以校务要公开。

（二）责任分担。全校师生既是都负责任，必须认定自己的责，尽了自己的职务，才行。史秘芬有言："决无一时就好的事，非得除了自己病不可。"我们在教育界做事的，没有贪的机会，但觉势力犹小，要广造新青年才行。然而若造新青年去改良社会，决不是在书本上就行的，非得以身作则，用精神感动不可。

（三）师生合作。此项决非空说即行，我们此次到西山，有学生十几人。当时学生中有说学生同去，恐于说话不便。然既同往时，大家一齐讨论，一同饮食、居住，精神是非常之好。盖无形之中即能感动。此后即将此种精神推于全校师生。吾得有暇，以办筹款事务。至于师生校务研究等会，已有《香山会议报告书》，兹不赘书。

原载1921年4月1日《南开周刊》第1期，1921年10月17日《南中周刊》二十二周年纪念号

南开大学第四学年始业式演说词[*]

今日为我校大学部成立第四学年第一学期的始业式，吾略备数语与诸位同人和学生一述之如下：

南开大学系由中学部所产生。吾犹忆十数年前南开中学始成立时，天津中等学校同时而起者不下七八处，如官中、新学、长芦、明德、私二、私三等皆争胜于时，而至今存在者已无几。若发展由数十人，数百人，以至千三四百人者，则更希矣。此中消长情形，固有幸与不幸之分；而南中办事诸同人和学生笃信教育万能之梦，至处此经费极困难情形之下，仍能煞费苦心，竞争不息，亦可大增吾辈办学之信心矣。然非即以此为满足，中间亦屡次欲提高学生程度，如开办专门班二次，皆以经费无着与章程所限等原因而停止，致将学生转送他校，至今犹以为憾。现大学成立虽逾三年，而其始亦几经波折，始克继续发展至有此小小之成功。此数年间与吾校同时而起之大学，如东北、西南、东南、河北、鄂大及厦门等，皆耸动一时。而至今除东南、厦门与南大三校外，他将成为泡影，或至今尚未实现。东南与厦门两校学款尚裕，可望持久。吾校经此三年之试验，学生由数十人增至今三百数十人，与前相较，增

---

* 本文原标题为"本校大学部始业式校长演说纪略"，由刘炽晶记录。现标题为编者所加。

且数倍。以学生言，可谓幸事者一。年前以校舍狭窄，难以扩充。今得津南八里台广地数百亩，以充建筑校舍之需，第一处楼房一二月即可告竣，则第一班毕业诸生，明春定可在新校址举行毕业典礼，当不致再有转送他校之虞。以校舍言，可谓幸事者二。吾校经费自中学既感困难，然从未以此而中止；今大学经费，三年来亦不充足，不久将再事筹款，或可望有成效。且美国煤油大王前所捐之十二万五千元科学馆助费，亦可望领到；则今日理科诸生明春当能得大科学馆之享受。以经费言，可谓幸事者三。此外，大学最要者即良教师，现在座诸教授，皆一时之硕彦，从此教诲得人，诸生受益，当非浅鲜。以教师言，可谓幸事者四。

以上乃数年来吾校成立之历史与此后进行不已之计划也。然年复一年，茫然计此者何为？此即吾南开大学教育目的何在之问题。吾将借此机会为诸生约略陈之。

吾族自有历史以来，世世相传，从无过极困难之时期，如吾辈今日所身遇之甚者。盖前此所谓之困难，乃一族的，一事件的，甚或一二年的。今吾辈所身临者乃外界潮流突来之打击，未及应付，即将吾固有之环境打破；以致标准丧失，是非混淆，社会泯纷之象日甚一日。究此原因，即所变者过急，国人莫能定其新环境以抗之也。故外潮一入，民气全失；长此以往，黄帝神明，华胄，将何以堪？于是忧时之士，始也希冀袁氏帝制推翻后，则一切泯纷之象皆可迎刃而解，全国上下就可好了。既袁倒，而泯纷之象如故；于是又转其希冀之点于张勋复辟失败，于安福失败，于直奉战终……等，而前此泯纷之象至今仍如故。"就好了"三字之梦乃大失其信仰心。然则此问题将如何以解决？吾无以答之，惟求之于南开大学教育。

约翰·杜威（John Dewey）于其《民治与教育》（《Democracy

and Education》今译《民主与教育》）一书中，前四章论应付此种外力之法最精微。谓当一新环境之袭入，须先自定方策，即有一种"动机"，以应付外来环境之逼迫，以与之较胜负，继续不已，以至终身，始克得胜。今吾华民族所最缺乏者，即此种有"动机"而能引领全族出此迷津之领袖。南开大学即造此领袖之所望。今日在座诸男男女女，一秉此心，自强不息。

总以上所言，此次大学成立之动机系第三次之试验，此后将打破艰难，永无止息。至成立之历史，则一由外界之帮助，二由内部之增长——校舍扩充，学生增加，教授得人——而教育之目的无他，在求此解决吾华困难问题之方而已。此问题吾知非一时所能解决者，然"百尺高楼从地起"；事无大小，全在精神。《圣经》有言："对小事忠心者，对大事亦必忠心。"故吾敢语诸生，凡事不在成功，不在失败，只视其如何竞争。今吾辈既生此时艰，万勿轻视自身，须记汝"责任大"，"机会好"，志向一定，前途正远。人谓南开今日虽小，后望方长。他吾不知，吾惟知"穷家子弟咬牙紧""生于忧患，死于安乐""天将降大任于是人也，必先苦其心志，劳其筋骨……"，望与诸生共勉之。

原载1922年9月28日《南开周刊》第41期

改造南开[*]

本校自逾千人后，因地址不足总未召集全体集会。今日因要事不便分两次报告，乃召集一次全体集会。女中部已于昨日集会，明日尚拟至大学部作同样之集会。

此次集会之目的为"改造南开"。此语骤闻之似无甚意义，盖年来本校气象颇盛，尚何改造之可言？殊不知本校至本年十月十七，虽已届二十周年；此二十年中，本校虽已能排除一切困难而继续进步，而去岁暑假，遇前此未有之巨大变动，本校舍由一而分裂为三。去岁既分力于大学之建筑迁徙及一切新组织。而女中学亦适于暑假后创始，其困难实较以前为更甚。盖辛亥学潮，直皖、直奉诸役，虽皆影响及于学校之发展，然其势力皆自外来，远不及此次因自身扩张而生者之重要也。至于今日，已历一学期，诸种困难幸均已平安度过。以言经济，至去岁年关，虽亏款三十余万，自可陆续归还，即万不致入于无办法之途而已；至于精神方面，则实不如预料所期，今既已度过经济难关，乃充多注意于精神之整顿。由此可知，南开学校之所以改造，其一因有改造之余地；其二因有改造之余力。日前曾有一学生家长对吾言，谓将学生送入南开，即答放心。吾即答以吾辈即因之不能放心矣。此亦可谓改造之一

---

* 本文是张伯苓在南开男中学部全体特别集会上的谈话，标题为编者所加。

因，即永不自满而使之常常在改造中也。

吾尝闻人言，学生对学校总不能满意，此语殊难索解。岂学生与职教员之利害正相冲突耶？吾以为教育之目的为一致的。学生与职教员其利害苟一相对，则必系一方面认错此方向矣。试就学费一项言之，初似为学生与学校之利害冲突点。然苟能财政公开，则自能相谅矣！故吾以为改造之最重要方法，即开诚布公而已。盖冲突每起于误会，若学校办事之认真，教员授之毫无假借等，每为学生所误会，以为故与彼等作对。然苟解明其故，自能涣然冰释矣。吾印成建议书数千份，当分之全校师生校役，以求收集思广益之功。诸生可各思有何种建议，即偶有错误亦无妨，盖吾藉此更可使诸生得一自省之机会也。女中学部因团体甚小，诸事多能自治，故一切情形均差强人意。男中学部团体虽甚大，然亦可分班组织自治会，不然固不能及女中部，且学校亦无能为力也！

吾前已言，改造之要点在"诚"。以吾之经验，人苟欲有所成就，盖亦无地不须借助于"诚"。本校中之青年学生，亦必因此字而得进步。且此种建议书可对学校，亦可对自身。例如思自身有何可改之处及改革之理由，再及于改革之方法，不自欺，不松懈，道德学业自皆可日进矣。总之，本学期全体师生，均能有一种改造之新精神，然后本校之前途乃克有绝大之希望。愿共勉之。

原载1924年3月1日《南开周刊》第84期

振兴实业，增进物质文明*

近日在中学所收议案，其可行者已立刻实行，其尚有讨论之必要者，已交人分别管理，预备仔细讨论，故建议结至今日暂行停止。俟讨论完毕，作一结束再重行征集，庶不迟延过久。惟此次议案中，有一系提议将校后臭水塘填塞，恐系不明本校历史之故。

盖本校当未设立时，有德人汉那根者与三数中国人在天津设地皮公司，其与地方官所订条约，系将天津城拆毁而从西头掘河一道，经德租借地而达海。当时本校校址附近多系津人坟地，亦被该地皮公司划为己有，强迫将坟移徙。有郑姓者，虽以势不敌将坟移走，但不甘心将地归该公司，即赠与学校。当时余以学生尚无球场，即以该地充之。德人闻之，出而阻挠，经过无数交涉，后余与该德人面议，结果德人另赠本校地一块，此即本校现在校址之一部分也。后该公司所预拟凿之河未能成功，乃将天津城中概造暗沟，天津城市之污水乃皆集于本校后之水坑。现三不管附近，昔因地中甚低，居民欲在其地建筑者，即藉掘鱼池为名，将地填高，盖所以避免官厅干涉也，结果各水池亦皆变成污水池矣。近闻津人在从事于运动，将与本校旁小河相通之河在海光寺设闸，时时将污水换过。结果则

---

* 本文是张伯苓在南开中学高级修身班上的演说，标题为编者所加。

天津海光寺

本校后水坑之臭气或能减轻不少。总之，此水坑现时实无法使之填塞。吾校同人惟有练习忍耐之法，盖在此种情形下亦无可如何也……

本校大学部近日有几种极巨变化：其一为评议部之成立；其二为商科学生之组织学生会。此会余对之颇尽力赞助，盖自吾从美洲回国，知中国现在之要，首在增进物质文明，不然，则为世界进化中之落伍者，欲图与之争衡不可也。然增进物质文明之法，吾以为不在提倡科学，而在振兴实业，财赋一足，则自能从容从事于科学之发明矣，此点由各国之历史及现状均可证明之。吾今岁内校中诸事均已妥协，乃努力于此。此商学会凡商科学生必须加入，出校后仍与此会发生关系。吾愿三十年后南开学校之商科学生在中国商界可逐渐减杀外人之势力也。

原载1924年3月15日《南开周刊》第86期

南开学校的教育方针*

本校于每学期之始必举行一始业式，藉以联络全校师生，以努力进行一学期之计划。近年来，师生数目逐渐增加，已不能于一日之内为实际之联络，只可称之为精神的联络而已。

开学后，旧生多已报到，新生报考者亦甚踊跃。本校以地址不足，未克尽量收入，对于未取诸生，殊深抱歉。今年各省有患水灾者，有患兵灾者，诸生求学之心并不为之所阻，殊堪嘉许。国内人士对于近年之变

被水淹没的街道

被水淹没的村庄

乱，亦得有两种教训：其一，不因之妨碍正业；其二，不希望其得若何重要之结果，此可谓中国民智上之一进步也。最近江浙之事殆亦不可幸免，两省学校因经费无着，多不能开课；津地幸有

---

* 本文是张伯苓在 1924 年秋季南开中学始业式上的讲话，标题为编者所加。

"辛丑条约"，乃得一时未经变乱，不然，则我校当不止一次被兵占用矣。然试深思之，吾人果何必须受外人条约之保护而始得安宁？此种不合理之现象，果何因而能长久持续？此则吾人所当引以为教训者也。

本校开学前，各课主任及全体教职员均曾集会讨论本学期进行计划，内容甚多，后此或克陆续印布。今日愿为诸生告者，即本校之教育方针是也。吾尝思中国在今日混乱状况之下，果当需何种人才？建设者乎，抑破坏者乎？按常理言之，似专屡（属）前者。然细思之，中国今日需破坏之处，尚甚多也。以言当年之革命诸公，其所破坏者固乡，然平心论之，则知彼辈之破坏多属无经验的，或竟谓之为盲目的破坏亦无不可，盖其能彻底者实寥寥无几也。故中国今日所最需要者，乃彻底的破坏人才，非冒失的破坏人才。甚愿全体师生皆向此目标渐近也。

原载1924年9月29日《南开周刊》第98期

当前的时局及南开的训练方针[*]

近日时局不靖，国人因相习已久，未尝稍生恐惧，致妨事业之进行，此亦可谓民识之一进步。此次变乱之范围，果将如何扩大，此际尚不敢定。然无论如何，其均不足以解决中国之根本问题，则是吾人所敢断言者。江浙诸省及北京方面之教育界所受影响颇巨，言之可痛。再北京之私立大学，近日数目顿增，夷考是实，则大多数乃专为欲分润各国将退还我国之庚子赔款。但吾人从一方面观之，此种现象之存在，固由于各省中等教育之不良，或由于政府办理大学教育之不善，或范围过小；然深一步观之，则可知皆由于国内政治之不良，不然，则此种反常之事实万不能发现也。美国因退还中国庚子赔款余额，已派专员孟禄博士来华。孟禄氏之预定，本拟速将管理此款之中美委员会举定，其中美国五人，中国九人。但现仍未能将人妥实举出（记者按：十八日《晨报》载此委员会人名单，读者可参见之），此种迟延不决之习惯，真为中国人之病根矣。

国内武人颇有主张，以各国退还庚款筑路，然后再以路政收入充教育基金者，其言未尝不能成理。然按之国内已成各铁路营业并不赔，累其赢余果归于何处？彼等又有谓筑路可以助国内统一者，然按之实际，京奉路固早已通车，何近仍与政

---

[*] 本文是张伯苓在南开中学高级修身班上的讲话，标题为编者所加。

府俨然成对乎？总之，年来武人盛倡武力统一，至于今日之情势，几非用武力不可解决亦可悲矣。

值此等混乱之际，本校尚能安稳开课，实属大幸；然因之乃发生一最重要之问题，即解决中国之时局果需要何种人才是也。盖吾人于此际既不能决然助何方，则必须养成将来解决国事之人才，其事甚明。然训练之方法何为？中国最需要之人才系建设者乎，抑破坏者乎？以吾现在中国现状一部分需破坏，一部分需建设。于是本校训练之方针，乃专注意此两种人才所必具之基本性质，约言之可得三种：其一曰，志大而正；其二曰，具胜困难与试绣之毅力；其三，为永远进取之精神。此外尚有一种特质，曰创造的精神，其重要尤巨。然此种特质只能于少数特才者见之，殊不能如其三者之希望于每人也。日后得暇当一详论之。

原载1924年9月29日《南开周刊》第98期

在南开学校庆祝二十周年
游艺会上的讲话

昨天在八里台大学开纪念会，我没有到这里。今天除了学生外，有许多来宾。现在我要说一说这个二十周年纪念会的意思。这"二十周年"，是指旧制中学而言，至于新制男中学，只有二年，大学五年，女中学一年。所以今天的二十周年不是纪念大学部，也不是中学部，也不是女中部，是纪念所有一切南开之份子，所以二十年前的人也算，在南开只有一年的也算，如其要找一个二十年全在南开的，恐怕很少很少。现在国内多事之秋，不能大大的做寿，北京之旧同学要来上寿，当即去电阻止，极力往小处做；但是人数太多不得不分做二天。年来因教职员、学生全忙，故未编演新剧，新剧人才又多往八里台去布大景，所以今天没有新剧。但是学生很多，当然免不了有人才，所以，今天这个游艺会，把他们各种特技表演表演，或者比新剧好。没有新剧，对不住社会；但游艺也好。今天发的纪念品，上边印的大学二十五万元的科学馆，男中学二十多万元讲室之楼房，还有一块白地，是女中学的，预备捐十五万元盖房子，这一点，请来宾注意。男女是平等的，男中这样完备，女中那能太坏？我们提倡女子高等教育，非从女子中学起不可。我希望二十一周年时，那块地上已有房子了。这种事

（指办教育）应当大家做，为什么我一个人做呢！今天来宾不少，本校学生也不少。希望出全力帮忙，我想借此成功这件女中盖房子的事。

原载1924年10月17日《南开周刊》第101期

教育为改造中国之根本办法*

处于此等风雨飘摇之时局，欲求能平心静气从事于事业，实为不可能之事实。以本校论之，本年来已阅大险二次。其一，非直接关于时局者，为夏间之水患。其二，为东北战争。此二险皆幸得脱免，既未致受淹，又未致停课或被占为病院。此两险难，方庆已过，而又有一尤关全校命脉之经济困窘问题，临于吾人之眼前。考本校全部经费入源，向皆赖学费、地租、省款、公债及财部之助款；与出路相抵，每年辄患不足，约亏数万元之多。现当如此时局，不仅设法筹款不可能，即应得之款项，亦受影响，较往日减少矣。处此艰难，办事人之苦痛当可想见，然吾人仍当积极设法，无论如何不能使学校陷入停办之末路也。

此次政变之成绩，自表面观之，约有三项：

（一）历年来武力统一之迷梦，从此当稍警醒。今之执政昔曾恃武力谋统一，而遭失败。晦迹数年，回首前尘，必有所悔悟；且兹次得政，并非得自武力，其不主张以力征经营，实可断言。至于现之握军符者，鉴于某大军阀之前辙，亦必有所警惕，不致再轻用武力；即使尚有之，在实际上恐亦难办

---

* 本文是张伯苓在南开中学初中第十四次集会上的讲话，由邵存民记录，标题为编者所加。

到。盖欲启战争，对于其部下，必有所利诱，始能得其死力；此历年来内争所得之定理。现之奉军，固战胜矣；所得者几何？不徒无利可得，现且将从事于裁减矣。如此，尚望其能侵略南疆耶？

（二）吾国人素有不问国事之劣点，经此次大乱，当亦有所改正。内乱纷纭，虽非国家之好现象，但一班醉生梦死之国民，受如此苦痛切肤之刺激，当可醒悟矣。

（三）手握三民主义旗帜，奔走革命四十年之国民党魁孙逸仙，自清朝末叶，直至今日，即时立于国民前方，呐喊提倡国家改革，种族应自立。清朝既已倒矣，军阀为国家之害虫经此次战事，现已稍见铲除矣。目的稍达，而国家已糜烂如此，其方针岂不当变移？闻该党现已改变目的，由对内之改革，移为打倒国际帝国主义之计划。为如斯亦吾国前途之曙光也。

总之，此次政变所收之效果，消极方面，不过国民由此稍有所觉悟；积极方面之建设则未有也。然吾人决不能因有消极之觉悟，即自以为足，此后仍当合心努力于积极的建设。欲积极的刷新中国，根本方法，在先改变人民，欲改变人民，则必赖乎教育。信教育可救国者，非无其人，而至今无努力从事之者。其故有二：（一）处于国势紊乱，外国帝国主义侵凌之下，教育无发展之余地。（二）教育固属重要，然其为用甚缓，非旦夕所能获效者。虽然，此不过无志者之言。惟其艰难，惟其纡缓，吾人益当振奋斗之精神，刚毅之魄力，以从事之。盖一极重要而极难收效之事，欲不历种种艰险；而平易得之者，自古及今，未之见也。

以上所言，为欲使国人觉悟教育为改造中国之根本办法，现缩小范围，论及本校。

本校之寿命，本年已届二十载。建设前六年，已为胚胎时代。余时在北洋水师，感触种种国耻，知我之不如彼者，由于我之个人不如彼之个人。故欲改革国家，必先改革个人；如何改革个人？唯一方法，厥为教育。

欲教育发生实效，必注意两点：（一）普遍，（二）专。然此等云云，在初行改革之幼稚国家，欲能办到，谈何容易！苟欲行之，亦当先自小处做起。先做出良好成绩，使社会知教育之重要，然后始有普遍及专精之可能也。此等责任，私立学校当负之。此余之所以辛苦经营，而有本校之诞生。二十年来，时势屡有变更，吾校亦屡经困厄。而卒邀幸运得不致停办，不徒不致停办，且蒸蒸进行，一日千里。此其发达原因，不外以下三者：

（一）信——认定某一事业，始终以之不半途放弃，此信之谓也。

（二）永变——方法不变，虽宗旨甚佳，亦不免于守旧，且有碍于进步。吾人宗旨固始终保持，不肯放弃；而进行方法则时时改变，务使其收利益多。

（三）专——此项为一切事业成功之要素。抱定某一目的，竭毕生之精神，派刚毅之魄力，猛勇赴之。虽以身殉，不惜也；虽以利诱，不顾也。此等精神，苟能得之，无论用于何种事业，其成功必甚伟大。

此三点，为本校能有今日之原因，为余办教育所持之利器，亦为办一切事业之必需条件也。

原载1924年12月14日《南开周刊》第109期

关于师生合作问题*

我校大学、中学、女中三部，现已照常开课。虽时局日益紊乱，令人抱无限之悲观，然自校中观之，各种事项，已归复原状，照常进行，实令同人等感觉无上之快乐者也。

上一学期，可谓在南开历史上一重要时期。若两次兵祸，若华北水灾，均于此一学期侥幸渡过，未受若干直接之损失；而在学期末三星期内，不幸大学部又发生风潮，幸而解决甚速，结果尚佳。吾同人经此次风潮以后，回想其成因，与今后之计划，盖非此次所得之经验，思一种完善办法，不足以改良吾校。此吾今日所欲与诸生讨论者。

此次大学风潮之起因，由于学生周刊内数次与事实不符之文字，又有数篇文章言辞过当者。吾曾召办周刊之学生来，告以以后周刊文字，所载事实应先调查详确，且批评尤不宜失当，致伤感情。迨下次周刊出，又有批评文字一篇，内载不满意学校者四项，吾遂召作此文之学生来，详为说明其文不符事实之点。斯时，校中遂有人风传学校有革除多数学生之举，于是学生各科代表四人见吾，代作文者负责任，以为不应革除作文之学生。

---

* 本文为张伯苓在南开中学高中第二次集会上的演说，由吴廷玮记录。标题为编者所加。

斯时多数教员以学生谩骂彼等过烈，乃函求吾代为调查此种论文，系少数学生之意见，抑多数学生之意见？以为其辞职与否之取准。吾遂召集全体学生，讨论此事，而学生佥言此种论文系全体之意见。教员遂多数辞职。后学生代表四人来，与吾谈判亦未得结果；而吾以事赴京。学生之宣言出，以为此次风潮，校长乃被教员迫走，岂非可笑！其后经多数人居间调停，皆未有效果，而大学于是不能不停课矣。

数星期后，学生来请求吾开课。吾向彼等言，欲使吾复职，非实现吾之条件不可。条件维何？即以后师生亟应合作。盖学生对于学校，实应扶助其进行，不当随事挑剔；且于学校之行政，学校之措施，应先了解清楚，代学校着想一番，然后可以批评，可以说话，不当无的放矢。其后学生承认对学生能力内可行之事，以后当竭力扶助学校进行；吾亦以为往事不必追究，遂使学生会向董事会、毕业同学会作一道歉，信以了结此桩公案。……现在大学已照常上课，正补作上学期考试也。

学生应根本明瞭，为学校之一分子，对于校务，有注意之责任。此次风潮之最大原因，可谓由于师生间太隔膜，换言之即"不知道"三字所误也。故我以为"师生合作"问题，对于南开前途，有莫大之关系。

有吾校三部言，以女中情形为最佳；盖彼等本有师生合作之精神，且了解学校办事之困难，故年来办事极为顺适。至于大学，人数较少，年龄亦较长，此师生合作问题，似亦较易解决。惟中学历史较长，人数又多，施行上实甚为困难。然虽困难，亦当促其早日实现，盖非如此不能使学校进步改良也。

吾前次曾召高二、三学生各十余人，征其对于此问题之意见；佥主张慢慢进行，骤然改组，实有许多不适宜处；又有一部分学生，以为师生合作，为事实上所难能，徒增学校之纠纷——学生知识有限，经验毫无，对于学校，不见能有几何之效果也。

吾以为在学生能力内可行者，苟师生合作，已足为学校进行上之助力不少；譬如同学间之劝善规过，可以补学校训育方面之不逮。又如学生对于其课程有何困难，可以直告之教务课，则学校教务进行，得很好之标准等皆是也。

关于师生合作问题，进行详细办法，俟与严曾符先生等及学生研究后，再同大家讨论。

兹者自师生合作问题外，尚有一事欲与诸生言者：近日吾观中国大部分学生，率太肤浅，一知半解即率尔操觚，实学既无，焉能持久？故吾拟此后对于学生，应深深培养之，令其多读多看，久则蓄材自富，无竭蹶之患矣。

往岁南开毕业同学之一部分，有读书团之组织，成绩甚为优美。吾尝劝告彼等，将此读书团扩大之。每一次集会，使会员就职业者，将关于其职业方面之问题或情形，报告于大家；会员读书者，可将其读书之心得，亦报告于诸会员；其他会员，或将时局情形作一批评或报告。吾以为此种组织，亦可以实施于吾校。

但吾近日得各教员之报告，与学生之谈话，知中学课程分量过重过多，使学生无余力以求课本外之知识。人谓南开高级中学毕业者，多系天才生，恐非谰言；其资质鲁钝者，皆中途降级或退学矣。故吾拟以后将中学课程酌量减轻，使适合于中材学生，而才有余者，则奖励其读书，以求深造。则此种浮嚣风气，或可渐瘳也。

原载1925年2月19日《南开周刊》第114期

奋斗即是生活的方法*

　　近几个月以来，我对于公众聚会，可以辞脱的总辞脱。因为我连月来都在解决零星片段的问题，心思也就不能联络一贯，说出话来恐怕也没甚意义，所以我不愿参加聚会演说。但有几次不能辞脱，不可不去说几句话的。如同在津的出校同学上次在国民饭店春宴，到的人数很多，主席马千里先生要我演讲，我就用了十分钟的工夫，谈了一会话；春假的时候，北京的南开同学会在京会宴，主席也叫我做了十五分钟的谈话。这两次的谈话，意旨都是一样的，不过字句间有不同。这两次谈话时间都很短，不能畅所欲言。我本想用几天的工夫，将那番谈话的意旨演绎出来，和你们谈谈；但这几天我仍然在解决着片段的问题，直到今天早晨，才抽暇想了一想，现在就和你们说。

　　我谈话意旨的大概是奋斗即是快乐，或者说奋斗即是生活的方法。当时在座的出校同学，都是已经脱离学校，在社会上寻生活的。他们既然在各界任事，顺逆也有不同，但是，假若一遇到逆意困难的事就精神颓丧，不高兴，那么，做事的能力也就一天一天减少，生活还有什么趣味。所以我对他们说："处世要有奋斗精神，要抱乐观态度。失败了，再继续着奋斗。我们并不是决一死战，一次失败，就永远失败了，没有进

---

* 本文是张伯苓在南开中学高中集会上的演讲，由张志基记录。

取的机会。我们应当仍然向前干去，努力，奋斗。即使偶尔侥幸胜了，也不要以此自骄自满，仍然本着奋斗的精神，向前途努力。但是还有一样很紧要的，就是抱乐观态度，不要对于生活和环境发生厌倦。比如你家庭中天天见面的陈设，年年如此，丝毫不改，久后就怕生厌了；那么你何不将陈设的地位改换一下，或者加些油漆，不也就焕然一新了么。讲个笑话吧，诸位结婚都已多年了，假如对于诸位的夫人感着太熟悉、太平凡了，那么，何不给她做件新的衣服穿穿，不也就换了个样儿么。人的生活能够永新，他的精神也就永新，而他对于奋斗，也就自然感着兴趣了。"

我这番话，你们也许不懂，这因为你们还年轻，还没有经验。在京的出校同学，大多都是四十岁内外了，他们踏进社会已有十几二十年，并且现在都有职业，也经过些艰难困苦，我看他们都能了解我的意旨。他们在校的时候，我也曾和你们现在谈话一样和他们谈话，这次不过是在他们在人生的旅程的中途，我再提醒他们一句罢了。你们将来也是要走向人生的大道上去的，那么我何不现在就告诉你们，保持着你们的生活，使它永新；保持着你们的精神，使它永新；本着这个永新的精神，来应付这人生一切的问题呢？

我总以为，世界上的一切是人创造的。我们的生活是创造的生活。我们应该本着奋斗的精神，创造一切，解决一切。能够如此，你才能对于生活发生兴味。否则虽然你年龄幼稚，而你的精神却已衰老了。我们更不应该对于现在感着满足，因为我们生活的目的是奋斗，不是成功；是长进，不是满足。我们能说，我们只要长进到某一地位，奋斗到某一步骤就行吗？我小时候曾见一富家子弟，那时他已二十多岁了，染了吸鸦片的嗜好，每天睡到下午五时才起身，冬天披了重裘还嫌冷。这种生活岂不是受罪吗？哪来的快乐？我那时批评他是没福享受。现在看来，原是他自己不能奋斗。而考察他不能奋斗的原因，却是他家富有，他对于当时的生活已感着满足，不想再上进。如此看来，多财的确是消磨青年人志气的大原因。青年志气一消磨，对于生活觉不出兴趣，事事都觉着呆板、单调，对于年年的花发，旦夕的风雨，都怀着厌倦，那生活着又有什么意义呢？倒不如自杀了。其实，生活是那么无意义吗？是那么困难而枯燥吗？那却不然，只是他自己没有志气，精神颓丧罢了。

那么，怎么可以使我们感着生活的兴趣呢？唯一的答案，就是奋斗！我们须放大眼光，勿对于一己的利害患得患失。我们应做有益于群众的事业。侥幸胜了，不足为喜，因为我们的目的只在一辈子的奋斗，而不在一时的胜利。假如败了，也不要失望，因为失望能使你精神颓丧，减少你奋进的勇气。有人批评我是苦命的牛，要拖一辈子的车。不错，让我拖一辈子的车，这就是我的希望，这就是我生活的目的。

近百年来，科学发达，知道人类是逐渐演进的。那么，我们的生活，当然要永远向前进步。我们应该认定：不断地长进，是我们生活的目的；永远地奋斗，是我们生活的方法。我们绝对不能故步自封，安于现状。我们须本着奋斗的精神，采取乐观的态度，从事于我们的创造的生活。

原载1925年5月4日《南开周刊》第121期

记者按：上期特载栏刊登《奋斗即是生活的方法》一稿，据校长与记者个人谈话云，除该稿所记各节外，尚有余意未申者，特为补录如下：

人类生活永新，则对于奋斗不致厌倦。惟更新生活之方法，亦须出以慎重。其能处之既久而增加吾人之奋斗能力与勇气者，斯为有益的、良善的变换。若处之久而反将吾人奋斗之能力与勇气消磨减少，则又何贵有此一变换哉？故当吾人更新生活之际，其最需注意之前提，即吾人所谓之新的生活，是否能增加吾人奋斗之能力与勇气。换言之，亦即是否能有益于吾人也。

原载1925年5月11日《南开周刊》第122期

南开女中学新校舍建立基石礼开会词

现在要将开这个会的意义和我的感想说一说。起始建筑房屋的时候，举行建立基石礼，是西国的风俗。其意义很深，起始好，基础坚固，差不多一半就成功了，后来的种种，也可以本着前进发展，这是女中学第一所校舍，故举行这会，可以说于女中前程，国家（女子）教育前途，影响是很深的。可惜有一位热心教育的、提倡女学的张仲平先生，因事不能来。他对于女中学建筑新校舍，极表同情，允捐建筑费一万元，我们很感谢的！

世事似乎先有空中楼阁，然后渐渐实现。一般人看来不是容易的事，而在我们同人觉得不是很难的。二十余年来同人办理男中学，便是一个先例；大学在八里台建筑新校舍，也是一个明例。开办女中学的动机，首先在十一年夏董事会，那时范静生先生曾提议添设女中学，当时议案虽通过，为了经费种种困难，却没有计划去做。其次直到十二年春，天津各女校学生代表华冰如、王文田等十人，正式来要求我添设女中学。她们的理由是：（一）天津没有适当的女中学，（二）南开大学已收女生，而没有好的女中学做预备，女子想进大学，仍是不行。故十二年秋，决意开办，招初级两班，计七十余人，校舍租用六德里住房。即男中学的第二校外宿舍，再捐到数千元开办费，男中学补助常年经费，女中幸告成立。可是后来人数增多,初中将毕业,女生又有添设高中之要求,外来要求寄宿者也日多,奈何经费竭蹶,校舍无法分配。因此在去年秋,有募款十五万元之计划,以十万元为基金,以五万元在男中学操场之南,为新校舍建筑费。不料今日竟在此举行建立基石礼了,而空中楼阁,不久将为我们讲学读书的地方了,"有志者事竟成"一句话,真可鼓励我们呢!

我回想二十余年来的经过,凭着立志、冒险、前进的精神,方得到今日的情况,不过现在仍向前走着,力求进步。如果南开的学生,每人有这种精神,我想于社会国家,总有些补益吧。

举行建立基石礼时,照例教职员学生来宾各推代表,垫一些灰,这是表示大家合作之意义,望诸位领会这点意义。

原载1925年9月28日《南开周刊》第1卷第3号

熏陶人格是根本[*]

　　刚才主席说："二年前，曾经有过商学会组织。这次不过中兴罢了。"大概那时时机未熟，所以未能顺利进行，现在时机看来成熟了，希望你们立下稳固的根基。

　　我们学校里，现有文、理、商、矿四科。文、理、商先立，矿科是后添的。但论起精神，矿科最好。它的原因是什么？据我想矿科每个暑假有练习，同学得在一块儿玩耍或讨论，所以其乐融融，感情甚好。矿学会的组织，虽然也有教授帮助他们，却是个自动的组织，成绩最好。它的原因，也是我前面所说过的暑假有练习。你们商科这次组织商学会，联络校内外同学感情，为将来做事之备。我希望你们的成绩，不落矿科之后。

　　南开大学教育目的，简单地说，是在研究学问和练习做事。做事本就是应用学理。将平日所得来的公律、原则、经验应用出来到实事上去。

　　研究学问，固然要紧；而熏陶人格，尤其是根本。"君子不重则不威，学则不固"，个人人格是很要紧的。人格要与人合作，才能表现，假使你孤居远处，隐居鸣高，那么就是你有高尚人格，也无由表现了。我希望你们同心协力地去合作，表现你们的人格，而达到你们的目的。

---

* 本文是张伯苓在南开大学商学会成立会上的讲演，由尹慎记录。

人不必怕穷，更不必自私；我不信自私有济于人，我却信社会上各种事能对公私皆有利者，始有济于人。拿着公众利益的目的去做事，决不至于失败。假使真为公而失败，也不算失败。我几十年信此甚深，一意力行，始终未渝。假使有人要在那一界，乘着机会发点财，先为自己谋温饱，这种发财的人，人家对于他，固然不满意，就是他自己以财多受累，也不见得就痛快！

现代科学昌明，工、商、农界都有新的发明和新的组织。我希望南开大学能造出一班有组织能力之人，以发达中国的实业，而谋国家的富强。

现在风行一时的，不就是共产主义吗？它的发生的原因，就是分配不均。一个社会里，有几个资本家拥有大量的财产，群众对于他不满意，因而有罢工等事。但是这些事，是在西洋常见的。中国的现状，说不上有产，有的是些做工工具及机器，这些东西能帮助着人生产快，并且也不能为一个或几个人所独有。所以现在的中国，不是产业的不平，是政治上的不平，政治上的糜乱。我理想中想造出一班人来，发达中国实业，为公的，而非为私的。

我的理想，如何实现，在办教育。所恃靠的人，即你们商科的学生。你们今天开完成立大会后，起首去做，希望着达到你们章程上的目的，至于能否达到，要看你们做得如何。不过在现在的中国，为中国历来未有之时机，到处皆机会，不致有"英雄无用武之地"之憾，顶着头去干，快乐极了。

你们的智力、体力及家资都很够用，又有一个很安静的地方来读书；读书疲了，还有我这个"做梦家"替你们吹气，环境还不算好吗？现在时局扰乱到如此，一般醉心权利者失败必矣，恢复及最后成功的责任，端在你们预备中的青年。

有人说我厌谈政治，其实何尝如此。实在地讲，今日之政治，无所谓政治。中国现在之政治，一官僚之政治，政客之政治耳！政客把身卖与军阀，是为饥寒所迫，不得不然，假使不出卖，就没有饭吃，我并不是不谈政治，是谈政治的机会没有到。我认为要人人有业后，始可谈到政治。现在一般在政界混饭吃之人，皆家无常产，没有饭吃，机会一到，乱喊乱咬，我尚忍心劝人去入此陷阱乎？所以我的方针，是先办实业，后谈政治。从实业中拿些钱出来，去办政治，不是从政治中拿些钱出来，去买议员，这种先实业而后政治，就是我的政治梦。少年人做事，要有眼光，要有合作的精神。有了合作的精神，才有同心一志的意向。一个人上去，不要总去骂人家出风头，中国人真正应当出的风头不去出，所以才闹得中国到这个地步。有人上去了，我们应该去帮助他，不要拆台。少年人固然有些是尖头，只想占便宜，不管闲事，只晓得找人家的错处，而自己又不去做；但是这种尖头的事，小的时候，固然觉不着什么，到了长大成人，出去做事，就不行了。假使有一个同学在某处有点建设，要用一个人，一提到尖头的印象，他就会拒绝引用，这种事确不是小的。眼光要远，有了远的眼光，才有发展的机会，中国现在到处是未开辟，此时不去做，何时去做？

我希望你们，第一联络在校同学的感情，如同矿科一样，再联络出校同学及实业界各人，按部就班地往前去做，到后来就觉着快乐了。我的做事的秘诀，就在快乐，你们如能保持这种乐观的态度，成功如操左券。我在这个成立大会里，因未有预备，随便地说了些闲话，但是我很热烈地希望着你们努力合作，达到你们的高尚目的。

原载1925年12月7日《南大周刊》第24期；参见1925年12月14日《南开周刊》第1卷第14号

今后南开的新使命

　　这次本校刊印二十三周年纪念特刊，承编辑诸君邀我为文，使我藉此机会与校内外诸同学略倾几句想说的话，心里很觉欣幸快慰！

　　我想诸位都知道我们南开学校过去二十三年的历史，是无日不在风雨飘摇之中。频年经费的困乏、几次灾害的侵迫，都足以致我们学校于死命，陷我们学校于停顿；然而这样辗转患难卒能成立到现在，并且蓬勃滋长，前进未已，这实在一方面是靠社会诸公同情的扶助，一方面是靠本校同人热忱的奋斗。所以在此我先要对于他们诸位表示一番谢意！

　　本校成立到现在，在社会上所居地位若何？我想诸位在各方面，当然可以听到看到。但是我们所以能负此时誉，决不是因为我们校舍比人大，或是学生比人多，实际还是靠我们所产的"果子"品质精良。因为诸君出校后在社会各方都能稳重从事，人格上、学问上，又能奋斗向上，处处发扬南开的精神，随时怀着救国的志愿。这一点我以为正是本校对于社会的贡献，也就是诸君赐予母校的荣誉。所以在此我对于诸位离校同学也当深深表示感激！

　　我在三十年前肄业北洋水师，当时因为看到国事日非，外侮频亟，觉得要救中国非从教育入手不可。所以就与严范孙先生合创私塾，那时惨淡经营，校舍很是简陋，设备也极不完备，其后历了几许患难，经了几许奋斗，才能扩张到现在这样。为斯缔造经营，无非要想达到教育救国之目的。不过我以前所采取的方式，与现在稍有不同，也可以说那时的方法是没有到十分彻底。因为我以前终以为中国之积弱，是只在我们个人没有能力，所以一切不能与外人并驾齐驱；并且想以我们四百兆之众，苟有一天能与外人一人敌一人，则中国之强就可翘足而待。故一向对于教育方式，都按此目标向前进行。迨至近来，因经多方观察，觉中国至深之病，实不在个人之没有能力，而在个人之缺乏合作精神。我们且从智力方面讲，许多留学外洋的学生智力何尝真比外人低。学校考试的时候，第一名还往往多属中国人；其次再从实际方面看，多少经营贸易的商人，致富的本领有时只比外人来得大；然而一谈到国家，他们终是富强，我们终是贫弱，这原因究竟何在？难道仍是我们个人能力不逮的毛病吗？一经细察，就觉事非尽然。现在列强之所以能致富致强，实在是靠他们人民团结的能力；因为他们有强有力的政府，可以做他们一切事业的保障，并且可以凭此与外人抵抗。反顾我们中国，人民虽众，只是一盘散沙，人各为己，凭什么力量能与外人抵抗？我们要以各个人的分的力量，与人家全人民团结的力量去折冲争御，这岂不是以卵击石，终归失败吗？所以在此我觉得我们中国现在实有训练团结的必要。我们全国人民现在最低限度的希望是要有一个独立的国家，一个良好的政府。所以我们现在一方面是要使人民有组织的能力，合作的精神，负责任肯牺牲，没有名利之思，不做意气之事，什么事都以国家为前提，如此人才，将来组织政府，才能使政途清明、政治稳固。这正是我们现在训练的目标，也正是我们南开的新使命。所以现在本校对于此点已积极进行，凡校内各种组织都加以特别指导和辅助。此外，一方面要使人民有政治常识，了然于世界大势，对于各种关系本国切身利害问题，尤当实地研究，如此做去，才能得到真正的补救方法。关于此点也正是我们南开重大的使命。所以本校现在也已在实地进行。学科方面，现都特别注重学生应有的根本常识。近来更要有满蒙研究会之组织，凭着我们去空谈重实行的精神，我们要把满蒙问题能够实际解决。当然我们中国问题，不只满蒙一个，此外如关税、铁路等等，何尝不都是关于中国切身利害的问题呢！我希望我们将来都要把它们拿来细细研究，并且希望校内外同学能够互相联络，多多探讨，这样我们的教育方针，才不至于空虚，我们的救国目的，才不至于妄谈。最后我还要提醒大家一句话，就是我们应该通力合作，固结团体，实现我们最低限度的两个要求——一个独立的国家，一个良好的政府！

原载1927年10月17日《南中周刊》第31期，南开学校二十三周年纪念号

为辞职、复职致南开中学
董事、教职员书*

一　致董事书

敬启者，鄙人服务南开中学二十余年，殚精竭虑，时求改进，自问可告无罪。乃本学期自开学以来，学生对于学校一切设施任意诽谤，最近又因旷课扣分事，集众请愿，肆行要挟。环境若此，鄙人认为无施行教育之可能，自惭德薄未能感导青年，惟有将中学校长职务辞去。伏望照准，不胜拜恳。

　　此致
某董事

张伯苓谨启

十六年十一月二十三日

---

* 1927年11月，南开中学为限制学生旷课制定新章程，引起学生风潮，张伯苓因此辞职。全文摘自慕禅：《本校风潮纪实》，标题为编者所加。

二 辞职布告

本学期自开学以来，学生中屡有不受指导之表示，昨复藉旷课扣分事以全体学生名义，聚众要挟。学生有此种越轨行动，实无施行教育之可能。鄙人今已向董事会辞职，特此布告。

张伯苓
十六年十一月二十四日

三 复董事书

某先生大鉴：敬复者，苓前以学生有不受指导之行动，曾向贵会辞去中学校长职务。昨承大札嘱苓照旧供职，勿用灰心，热心维持，感何可言。兹者，全体学生深自悔悟，今日各班复公举代表来舍，作恳切之挽留，睹此情形，师生合作似尚可能，拟自下星期一日起照旧供职。知承垂念，敬以奉闻。

顺颂
大安

张伯苓敬启
十六年十二月三日

四 致教职员书

敬启者：鄙人前以学生有不受指导之行动，曾向董事会辞职。旬日来承诸先生热心维持，使校务不至中辍，私衷铭感，匪可言喻。兹董事会已有复函，坚不允辞。学生方面各组代表亦有切实悔悟之表示，今后师生合作，似尚可能。苓即拟自下星期一日起，照旧供职。

知承垂注，敬以奉闻。

即请

大安

张伯苓敬启
十二月三日

五　复职布告

鄙人前以学生有不受指导之行动，曾向董事会辞去中学校长职务。兹承董事会坚请返校，各班学生亦多觉悟，公举代表恳切挽留，今后师生合作似尚可能，应自下星期一日起到校照旧负责。

此布

张伯苓
十二月三日

原载1927年12月12日《南中周刊》第37期

学校是大家的学校*

这次我们学校不幸，有这样一个风波，实在是南开历史上一个空前的纪录！这个"空前"的不幸，同时也希望他是"绝后"的不幸！

无论什么样的事，若加思索，必有所因。即以我校这次风潮而言，也自有他所以发生的原因，这原因是什么？是师生间的隔阂。因为师生之间发生隔阂，彼此遂不相信而生疑。隔阂又怎样发生呢？这可以说完全是我的责任。因为我一个人，要兼顾三部的校务，同时又因经费关系，时常到别处去，结果同你们见面机会很少，谈话机会尤少。于是从前那精神的结合的学校，慢慢的竟变成了组织的结合，而学校也成了机械式的学校。这是教育上的大毛病，同时也是这次我校风潮的病根。

十几天前，在十八小时内——下午六时至次午十二时——有三件事情发生，使我受了极大刺激！

（一）有天下午六时，我到女中去，同几位先生谈话后，又同几位同学谈。有一位同学就对我说："最好校长常常到这里来，因为有许多同学，很愿意同校长谈话。"

（二）次早十点到大学部去，傅恩龄先生对我说："新请的日文教师何先生，平素极景仰校长，希望能得一个机会同校

---

* 本文是南开风潮后，张伯苓复职时的演讲，标题为编者所加。

长谈谈话。"我当时心里很觉不安！因为何先生是来帮我们忙的，只有我先去拜访，哪好倒先劳何先生的驾呢？

（三）当日十二点时候，又同黄子坚先生谈。黄先生又说，有许多同学愿意同校长谈话，希望能分出点时间来接见他们。

这三件事的发生，使我觉到自己的时间太匆忙，而个人精神，也多照顾不到的地方，结果以精神为结合的原素的学校，竟成了组织的结合、机械式的结合。

有人建议，可以派代表接见。我觉得这种办法很不合适。校务的推行，请人代表还可；若接待同学，则非代表所克成。因为许多要同我谈话的同学，并不是有什么事要同我谈，只是要作个私人的谈话罢了；那么如果请哪位先生代见，他们直无话可谈了，而且接见同学，也非我亲至接见不能收我理想中的效果。譬如暑假中的工作改革讨论会，聚师生于一堂，朝朝相处，结果那些同学对于学校及办事人，非常明了，非常谅解。不幸少数同学，竟对这些明了学校、能谅解学校办事人的同学，加以种种讥讽，或竟名之为"顺民"、为"保皇党"！这少数同学之不明了学校，对学校办事人之不能谅解，就起于同我谈话机会太少。所以如果我下上一番工夫，直可使全校一千多人，都变成"顺民"，都变成"保皇党"！也惟有由"顺民"，由"保皇党"组成的学校，才是精神的结合的学校。

所以归根结论，这次风潮实在是起于我太忙，不能常与同学交谈，至师生之间发生隔阂，由隔阂而生误会，而生猜疑。事已至此，我们应当要想一个补救办法，以防将来的再不幸。这补救办法，就是我暑假中常同诸位说的以学生为主。

暑假里的工作改革讨论会，我常拿"以学生为主"这意思来同大家谈：意思就是我兼管三部，精力不能兼顾，希望大家自己动起来，我再从旁帮助。可惜彼时同学不能明了我的意思。现在可以明了了，而我的主张也可以实现了。

即如这次各班代表到我家挽留我去，他们都说："请校长回去吧！同学都需要你帮忙；你要再不回去，同学要没有书读了。"好了！你们都觉悟了！你们都悟到学校不是校长的学校，是大家的学校；校长是来帮你们读书的，不是来欺骗你们的，不是来向你们使什么阴谋的！这是你们一个极大觉悟，同时也是我的主张的实现。所以这次我校风潮，固为不幸，但结果如此，在教育上实有极大价值，也予我精神上以无量愉快！希望从今以后本着这次的觉悟，继续努力，另造一新南中——大家的新南中。

又我离校前一天，适值全体职员例会，当时我就把我的辞职，向全体职员宣布，并请勉力继续维持。后来全体职员给我一信，信中有"……职员等自惭平日对于学生指导无方，致有此事发生，理应同时一致引咎辞职……"等语。我除感谢诸位职员过去一周中的维持外，实在不觉得诸位职员有什么咎可引。并且这次学生的大觉悟，实在是诸位职员平素指导之功！同时也使我感到南开的教育，是真有效果的。希望全体职员，大家一齐继续努力，不必灰心！

好了！一场风波，现在已经平平安安地过去了。这好像一个人得了一回伤寒病，现在已经出了一次大汗；大汗之后，百病痊愈，体力反因之而转强。南中也是如此，现在病已消除，同时也出了一身大汗，将来日趋康健，自在意料中。所以今后的南中，应当要另辟一新纪录，作一新的纪元。

事情虽过，不能不有以处置之。关于处置办法，现在我分三层来说——

一、风潮的原因；

二、对于主动者之处罚；

三、善后办法。

风潮起于师生间之隔阂,前已言之。这可以说是远因;至于近因,可得下列诸端——

一、同学对于暑假中工作改革讨论会之误解

有人说:南中之改革,完全是应付潮流,是敷衍门面。我以为说这样话的人,他完全是没有用脑想,没有用眼看;假若他想一想,或看一看,他一定可以觉到这南中的改革,并不是什么应付潮流,实在是南开固有的进步的精神之表现。因为南中的改革,已不止这一次,将来也还不止这一次,而且改革方案中,有许多是现在国内一般还没做到,是南中之改革,实负有领导全国的使命,何从说应付潮流?又应付什么潮流?

二、少数人对于热心校务的同学之不谅解

暑假开学后,学校气象,焕然一新;许多同学,也抱着很大的新的希望,来帮助学校推行新的施设。正在这时候,有少数不良分子,竟目那些同情于学校改革的同学为"保皇党",为"顺民",为"黄马褂"……,以离间同学对他们的信任;同时又用尽方法,使他们不得不避除一切而立于旁观地位。这少数不良分子,不知是另有作用,抑是有所忌妒。

三、同学之误信谗言

同情于学校改革的同学们,既因少数人之不能谅解而退避,于是那些不良分子,认为有机可乘,竟处处妄造谣言,离间师生间感情。多数同学惯于不闻不问,谗言遂得乘机而入。结果是一部分同学竟同学校立于相对地位。

四、学生会之停办

少数不良分子之不安心读书,学校不是不知道。不过认为这少数人,只是走入迷途,所以处处还是善言开导,希望能感化他们,以不失教育的意义。可巧正这时候,省政府通令各校解散学生会。本校学生会自不能例外，于是也遵令停办。少数人于此，因活动无所凭藉，于是又抱怨学校，谓学校为"专制"。其实学生会之解散，乃出于省政府，且同时解散者，并不止南开一校，这于学校何关？另一方面说，现在的学生会，已失了真正学生会之目的了。你看在他们解散后的宣言，竟抱"反日运动"与"反对旷课扣分"，拿来做他们工作的目标。这两个天地悬殊的目标，怎么能相提并论？这不是他们已经忘却本身是什么了吗？

学生会又口口声声以"为同学谋利益"为口号，而所行所为，反日趋危险区域。是名虽为同学谋利益，实是妨害及你们的学业及安危！你们这么多人，就受他们几个人的骗吗？

五、少数人之藉学生会以自逞私图

学生会既解散，我即派人去接不能停顿的平民学校及贩卖部。但还有少数人提出条件，就是非等我签字承认受他们的监督，决不交出；并且说这是代表大会的决议。我不知道，代表大会何竟不明情理至此！试问你们每年交十几万元的学宿费给学校，你们也曾向学校要求签字，承受你们监督吗？我因为他们这种举动，真等于不信任我，所以我拒绝签字，也不再向他们提接收事，而他们也就延不交出。

正在这时候，同学乐永庆、林受祜等因为看出了这事的内幕，发表了一个宣言，促同学注意。但因为字句之间及方法的欠妥，竟大遭攻击，被他们骂得闭口无言。可惜多数同学在那时候还不见及此，还受他们的愚弄，而少数人的政治手段，于此也私庆成功了。

六、少数人假全体名义肆意要挟

少数不良分子，见大多数同学，都服贴贴地受他们愚弄，于是又以反对旷课扣分为藉口，而假借全体名义，到校长办公室请愿。

提到旷课扣分问题，他们本早对我说过。我的答复是这样："只要同学都可以不旷课，则扣分办法，马上可取消！"他们又不敢保证；那么这种限制的办法，当然不能取消。

事前已经有这样的接洽，而那天他们还要聚些乌合之众，假借全体同学名义，跑到校长办公室去聚众要挟。那天我一早就到大学去了，所以由张仲述先生代见。张先生同他们处处以学者态度来谈话，而他们反同张先生怒目相待，出口恶言！相持了两小时，终于没结果而散。我回来听到这回事，使我心里非常难过，非常灰心。同时我以为既是全体同学都对我如此，那么我还有意味来帮助大家？所以我决定辞职，以让贤能。

我到北京后，许多关心南开的或南开老同学，都去找我。关于这次风潮的处置，有的以为应当用"力"去处置——把为首的开除；有的以为最好使一种巧计，把学生分成两派，使他们自己去淘汰；有的以为应当等全体同学之觉悟。第一个方法不足以服人，第二个方法又非教育家所当采用，只有第三个方法为最上策。而现在我校风潮，也终于从第三种方法中解决了。这并不是偶然的，实在是我们南开一种特殊的现象。也是因为学校办事，处处能开诚布公；所以外人虽谗言煽惑，也只是一时的，决不能成功。

又自治励学会出版的《励学》，谓南开为贵族学校，这真不知何所据而云然！假若说凡能入中等学校的都是贵族，那么不错，南开是贵族学校！不然的话，从哪里见得南开是贵族学校，用钱多吗？设备华丽吗？学生奢华吗？请你们到别处去比比再来说。又有人说南开没出过人才，我也承认！因为直到现在，南开还没有造就出来一个军阀、一个政客。但在社会上服务的，南开学生却不少；你们出去问问，南开学生在哪一个团体里会落人后？在哪一个团体里不是人才？这种无的放矢，真不知是什么用意。

好了，以前过去的，满不追究；以后不许再有旁敲侧击、冷讥热嘲的事情发生。再要发生，定严办不贷！至于这次风潮主动人，我决不加以责罚，希望他们能自己觉悟，悔过自新！此外，《周刊》、平民学校及贩卖部，仍由前次约定的那些人接办；《励学》不准再出，自治励学会也暂时停办；同学之间，以后不许再存忌妒心，不准再妄呼"打倒"什么！请愿代表，也不加处罚。这是我的判决，也是这次风潮的处罚。

总之，我校事务纷繁，组织复杂；师生之间又多不能互相谅解，所以发生隔阂而造成这次风潮。现在风潮已息，隔阂也除。从今以后，希望大家本大家事大家办之原则，继续努力为学校牺牲，同时还要固结团体，不为少数人所利用，那么新南中的实现，当是意料中事了，望同学勉之。

原载1927年12月12日《南中周刊》第37期

中国的富强之路*

九个多月的工夫，诸位一定很想念我的，但我也很想念诸位。一个人离开了他的故乡。便有所谓"homesick"，我这次却犯了"schoolsick"。现在来到学校了，这病亦好了。

所感谢大家的，第一便是今天诸位的到站欢迎。我在欧洲时即有函致学校，请大家不必太隆重，可是在上海有许多人欢迎，来到天津又是如此。第二便是同人们维持学校的进行。我离国九个多月的工夫，各事都照样的进行。在这种混乱时期，大家还能继续向前，的确是一件不容易的事。大家的力量真不小，无怪外人称我们为家庭学校了。中国人的家族观念未除，对于家庭总是有一种爱护的心理。

余自前次出国至今已十年。在此时期中不得休息，大学、女中学、小学的成立，三个学校的向前发展，一切经济的筹措，都是我亲手经营。并且经费都是向人捐来的，私立学校的办理不像官立学校那么容易，我们须用款少而做事多。好在我们的运气还不错，总算过去了。经过了国内的几次政潮，我们不但要应付政潮，还得要力谋发展；当着现在北伐成功的一段落，政局必有小安，故假此机会出国一行。此行目的有三：第

---

* 本文为张伯苓赴欧美考察后，在南开学校游艺委员会欢迎会上的演说，由马步英、王锡钧记录，标题为编者所加。

一为休息，第二为捐款，第三为研究欧美之教育状况。

第一，先论到休息。我所谓的休息，不是躺下或坐下身心全部的休息，乃是根据心理学家的说法，是改变环境而工作。以前是在学校里办事，到了外国便不然了，地方不同了，所交接的朋友也不一样了，所用的语言更是不同，以前所常运动的几个机关休息了，换了机关去操作一切。休息的结果，我的腿是时常用了，外国的道路很好，短的距离都是步行。以前在中国走长路便腿痛，现在练习的能走路了。手也是时常用，外国旅馆里的仆人很少，行动时一切行李的收拾，轻便物件的携带都是自己下手。并且我的衣服除衬衣硬领外都是自己去洗，省钱还是小事，这倒是件睡前的exercise。我以前久坐腰痛，现在九个多月未犯了。我的身体是较前强健了，思想脑筋都较以前活动，对这一项的结果可以算是圆满。

第二，捐款。这的确不是一件容易的事，向外国人捐款更不容易，欧洲人自顾尚不及，所以只有在美国捐款。美国人的财产都是自身赚来的钱，不易拿出，无故的绝不帮助，必须理由充足。再有便是美国立国百余年，而今土地肥沃，工商业的发达，都是自己努力创造出来的，并没有任何人的帮忙，自由的精神、独立的精神是美国人所特有的。我们向他们捐款时，他们要问到中国的财富为什么不自己去发展，我们是莫可以对的。用可怜的态度，beggar的手段，美国人是绝不予以同情的，所以不能这样说法，必须有正当的理由。我这次的理由是中国从前怎样好，将来预备怎样发展，现在虽然不好，乃是因为内政的纷扰，故经济紊乱，所以需款办教育造就有为的青年，因此我也要请你们稍帮忙，不是用你们的钱作基金，乃是在这过渡时期几年中的经费。使他们看看我们南开的以往，他们便可以晓得我们是时时刻刻在困难中争斗的。三十年的以往我们绝不是Follow the least resistance，容易的道路越走越狭，难走的道路才可以发展前进。他们给我们钱很小心，可是我们用之也不是随便，因为我们有我们的自立精神。世界上再强也没有能自立的人强了。又因为中国的问题是未来的世界大问题，助我们解决这个问题，也是他们所应该的。

在美因时间关系不能久住，许多友人之维持有委员会Committee之组织。委员多系各界名人，由彼等介绍富户而资助。如经友人之介绍曾到New York见一位富翁Mason，彼则允许每年捐款二千美金以五年为限。又有Chicago的一位太太也允每年捐助一千美金以五年为限。此外尚有每年允一千美金者一位，现来中国在燕京大学开会。总之，捐款注意点有二，第一便是须有人介绍，第二须有充足之理由。此次因日期短促，日后尚须仲述先生一行，办理一切尚须进行之事。

第三，关于我研究教育的状况。教育的考察以前是注意学校的组织、外形，现在的考察不应如此了，因为我看过的学校不知有多少了。现在的考察教育便是考察社会。教育是解决社会问题的，各国的情形如何？一切政治经济的状况如何？教育怎样解决他们这些问题，所以教育与社会很有关系。

这次与各国的教育家、社会重要人物讨论他们国家的重要问题，如何解决这些问题，教育怎样解决这些问题。各国都有许多通病，这种通病于我们很有帮忙。以后我们若是犯了某种的病我们可以相对照，而不致恐慌，这样才可以解决中国的问题。一个学校并不是上课读书便完了，需有活的感觉。我们中国现在一切教育的混乱那更是不成话。这次在美，最助我的便是克伯屈博士，他在美国的地位较次于杜威，经验学识都是很丰富的。我以前在美时他是我的教授，那时他发表思想我只有听，现在我可以问他问题，所以得到他不少的帮忙。在英国也是用这样的法子去研究一切。如英国的失业问题，我便找研究专家去讨论，凡一切重要问题都是用这种法子解决。

前两次出国不善观察，此次则较前圆满。田地的耕作、工厂的生活，我都有相当的观察。总合起来便是知识，不重呆板，不存固定之成见，这才是真的knowledge，所以年岁越大，经验越丰，而knowledge也就越充实。

我所观察的总结果，生在这个世界的人不奋斗，不竞争是不能生存的，miserable life是无意义而可怜的，所以我们必须奋斗。这的确不是件易懂的事，中山先生所提倡的"知难行易"很好，所谓"知"乃是切实的认识并彻底的了解。

我所观察的世界各国，好的国家是"富"而"强"，不好的国家便是"贫"而"弱"。我们中国便是贫而弱的国家，人民的一切苦楚都基于贫弱的原因。我们若是打算强，解决我们的最大问题，只有按着以下的步骤做。

提到强便有一种联想，就是军队、军火等，其实不然，乃是关于我们个人身体的锻炼。这次在美有几个大学矿科毕业生与我谈话，他们都是在美国Ford车厂做工的，并且在我们大学时身体非常强壮，中国人中之较健者，这次他们都感到体力的缺乏，身体不如外国人，工作的效率不能与外人相较。这不是个人的不健全，乃是我们的历史使然，一代一代的传下来形成了我们危弱的身体，所以我们身体的健壮是要紧的。我们的身体强不见得是要打仗，就是做事也很要紧。外国人四五十岁是正当工作的时间，我们中国人三十岁以后便作整寿，大概四十岁便入黄土了。体力、脑力不充足，做事的效果如何能好？我们在学校里绝不应该像现在一般人一样。再就是众人的强，许多人能联合才有力量，能联合才能制胜，才有势力。中国人既是弱，但是能联合还好，可是还是四分五裂、自私自利，合作的精神丝毫没有。这是中国人的大病，治这种病必须在学校做起，我们要练习团结，练习合作。我们南开的师生要彻底的努力地做下去，锻炼我们的身体强壮起来，一代不行可以往下传，终有强健之时。还要联合，我们的团体要坚固，以便增加我们的力量。

再次论到中国的贫，我们的确是太贫。中国现在是吃社会的人太多，生产的人太少，社会的现象是不生产的人更可享乐，这样下去焉得不贫，焉得不弱？至于贫的原因，第一便是工业的缺乏。我们穿的衣服平素用的东西多半是外洋运来，就以布而论，我们是否不会织布？"男耕女织"是我国古时社会的现象，而今怎么竟穿的外国布呢？乃是因了不进步，不改良，所以就被外人压倒了。中国人曾发明造纸，可是到现在处

等待救济的人们

旧物品市场

处用的都是外国纸。更有可耻的，瓷器的命名为"china"乃是因为中国的特产。可是现在如何？Foreign china is imported to China，外国的瓷器运到中国来卖。中国以前的社会职业有所谓"士农工商"，现在只有三种人，一是官吏，二是军人，三是农夫，工商已经提不到了，工人无工作，商人发售外国的货物还算什么商人？第二是人民的聚居，中国的农业是发达的，比任何国家的农田都好。因为我国人是特别吃苦耐劳的，而勤俭又为农民们的天性，所以有这样好的成绩。可是中国的农民特别的穷，原因乃是中国农民所占的土地太少，不能尽量的发展。所以以后我们要提倡移民。可以移民到东北及西北各省，开垦我们的广大平原。第三，便是我们中国人口的众多，以后我们要用优生学的方法，产生强壮的人民，要制止人口的特别增加。总起来说，要切记这三项：第一提倡工商业，第二移民边界，第三节制生育。

　　愿我们南开的学生要本奋斗的精神，努力向前，使我们的身体强健，不要自私不要自利，各大城都有我们南开的毕业生，都能表现一种特殊精神。无论什么事情越练习越长进，我愿大家本着"大家事大家办"的精神努力一切。

　　原载1929年10月17日《南开双周》第4卷第2、3期

要务实，不尚空谈*

　　今天开会为本校二十五周年纪念会，在今天不得不想起本校成立时第一次开会的情形。那时在本校创办人严先生家内，教员、学生、校役一共不到百人。现在教职员学生合计起来有二千五百多人，可证二十五年来的进步。但进步是世界的潮流，不只我们进步，世界各国全是进步。如日本的庆应、早稻田等著名的大学，二十六年前我曾经参观过，去年赴美，路经日本，再去参观，较前进步很多。美国哈佛、耶鲁等大学，从前我亦参观过，现在再看，进步很大。就如英国是守旧的国家，学校如牛津等亦是守旧的学校，但亦有许多进步。世界进步，学校亦随着进步；学校进步，世界亦随着进步。单就中国而论，虽连年战争，许多学校也是进步，固不独南开如此。再说创办人严范孙先生，是中国一个有学问的人。但是他所以能为人佩服，是因为他能够务实。他念书是把书念在身上，不是念在嘴上或手上的。我们学校能从他的家里建起，就是能务实。世界所以能进步，亦是因为能务实。所谓科学方法者，亦就是能务实，不尚空谈的。学校离开他的家里以后，进步依然如旧，是因为借着严先生的精神，所以才有今日。此外，还有应该感谢的是社会。社会上帮我们忙的人很多，或以人力，或

---

* 　本文是张伯苓在南开建校二十五周年纪念会上的讲演，标题为编者所加。

以财力，无不竭力帮助，使南开继续发展。但是我们所以有今日，其他的原因还是很多，一样一样的来说，亦说不完。不过担任职务学科的诸位先生，时时想法使学校进步，及全体学生之爱护学校，亦是学校进步的主要原因。

现在学风很不好。学校时有风潮发生，独南开没有，并不是没有，就近来大学、中学的两次风潮，全是学生自己引起，而自己察觉出自己的错误，能够立刻自己来补救的，这就是有自觉自治的精神。总之我们所以进步而至今日的，全由以上这几点。最近出去九个月回来，不误这个会期，所以今天很高兴。不过有一件事最难过的，就是严老先生的故去。不过死是人人免不掉的，他七十岁死，不算是夭亡，希望大家继续他的精神去做，以谋下个二十五年的进步。

原载1929年10月《南开双周·南开学校廿五周年纪念庆祝纪实》

教育发展力求质精*

　　余本拟于全国教育会议开幕前赴南京参加该会，适中学部四大建筑，只动其二，礼堂及体育馆因建筑费不足，尚须稍待，乃不得不留津筹划，以便早日兴工。加以日来正在进行某项校务，为防夜长梦多，中途生变，故辞去全国教育会议专门委员职，以便在此力行，期能早日成功。

　　国中大局，日来又有将剧变之势，殊为可虑。近尝觉中国今日之病在缺乏真正领袖，在量太多而质太坏，在一般之散，之弱，之贫，之愚。欲救此病，舍教育外无他术。故今后教育之目标当注重在：（一）造成量大、眼光远之青年；（二）造成真正之领袖人才；（三）养成勇敢、果断、有远见、有魄力之国民。

　　教育之责任既如是重大，我校又居最高学府之地位，则今后振作精神，继续努力，自不容缓。惟要在能力行师生合作，以共谋校务之发展，养成团体之精神。若因此小团体而不能和衷共济，则将来置身社会，其散漫如故无疑也。

　　今春在京，曾向教部请由俄国庚子赔款项下年拨二十四万元，补助本校经费之不足。近得复讯，以分配困难，只允拨十二万元，月付万元。我校大学部每年亏数约十万元，今得此

---

* 本文是张伯苓在南开大学全体同学 1930 年第三次集会上的谈话大要。

款，虽折扣稍大究不无小补，今后又当再谋发展矣。

现计划自暑假后起，理学院添电气工程及医预两系，作今后发展之第一声。此本系数年前之计划，以经费关系，迟至今年始克实现。至文商学院今后亦当不惜巨款，力求质之精，量之发展则须待诸来日也。

教部于春假前派员来校视察，"周刊"曾报告之。其上教部报告如何措词，现尚不知。彼等参观某物理班时，正值该班举行小考，彼等似甚注意。盖一般大学，素少考试之说，教者更不敢以考试评学生。余告以考试在南大实家常便饭，无足为奇，承其称慕不置。国中大学如此，将来何以谈救国？

我校行男女同校已十余年，自今男女之间似仍不能相谅，殊非佳象。甚至有视女同学为可奇，而生种种之揣测及行动，更为失当，且遗女同学以轻视之机，望力矫正之！

原载1930年5月27日《南大周刊》第88期

南开的目的与南开的精神[*]

各位同事，各位学生：

今天是南开大学第十七学年开始的日子。南开的历史，不从大学起，而从中学起。从中学起现在已有三十年。十月十七日就是三十周年纪念日。这三十年来，南开各部连续的发展，我的感想甚多，特来和各位谈谈。

三十年前，中学正式成立。彼时还在严范孙先生家里。在这以前，还有六年的历史，也在严宅，那是个家塾，后来才成正式的中学。中学成立之后，添设大学，又添女中，又添小学。所以南开的历史可说三十年，也可以说三十六年。无论三十或三十六吧，在此三十或三十六年中，翻看或回想中国历史的人，一定觉得变化真多。学校的历史，也恰恰在这变故极多时期。学校之所以成立，确有它的目的。这目的，旧同事和老学生，大概知道，其余的人，或者不知道。

天津有个有名的学者严范孙先生。他读的是旧书，是中国书，但是他的见解，确不限于中国的旧学。他把时局看得极清楚。他以为中国非改弦更张不可。他做贵州学政的时候，所考的是八股，而所教的是新学。现在在本校贵州学生的父或祖，就许是严先生的门生。严先生倡改科举，改取士的方法，

---

[*] 本文为张伯苓在 1934 年秋季始业式上的演说词，由黄钰生记录。

触了彼时朝廷——西太后——之怒，便不做官，回到天津来。戊戌年，个人万幸，遇到严先生。自己本来是学海军的，甲午之后，在海军里实习，彼时年纪二十三四岁，就看中国上下交争利，地大物博、人民众多，而不会利用。彼时自己的国家观念很强。眼看列强要瓜分中国，于是立志要救中国，也可以说自不量力，本着匹夫有责之意，要救国。救法是教育。救国须改造中国，改造中国先改造人。这是总方针。方法与组织，可以随时变更。方针是不变的。中国人的道德坏、智识陋、身体弱；以这样的民族，处这样的时局，如何能存在？这样的民族，受人欺凌，是应当的。再想，自己是这族人中之一个。于是离开海军，想从教育入手。真万幸，遇到严先生，让我去教家塾。严先生之清与明，给我极大的教训。严先生做事勇，而又不慌不忙。有人说，旁人读书读到手上来了，能写能作，或是读到嘴上来了，能背能说，而严先生读书，真能见诸实行。我们称赞人往往说某某是今之古人，严先生可以说是今之圣人。他那道德之高，而不露痕迹，未尝以为自是好人，总把自己当学生。可惜身体弱——也难怪，书房的环境，身体如何能好——七十岁便故去了。死前也有几年步履不灵，然而心之热，是真热，对国家对教育都热心。我们学校真幸会由严先生发起，我个人真万幸，在严先生指导之下做事。

发起是如此发起，目的是要救国。方法是以教育来改造中国。改造什么？改造他的道德，改造他的知识，改造他的体魄。如此作法，已有三十年。这三十年，时时继续努力，除非有战事，是不停学的。如辛亥革命，局面太乱，停顿几月。记得那是过了旧历九月七日——学校历来的纪念日，后来才改为阳历十月十七日——纪念日过了不久，就停学，下年正月才能开学。以后便未这样长期的停顿。如直皖之战，李景林与张之江在天津附近打仗，奉直之战，不得已停几天，但凡可以，就开学。在座的旧学生旧同事，都还记得，两次津变，不得已停学，不几天又开课，开课就要求进步！

今年的进步，从物质方面说，有中学的新礼堂、女中的新宿舍，小学也有添置，大学也新添教员住宅和化工系的试验室。有人说，华北的局面危险如此，你们疯了，添盖七万四千多块钱的房子。我说，要做，这时候就做；要怕，这三十年就做不成一件事。有人说，南开应该在内地预备退身的地方，我引《左传》上的话回答："我能往，寇亦能往。"

不错，盖了些房子，然而房子算什么？书籍算什么？设备算什么？如果你们有真精神，到哪里都可以建设起来。学校发达，国难也深，比以前深得多。不怕，所怕者，教育不好、不当，不能教育青年得着这种精神。你们也要这样，不把物质放在眼中。物质是精神造的，精神用的。在这一年以内，增加许多设备，人家看来，一则以为糊涂，二则惊讶。钱从哪里来的？想法去弄的。只要精神专注，样样事都可以成功。前星期有个朋友曾仰丰来看我，他是我第一次到美国的一个同船。他说他未到过中学，我便陪他去看。看见那里的建筑，他问，哪儿来的钱？我说，变戏法来的。反正不是抢来的，要是抢来的，现在早已犯案了。他问我学校一共有多少产业。我算了算，房子有一百多万，地皮七八十万，再连书籍设备，大约有二三百万。我也不知钱怎样来的。我也不计算。我就知道向前进。我决不望一望，自己说："成了，可以乐一乐了。"做完一件事，再往前进。赌博的人不是风头顺，就下大注么？我也如此。往前进，能如此的秘诀是什么？公，诚。未有别的。用绕弯方法不成，骗人不成，骗人还会骗几十年？谁有这样大的本领？事情本来是容易，都让人给弄难了。曾先生听我的话点点头。我又说，我一人要有这样大的产业，我身旁就要些人保镖了，还能坐辆破洋车满处跑？

这并不是说我好。我只是说，如果公，如果诚，事就能成功。我的成就太小太小，你们的成就一定比我的大得多。成就的要诀，我告诉你，先把你自己打倒。当初我受了刺激，留下的疤很大，难道你们受了伤，不起疤么？受了刺激，不要嚷，咬牙，放在心里，干！南开的目的是对的，公与诚是有力的，干！近来全国渐觉以往的浮气无用，渐要在实地下工夫，要硬干，要苦干。我们的道理，可以说是应时了。我看见国人这样的觉悟，我就死了也喜欢。我受了刺激，我不恨外国人，我恨我自己为什么不争气。近来国人也知道自责了。所谓新生活运动，就是回头看看自己的做法。孔子教人"失诸正鹄，反求诸己"。射箭射的不好，不要怨靶子不正，怨自己！我给你们说个笑话。当初考武考讲究弓、刀、步、马、剑。有一次县考，一个生员射箭，本事不好，一射射到一个卖面的大腿上去了。县官大怒，要罚考生。卖面的说："大老爷请您不要动怒，这算小的的腿站错了地方，如果小的的腿正站在靶子那儿，这位爷不就不会射上了。"

前些年，国人太浮，嚷嚷"打倒帝国主义"。嚷什么？这么大的国，还受人欺负，是自己太没出息。好了，现在也不嚷嚷了，当初领着学生们嚷嚷的人，也做官了。全国人的态度转变，与我们所见的相同，不责旁人责自己。近来新生活运动的规律，同旧日中学镜子上的话很相同。当初中学的大门口，有一面穿衣镜，为的是让学生出入的时候，自己照照自己。镜子上刻着几句话："面必净，发必理，纽必结，胸容宽，肩容平……"我还常教学生，站不直的时候，把胳臂肘向外，就立刻站直了。此外，烟酒绝禁，嫖赌，一查出就革除。我以为发挥我们的旧章，认真执行，就是新生活。近来看着全国有觉悟，看到自己不行自己改。凡是一个人，除了死囚之外，都有机会改自己，都有希望。现在中国要脚踏实地，我认为这真是最要的觉悟，最大的进步。全国的趋势如此。我们也不落人后，发挥南开旧有的精神，认真实行。

再说，你们的先生，我的同事，真不容易请来。钱少，工作重，这是大家都知道的。别的学校用大薪水来请，也请不去。这种精神，是旁处少有的，实在可以作青年的榜样。新来的学生，也知道这里的功课紧，学费重，然而为什么来？不是要得点什么嘛？近来的大学生毕业之后，就有职业慌；而我们今年的毕业生，七十几人，十成里有九成以上都找着事了。为什么？不是因为他们肯干么？先生热心，学生肯干，我们正好再求长进。以后要想侥幸，是未有的事。托个人，找个门子，不成。未有真本事不成。

今天是开学之始，又近三十周年纪念日。我们学校已进了一个新阶段。还做，再做。前三十年的进步太少了，此后要求更大的进步。人常说，学生们是国家的主人翁，主人翁是享福的吗？主人翁是受罪的。我说过不知多少次，奴隶容易当，主人难当。做奴隶的，听人的调度，自己不要操心；做主人就要独立，要自主，要负责任。然而有思想的人，宁可身体不安逸，也要精神自主。你们都是主人翁，就得操心，就得受罪，你趁早把这一项打在你的预算里头吧。

我们国难日深，然而还有机会，还有希望。就怕自己不发良心，不努力。我快六十岁了，我还干，一直到死，就决不留一点气力，在我死的时候后悔："哎哟，我还有一点气力未用。"我希望你们人人如此，中国人人人如此。学校三十周年，而国难日深。所可幸者，国人已知回头，向我们这边来了。都要苦干，穷干，硬干。我们看国人这样，一则以喜，一则以惧。喜的是志同道合，惧的是坚持不久。不管别人，我们自己还是咬定牙根去做。

这次天津的学生，到韩柳墅去受军事训练，我以为很好。中国人向来松懒，乱七八糟，受军事训练，使他们紧张。我常说中国人的大病在自私，近来又加上一种外国的病——自由。你也自由，我也自由。不自由，毋宁死。我有个比喻，一边三个人，一边五个人，两边拉绳子，如果五个人的一边，五个人向各方面拉，三个人那一边，三个向一面拉，三个人的那一边必定得胜。这是我教人团结、教人合作的老比喻。中国人的病，就是各拉各的，拉不动了，还怨别人为什么不往他那一边拉。自私！打倒你自己。说什么自由。汉奸也要自由，自由地去做汉奸。孙中山先生的遗嘱，说"余致力国民革命，其目的，在求中国之自由平等"，是要中国自由，现在中国动都动不得，你还讲什么个人自由？求团体的自由！不要个人的自由！从今日起，你说"我要这样"——不行，一个学校如此说，也不行。要求整个国家的自由，个人未有自由，小团体未有自由。我们从外国又学来一种毛病——批评。人家的社会已入轨道，怕他硬化，所以要时常批评。我们全国的建设什么都未有，要什么批评。要批评，等做出些事来了再批评，要批评，先批评自己。最要紧的批评是批评自己。现在有许多人，在那里希望日本和苏俄快开战，愿意他们两国拼一下。你呢？你不干就会好了么？孔子的话是真好。颜渊是孔子的大弟子，颜渊所问的，孔子还不将全副本事教他？颜渊问"仁"，孔子答道："克己复礼。"好个克己。你最大的仇敌，是你们自己。中国人，私、偏、假、虚、空，非将这些毛病克了不可。孔子答子张的话也好，"先事后得"。做你的事，不管别的。

现在的人还未做事，先打算盘。呀！你把你自己撇开。我们要做新人，我们要为民族找出路。这是我们的最后的机会了。再不争气，惟有灭亡。我们学校，今年要发挥旧有的精神，更加努力。先生肯牺牲，学生不怕难。你们不要空来，要得点精神，要振作精神。打倒自己，你一定行。参加军事训练的学生，先觉难受，后来也行了，行也行，不行也行，也就行了。逼你自去做事，你对自己一定有许多新发现。日本人就是这样去干。他们的方法，总是置之死地而后生。我总想中国人的筋肉太松，我恨不得打什么针，教他紧张起来！本来就松，又讲什么浪漫，愈不成话。

前者有学生的家长，赞成军事训练，并且以为女生也应当学看护。这见解是对的。女生也要救国，救国不专是男子的责任。我以上的话，也不专是对男生说的。好，我们大家努力起。全国在振作精神，我们不能落后，好容易他们入了正路，我们更当做国民的前驱。

原载1934年10月17日《南大半月刊》第15期

对于南开校友的展望

——燃起了复兴民族之火

这次"三六"募款运动，赖诸位校友的共同努力，不但没有失败，结果还能超过原定募款数字三分之一以上，足证诸位校友的热心劝募，社会人士对于南开的爱护与赞助，我们实在觉得很可庆幸。

"三六"的用途，当初议定的总数三分之一作为南开大学的奖学金；三分之一，作为南开中学的奖学金；其余的三分之一，作为南开校友会的发展及社会教育事业的推广。募款的用途既经规定，此后利用该款的效率如何，就在乎我们支配的方法是否得当。

我对于校友会这宗款项究应如何利用，曾同校友会阎子亨主席谈过。我们的用款目的，不只求有益于校友自身，应当将范围扩大还求有利于国家。我国自遭"九一八"的严重困难，暴露了国家的弱点、民族的颓唐，几乎国将不国。在这国势阽危的时候，凡我国民，均应奋发精神，为民族争生存，尤其是我们知识分子，更应"先天下之忧而忧"。我个人是主张教育救国的。南开学校，永远是随着时代进展的，以后对于学生之如何训练，课程之如何切实，当然更要与时俱进。可是我们南开的校友，也不能为时代之落伍者。诸位校友或在中学毕业，或在大学毕业。在学校的时候，固然都能努力求学，但是出了学校置身社会，因职业与环境的关系，恐怕对于求学的志趣没有像在学校时那样浓厚，所以想引起校友的读书兴趣，比在校的学生困难。好在我们南开的校友，都有一种所谓"南开精神"，并且诸位在社会上，也全有相当地位，只要不甘安逸，做起来也很容易。

近来新文化运动，提倡读书。注重充实人民的知识，这确是一个很好办法。孔子与子路论六言六蔽说："好仁，不好学，其蔽也愚。好智，不好学，其蔽也荡。好信，不好学，其蔽也贼。好直，不好学，其蔽也绞。好勇，不好学，其蔽也乱。好刚，不好学，其蔽也狂。"可见人生于世，要想成个有知识的完人，非求学不能做到。所以我盼望南开的校友，都能随时求学，"日新月异"。古时的事理简单，如果读了书经，就可博通历史，学了易经，就算研究哲学。今世则不然，中外历史浩如烟海，哲学的玄奥，有"天演""相对"等论。诸位校友，或服务于教育界，或任职于海关、邮政、银行……究竟应求某种学问，充实哪样知识，现在据我看在诸位校友的进程中，应有下列的认识：

一、求怎样做人的知识。诸位校友一方面做事，一方面需不堕落、不颓唐，能够"束身自好"，在社会上才能有进取的展望。孔子说"不学诗，无以言；不学礼，无以立……"，所以诸位校友，要多读关于身心修养的书！

二、要有团体组织。诸位校友如果每人能以余暇的工夫，十分之一或二十分之一联合起来，成为一整个健全的单位，共同努力于有益团体及国家的事业，一定能有充分的力量与显著的成效。近来多"结党营私"，我们南开校友要"结党营公"。

三、求知识的方式。就个人说，每日必看日报。在北方有价值的报章，如《大公报》《北平晨报》《益世报》等，每位至少须订阅一份。关于杂志类，如《独立评论》《国闻周报》……内容都颇丰富。以团体言应有组织，如"演说会"，聘请专家演讲；"座谈会"，彼此讨论问题；及创设小规模"图书室"，俾校友们便于参考和探讨。

四、努力于有益国家的事业。求知识，不仅限于个人方面，应当扩而大之。凡对于国家有益的事业，我们校友们就要通力合作，多做贡献。因为我们是知识阶级的领导者，应自负是复兴国家一支最强劲的生力军。本南开的"硬干精神"先由天津总会做起，再逐渐推及于全国各分会。固然是"言之非艰，行之维难"，如果诸位校友能以"三六"募款那样的热心，不断地努力工作，对于现社会的"愚"与现社会的"穷"，一定能有相当的补救。现在就燃烧的煤球作比喻，如将煤球密集一处，则火光熊熊，燃烧力大。若将煤球散放，则光焰微弱，燃烧力小。我盼望诸位校友要将"三六"募款的热力，仍继续着燃烧，并且要与煤球一般的密集，使燃烧力更为强大永久。若只募款三万六千元，那不是我们唯一目的。我们希望"三六"募款燃烧力，蔓延到各处，它的热量散布到全国！我们南开学校，这三十年来，永远是燃烧着。现在各处都起了火光。南开的火光能否冲天，而烛照万里，就看我们南开，今后供给燃物的质量如何！

中国的民族，能否复兴，就在最近这几年内判断。试看东邻的日本，无论工业、武备，没有一样不现代化，真令人佩服！我们中国的民气，消沉、颓唐，这真是朽老民族的特征。我希望我们南开的校友一齐燃烧起来，做事"不自私""肯为公""持之以诚""继之以勇"，个人成功，社会蒙庥！同时我更希望能将校友楼扩大利用，方不辜负阎子亨主席设计建筑校友楼的一番苦心！

原载1935年5月《南开校友》第6期

认识环境，努力干去*

　　开学那几天，因为学校的事到南京去，所以没得和大家谈话。今天藉这个机会，和新旧学生稍微谈谈现在的情形，看看本学期咱们应当怎样做法。

　　这一次始业式是许多次始业式的一次，可是环境有了许多的变化。我们先要认识环境，再说怎么样应付环境。不能应付环境，要被淘汰。教育是帮助人应付环境的。既然要认识环境，今天就把个人所认识的所感想的说一说。最近几年，特别是最近几个月，有个很不安全的感觉。我们自以为是一个国，而这个国可是没有门，没有墙，这怎么好！以前我们住在什么环境里呢？以前的环境，四面的墙一齐倒，彼此互相支持住，没有倒下，我们就在这个环境下住了多少年，觉得很安全。大家在底下还要乱打乱闹，你看该死不该死！现在几面墙都塌了，有一面墙要整个地倒下来，自己又没有柱子支着，让它倒又受不了。早也不知干什么去了，抬头睁眼一看，各方面的势力都跑了，只有一个大势力来啦，如"冰山之释"，这是多么不安全！中国人真有这不安全感觉了吗？不完全都有。我希望我们南开的人，都有这个感觉。以前的事，不能说，也不必说了，在墙下胡闹的机会，再没有啦。以前的事情，人人都应该

---

* 本文是张伯苓在南开大学礼堂的演说词。

负责，我也是应该负责的。

有这不安全的感觉，应该怎么样呢？第一，不要像从前说孩子话，什么痛快说什么。回想前几年，小孩子气到万分。学生固然如此。甚至执政者也这样。现在这种举动万万不要有。快快想法子盖墙、盖门（要是懂得这个话，就是国防）。院子太大，不能都盖，哪怕盖一个角呢，也比不盖好。记住啦，在这个不安全的情形之下，第一，不要随便说话，第二，快快盖自己的墙，挡住那猛扑而来的势力。墙倒下来，大家一同都要死的。以前闹私的感情，闹意见，现在不要这样了。

这几个月以来，我的第二个感想就是以前做的事情，满不彻底。我觉得我自己做的事情，也不彻底。这并不是谦虚。我盼望南开的人，此刻都大彻大悟，万不要因为小小的成功和进步而得意。我常想我们提倡体育，已有三十多年，体育比以前进步得多了。以前，长指甲，走路都走不稳。以前跳高跳四尺多就了不得啦，现在差不多到了六尺了。跑啦，篮球啦，都比以前进步多了。我们在国里觉得自己的进步，到了一开远东运动会，世界运动会一比，就不成了。我们进步，人家进步得更快。你要知道，自己进步是没有用的，有一点不如人，全局输了，自己的一切进步都没用了。所以彻底还要彻底，紧还要紧。自己认为小的进步不算，非彻底不行。说是比从前好得多了，等于白说，试看看别人的进步怎么样。现在情形这么险，我们应当怎么样做。上一次我对中学说话，提出了三个要点，我现在也给你们说。

第一，中国太自私，不能合作。无论什么时候，什么事情，都可以看到自私的现象。我常坐在一旁，自己不说话，听人谈论，很少有人说到为公为国。例如做买卖吧，买卖是大家的，人人都要入股才行，人人都要提款，那岂不是坏了，岂不是糊涂么？又例如一个航海的船，全船要沉了，还有些人只管坐在舱里守着自己的财宝，看得太小太近。我们这些人不有总名称么？分开说罢，你姓这个，他姓那个，你是这省人，他是那省人，你是南开，我是北洋，但是这些人有总名儿，就是"中华民国"。总的东西要叫他存在，自己才能存在。要想叫他存在，看为他努力的人有多少。想着，真险呀，向公家添煤添油的人太少，揩油的人太多，这如何能好。

年长的人快死了，不要管他们，希望都在青年人身上。我在中学礼堂讲演，看着男女中学学生一千七八百人，真精神，我高兴。我今天看见你们，我也高兴。青年人要顾公，不要净顾自己，从自己起，每天想三回——

我真爱国么？我自己对公家有好处吗？我自己对公家有害处吗？

你自己这样问你自己，你们都这么大的人，也用不着我给你们说什么是好处，什么是坏处。

中国人的自私心比各国人都大。就知道为子孙为家族，可是不知道为国。中山先生说知难行易。做着容易！就是这个"知"真难。中国人几时才知道为国，知道无私就是公？我有一个比喻，旧学生听过多次了，新学生还未听过。我到各处学校演讲，用拉绳来比划。绳子一共是六根。一个气力大的人拉一头，那五个人要向一处拉，就拉过来了；五个人分向各处拉，就拉不过来了。这样浅的理，何以不懂呢？懂，为嘛不做呢？就是太私。要下修养工夫，练习公。这次在南京给遗族学校讲演，学生都是七八岁的小孩子。我问他们："你是哪一国人？"他们说是中国人。有没有没人的国？他们说没有？中国人多不多？他们说多。中国强不强？他们说不强。为什么不强呢？小孩子说，不能团结。小孩子都懂。我痛快极啦。可惜的不是真知，不能做。拉绳懂了，别的事还是不懂。中国的事很简单，只要懂得这个道理，就易如反掌。中国人多，又不傻，地又大，何以不好？由于不能团结，太自私。公由哪里起？由一班、一个学校起下工夫，练习为公。

中国人还有一种特性。小孩大人一样，总不愿别人好。大家在一块谈，谈到别人的坏处，大家精神百倍；说人好处，就不高兴了。好像不愿中国有好人，这就是亡国的根源。我在南京，提议组织一个会，专写匿名信。匿名信本是骂人的，我们以为一骂他，他就可以做点好事，其实，他更不做好事。所以要写捧人的匿名信，叫他今天接一封，明天接一封，日子长了，他高起兴来，尽力做好事。我常听人家说别人坏，大家都来了，再加点东西，这如何能好。我头一句话，总是想为他辩护。孟子说："纣之不善，不如是之甚也。天下之恶皆归焉。"中国人愿意国家好，可是不愿意有好人，这都是自私，度量不大。现在，我给你们想几句话：

你是中国人吗？是。

你爱中国吗？爱。

你愿意中国好吗？愿意。

那么你就要得愿意中国人全都是好人。

不要太狭隘，彼此要往上长，不要往下长。总是批评人，那是往下长。譬如开一个运动会，有人代表南开跳高，你愿意他折坏腿吗？愿意人好，还是愿意人坏，你们可以拿这个试验自己，试验别人。现在倒霉时候，不愿别人好吗？要改，非改不成。

第二个要点，论个人聪明，中国人比日本人高。这是浮聪明。凡是有打算盘的事，中国都有小聪明。聪明是生来的好处，不是自己的，努力才是真正自己的。个人聪明，中国人高，可是团体的聪明，就不如日本了。中国人没有至诚，不恳挚。做事没至诚，不恳挚，是不成的。有的先生告诉我说，有些学生很聪明，就是不用功。我说，有这样的学生，你告诉我是谁，我把他找来，我打他。因为他暴殄天物，辜负老天的好意（听众笑）。

你看人家外国人，都那么诚诚恳恳的，中国人总是那么飘飘摇摇的，我想给中国人加上点重量，中国人要傻不唧唧的干。中国人一事无成，要傻干。中国人没有分量，一吹就跑了。我给你们每人加上三十磅，各个人都加分量，沉住了气，不要说风凉话。说嘛就是嘛，要实做。中国人不如人的，不能合作，不能诚诚恳恳地干一下子，知难而退，浅尝辄止。应当"继续努力，以求贯彻"。你不是学过力学吗？力学上一个物体，加上一个力量，力量不断地加在物体上才怎么样？才有加速度，越加越快。假如浅尝辄止，就不能有成就。中国人不能咬牙干。要诚，要皮變肉厚，脑筋迟钝。不成功，就要死。现在要改造国家社会，非有傻干的人不行。如有人露小聪明，我不爱；假如有傻不唧唧的，我说这孩子好，结果一定好，将来能为国家做事。中国人好像个个是大少爷，穿得漂亮，说话漂亮，一遇到难处，就担不住了。也不能受冻，不能挨饿，都是大少爷、大小姐，少爷国是站不住的。你们人人都这么嘱咐自己："别看我傻，我干，干出个样子来看。"国难到这个地步，你们都是大学生，你们要不成，这个国就没有希望了。所以要恳切、诚挚。

第三个要点，就是努力。要自个儿上弦。要拿住劲儿，不要上着上着又脱辘脱辘的松。又像打气，打着打着，噗！扁了。中国人到时候就拿不住了。长江流域的人清秀有余，而敦厚不足。我以为长江流域的学生，应该到北方来上学，十一二月北风刮得顶厉害的时候，顶着北风走，这样顶下来，才能做大事。谈到努力，我真佩服日本人。中国人为什么不行，中国人皮松肉厚。你们都要咬定牙根，紧张又紧张向前努力。

以上所说的三样，就是公、诚、努力。同学里有这样的人，你们要鼓励他，互相鼓励做这样的人。要恳切，要诚，不要净说笑话松话。"瞧这小样儿干吗，有什么用处！"南开不要这种说缺德话俏皮话的人。南开要的是傻子，不要聪明的。学厚，学傻，要钝。譬如刀吧，磨得很快的，锋刃太尖，这时候不要用。得把他那个虚尖儿磨去了，再用就行了。锋利的容易挫，傻的长，可以做事。中国人不如西洋人、日本人的，就是傻和诚不够，太轻飘。弦要自己上，自己打气。现在局面这样，不用先生们讲，你们还不懂吗？还用我说吗？你们认识了环境，努力干。

原载1935年10月15日《南开校友》第1卷第1期

我们要振作起来*

这次去四川，感觉样样都好，真不知说什么好！

简单地说一说此次往返五十多天经过，以后再说将来的希望。

一　经过

我是十一月六日离津，先到上海，在上海参加全国体育协进会，会后去京再去重庆。在京曾召集京地校友举行茶会，是借的周作民先生的新房舍，到会一百二三十人。校友很多，老教授如薛桂轮、徐谟诸先生，老校友如凌冰、凌太太、童冠贤等许多位都到会。谈谈往四川去的目的，大家谈得都很高兴，国事好转，南开同仁大家更要努力。

十六日由京坐飞机飞重庆，我坐飞机的次数多了，倒很舒服。南京至重庆间，天气常不大好，这次由南京到九江，到汉口，天气还很好，在汉口等了十多分钟，听宜昌的报告天气不好，汉口到宜昌，电波就乱了。幸而我早饭没多吃——每次坐飞机都少吃，只吃些牛奶、面包等等的，不知吃的少倒好，不

---

* 本文是张伯苓在天津南开校友会上的讲话，原标题为《藉着新的转机，我们要振作起来！——寻新的路——想新的方法。为公，正明，诚实，远大——我们的路儿没有错》，现标题为编者所加。

怕颠覆。在宜昌又等，听说重庆的雾大，得等电报才敢飞去。

中航的飞机是美国飞机，天气好才敢飞。飞行的时候，须看着地。到重庆是沿着长江飞，由宜昌到重庆天气好转，重庆的山也看得见了。两点以后到重庆，实在是三点。重庆比京沪的时间差一点钟，因为太阳由东出来，所以东边是三点，西边才是两点，由上海到四川往回拨一点钟，由川去沪加一点钟。

到重庆下机，看见同学们及南渝的代表。事先我曾去电报阻止学生们去迎接，结果没阻止了，于是一同回学校。

由学校到重庆是三十里路，用时三十分钟，路面很好，在校学生均在校门前排队接我。我一看建筑真好，看照片，房、地都不错，看真的比图好！

南开的地是平的，南渝不平，可是亦不太不平，有小小的高，有小小的低，看也很有趣，学校的地点真好！

我再补说设学的理由——去年华北很乱，我看到四川的前途很远，就选了四川，又选了重庆，遇见胡仲实，选了沙坪坝。南开以往开发东北，费事，近又因政治关系，不能努力；西北太穷，不行；西南的四川前途亦好。有人赞成在成都，可是重庆见长，只电灯进步的速度任何城市也比不上。

南渝地点在沙坪坝，一边是大江，一边是嘉陵江，这块地正在成渝路上——从重庆到成都的一条路上。沙坪坝距城三十里，由城到小龙坎，一拐就是磁器口，其中二十八九里是成渝路，三里多是巴县公路，南渝中学便是在巴县公路的旁边，有汽车可到，交通便利。

南渝中学现有地四百余亩，将来还想买。那儿的学生，据先生们说，比南开学生好，四川人都聪明、活泼、擅口才。可是有两种缺点，一是身体软弱，一是不沉着，不过经过训练之后，将来是很有希望的。

我看见那里的房、地、学生都那样好，教职员又那样努力，我真痛快。第一天睡觉很少，躺在那儿计划着怎样发展，怎样捐款。第二天早上六点，他们就起来了，起身后早操，教职员等都在一起，精神很好。到那儿的前三四天皆在校中，与教职员、学生们聚会。

沙坪坝距城很远，理想中可自成一村。南渝教职员们的家眷初到时都觉得闷，现在都好了。我去的时候，给他们带话匣子去，又买的新片子，又向华西公司借了一架收音机，因为那里是用的直流电，所以只借了一个适用的，虽然声音小一点，不过收听南京的播音，也听得清楚。我想每星期六有个会，或是同乐会，能演电影更好，慢慢地把那块地方，造成新村。要想造新中国，应该在新的地方造起，这块地便可以造。今年那里有二百余学生，明年可有六百余人，后年可千人，到了第四年，可以有一千三百余人，男女学生既多，同人亦多。到那时，新村的生活，就可以实现。

前四五天，始终没出去，后来就出去到城里，由胡仲实校友陪着我，拜访各机关领袖。在回京时曾烦吴达诠部长，向四川行政长官刘湘及四川各银行、商会等去电介绍，后来大家相见后，都请吃饭，稍稍应酬，然后去成都。

这次去川，我打算捐款。四川与我有缘。四川这地方很有希望，川边亦可以发展。四川与云、贵、陕、甘接连，对于中国发展很有关系。上次由川回来，筹得十五万余元筹备南渝，现在都用完了。这次，我还打算捐十五万元，不过是想在四川当地捐。

捐法是，上次行政长官蒋院长捐五万元，此次打算请四川的行政长官刘主席也捐五万，商界捐五万，个人捐五万，同时组织董事会。这回川人看见南渝中学从建筑至开学，时期很短用钱很省，这种"快""能"，予他们以很好的印象，又是给他们本地办学，大家很愿帮忙，且极信我。

成都去了八天，拜见刘主席，时刘卧病，扶病谈话。刘人很好，头脑很清楚，信我们为教育而办学，无些许别的意思，于是就答应帮忙。去的时候，由秘书长陪着见的，刘主席告诉秘书长跟各厅长商量着办，幸而那时胡仲实因为华西开董事会，也飞了去。那时财政厅长刘航琛在汉口，民政厅嵇厅长，及建设厅长卢作孚，都没有办法，教育厅也没有款，当时胡仲实给大家建议，给刘航琛去信，请他筹款。原来刘有学生在南渝读书，刘本人亦见过喻先生，对南渝甚为佩服。于是由财厅秘书校友何九渊写了封信去，果然刘回信照办。

蒋教育厅长亦愿帮忙。他期望重庆有女子高中，请南渝代办，经常费按省立学校标准发给，不过建筑费不管，明年起委托南渝办女中。重庆女师原有两班，初二、高二，明年就是初三、高三，临时再招高一、二，初一、二，可成六班，约可二百多人，这是政府委托的；而南渝本身再招初一、高一五班，再合以旧有学生六班，明年男女学生将有十七组，比现在要加三倍，当然现有的建筑不够，不算买地只算建筑费约计：

科学馆——三万五千元。

男生宿舍——二万二千元。

女生宿舍饭厅——三万元。

教员宿舍——一万五千元。

图书馆——三万五千元。

礼堂一座——五万元。

操场——运动场，在天津等地，看台等等须由平地往上起筑，那边不用，就着地势起伏，自成天然运动场及看台，用费二万至三万元。

总共只建筑费需要二十万元左右，现在实有的是政府的五万元，其余大概亦有把握。

其余的简单的报告些。

由成都返回重庆，提议组织董事会，董事共设九位，南京二位，张群、吴达诠；成都二位，卢作孚、刘航琛；重庆五位，银行公会主席吴寿彤，美丰银行行长康心如，华西实业公司胡仲实及胡子昂，建设厅长卢作孚，公安局长何壮衡，还有财厅秘书何九渊是校友，就请他当董事会秘书，我不在重庆时，就请他替我跑跑。

开会时候，在京的二位自然不能到，成都卢作孚适在重庆，就在南渝中学开了一次会，领着全体看一看地、房子。

开会的时候，我告诉大家，这回想要捐款建筑校舍，于是把房图及计划，拿出来给他们看，并且说明数目（十五万）还不够，没想到大家都无难色！

同时有二位表示，一位是康心如先生，他说他有个哥哥，留学日本，回国后在北大教文学，存的书籍很多，现时已故去了。为纪念他的哥哥，打算把书捐了，并捐十万元建一图书馆，总想不出把这事交给谁。去年我头一次到四川去，借住在他那儿，他很招待。今年我去，又约他做南渝的董事，这次他打算把这事委托南渝代办，同时在南渝用三万五千元建图书馆，在重庆城里办一个图书馆，捐书，捐经常费。

一位是吴寿彤先生，道德很好，幼时没入过学校。他向胡仲实表示，他有四个子女，二男二女，每人留给他们三万，自己仍经营商事，死后，愿将全部财产捐助南渝；现答应捐一万五千元，并允再募一万五。教员宿舍旁有一块地是他们行里一个行员的，南渝想买过来，费了多少事，不成，跟他一提，他答应了，或者就许捐给我们，他说临死都捐了大概有三四十万！

运动场是由胡仲实给杨子惠先生去信，请他拿三万元。

社会方面，如银行公会等，及个人的捐款，据说很有希望，所想的十五万的数目，或者可以超过了。

再说经常费，南渝除了蒋委员长捐五万元外，教育部今年拨给两万元，我打算明年请教部拨助四万，后年六万。

四川的校友，在重庆的有四十八位，在成都的有五十多位。重庆校友多服务华西实业公司，都是曾在国外及国内学专门的，将来的发展很大。重庆，现在的灯、水都是归华西办，今年他们又添办了水泥厂，成绩很好。他们什么事都办，川大的工程是他们包的，这次又应了成渝铁路的石工、土工的工程，约一千几百万。

华西重要人有胡仲实、胡光麃，都是校友。胡光麃负责技术，胡仲实负责联络。华西的前途很大，用我们大学学生很多，都是商、电、矿科的，如章功叙、杨长骥、吴克斌等，还有位职员徐宗涑君，薪金每月七百，是负水电厂的责任的。

在成都有个小规模的新华公司，是张锡羊、敖世珍、钟端可、张灏、宋挚民同几位本地人合办的。宋挚民负责建筑，他最近又带了三十多工人去，将来这个公司是很有希望的。

四川的前途很大，现时政治稳定，校友们愿意去，可以去看一看。那里校友精神很好，前途很好。

这是到南渝及四川的经过情形。

二　将来的希望

四川的建设刚兴起，用人的地方正多，于是我想起学生的出路，胡仲实跟我曾谈，如果成渝铁路起修，用工人很多，就用高中毕业生去练监工，回来再升学，专录用寒士，我想也是一个办法。

锡羊曾去川边，川边军政长官也拟发展川边实业。最近钟体正去川边视察，据报告说政军各情，尚不大稳定。不过我想，全国稳定了，川边、西康也不能例外；假如稳定下去，那里实业的发展一定很大。

我们南开工厂造人才，本地销路少，别处多销也好。我们的"货"跟别的"货"一样，论到学术、技术都差不多，论负责，则胜过别人；能如此，工厂造人才，在社会有用，前途就很大了。四川成渝铁路起修，用人很多，请乃如在大学学生堆里想想，善忱在同学会里找一找。四川南开部分在华西实业公司，已有很大基础，银行界如王新华、李世林都在长着了，若干年后长起来，我们的"货"更容易销。我们以前想开发西北，西北太穷。西南却真好，据赵永来说坐着汽车沿途经过各村庄，比北方村庄富丽，普通吃肉食不很特别，这还是经过军阀割据之后的。

南开学生能去在西南做事，四川的机会真多，聚住了别散，够咱做的，能在那销"货"，使人承认我们的"货"；塘沽永利、久大已经承认我们的"货"了，印象就很好，我们创出牌子去得叫人能用。

总之，想发展实业，告诉给学生，到四川到西康去，以先我们想向东北、西北去发展，都碰壁了。西南将来可以达到目的，这也是我个人的野心。校友们在四川下"子"很紧要，华西公司所有专门人才都需要。他们把重庆的水和电改良后，重庆人对他们很有信仰。去年计划组织洋灰厂，不久就可出灰，成渝铁路修成后，发达更大。他们并且举我做董事，我已答应他们，为的是销销大学、中学的"货"。

南渝一长不要紧，南开到西南去有了根据地！

我在南渝住着很高兴，天天在院子里转。那儿的花匠跑到山里去拾花种子，把地分成畦，把南开的菊花单放一畦，插上签子叫"南开菊"。任叔永到那去看见说："南开菊都到南渝了！"在那里住得日子虽不多，可是我胸宽肚小了，皮带都进去一个眼，很想多住，周围净是山，远的山很高，近的丘陵起伏，本院里又平，非常之好。

正在痛快极了的时候，就不痛快了。十三日的早上，薛桂轮、孙璠、胡光燕三人跑到我那里告诉我蒋先生被扣的消息。原来那天，重庆校友足、篮球队跟南渝学生队比赛；我给他们预备的饭，买了一块钱四川特产的花生，一块钱小红橘——一块钱买一百七十个。他们三位一来，我脑子里的空中楼阁全散，我跟他们讨论这事的结果，结论是必得用兵。后来接到孔祥熙先生的电报，叫我迳赴西安或到京，于是我准备赴京。

十七日乘机起飞，天气不好，又多住了一天，十八日到京。还是那样少吃东西，在飞机上看见山上下雨下雪。飞机顺着大江飞，过三峡，如同走在小胡同内，两边是山，下边的江似道水沟，有意思。这次我可得着一点新经验：飞机大的可坐十四人，地位最好在前右方，因为左前边有一个通司机室的门，司机人出来进去很不方便，也不得看下边，前右方第一位，飞机的翅膀在后，颤动不很大，坐在那看着下雨下雪，联想到行雨、驾云。过汉口就有些饿了，越急越不到，人真是不知足，世界上最快的还嫌慢。到京见孔副院长，问一问我怎样到西安，代表谁，说何条件，他也没有具体办法，于是等一等吧，那天正是蒋鼎文回来，二十四日孔先生请我吃饭，他们很不着急，谈起来他们很乐观，后来我告诉他打算先回津，如用

我马上就来。二十五日搭车返津，二十六日到济南才看见报说
蒋先生脱险返洛阳，心上一块石头落了地。（略）

我常对四川南开校友说："我这老头子在前头跑，青年
人在后赶，你们怎么样？"大家说："努力努力。"都还不
错。我们不只要聪明、能干，还要做事努力、信实；能继续着
去做，推动国家，兼作个人事业。校友会派人各处跑一跑，南
开学生断了连续的气，把他再联上，所谓打打气，叫他们振作
起来！藉着国家气势好转的时候。学校的事，跟国家的事差不
多。（略）现在社会，好像认识了正义、好和坏，南开力量
小，可是方向对，我们继续还去做，藉着机会，推行我们的为
公、正明、诚实、远大的主张！

十三日惊醒我的梦，二十六以后我又造了许多空中楼阁。

我们以前所顾虑的，现在都不必顾虑了，凡事很可乐观！
不要落后，做吧。把脑子换换，换去老的，装上新的。现在可
以算南开的新纪元，放开手做，大做，一定成功。

我们充实我们的工厂，造就学生到各处去，特别是西南！
我们大家新点，重来，新点。详细的办法，我还没有想。校友
方面，最好多多旅行。在南京的时候，校友们说，南京没有会
所，这个学校可以帮忙。

总之，自己的本钱，不会利用，开小买卖就错了。我们要
想新的路，新的法子，新的计划，用新的精神，往前猛进。

原载1937年1月15日《南开校友》第2卷第5期

四十年南开学校之回顾

绪　言

　　本年十月十七日，为南开学校四十周年纪念日。校友及同人佥以胜利在望，复校有期，值此负有悠久光荣历史之纪念日，允宜特辑专刊，一以载过去艰难缔造之经过，一以示扩大庆祝之热忱！属苓为文纪念，爰撰斯篇，以寄所怀。

　　南开学校成立于逊清光绪三十年（公元一九〇四年），迄今已四十年矣！此四十年中，苓主持校务，擘划经营，始终未懈，以故校舍日益扩展，设备日益充实，学生日益众多，而毕业校友亦各能展其所长，为国服务。凡我同人同学，值此校庆佳节，衷心定多快慰！而对于四十年来，为学校服务之同人，爱护学校之校友，与夫赞助学校之政府长官及社会各方人士，尤应致其莫大之谢忱！盖私人经营之学校，其经济毫无来源，其事业毫无凭借，非得教育同志之负责合作，在校或出校校友之热烈爱护，与夫政府及社会各方之赞助与扶持，决不能奠定基础而日渐滋长也！南开学校四十年之发展，岂偶然哉！

　　兹当南开四十周年校庆佳日，吾人回顾已往之奋斗陈述，展望未来之复校工作，既感社会之厚我，倍觉职责之重大。爰将南开创校动机、办学目的，及工作发展经过，作一总检讨，分述于下。

一　创校动机

南开校父严修

南开学校之创办人，为严范孙先生。先生名修，字范孙，为清名翰林。为人持己清廉，守正不阿。戊戌政变前，任贵州学政，首以奏请废科举，开经济特科，有声于时。政变后，致仕家居。目击当时国势阽危，外侮日急，辄以为中国欲图自强，非变法维新不可，而变法维新，又非从创办新教育不可。其忧时悲世之怀，完全出乎至诚。凡与之交者，莫不为之感动。

光绪二十三年，英人继德、俄之后，强租我威海卫，清廷力不能拒，允之。威海卫于甲午战时，为日人占据，至是交还，政府派通济轮前往接收，移交英国。其时苓适毕业于北洋水师学堂，在通济轮上服务，亲身参与其事，目睹国帜三易

南开系列学校发祥地——严氏家塾

（按：接收时，先下日旗，后升国旗，隔一日，改悬英旗），悲愤填胸，深受刺戟！念国家积弱至此，苟不自强，奚以图存，而自强之道，端在教育。创办新教育，造就新人才，及苓将终身从事教育之救国志愿，即肇始于此时。

翌年，苓离船，接严先生之聘，主持严氏家塾。严先生与苓同受国难严重之刺戟，共发教育救国之宏愿，六年后（清光绪三十年十月），严氏家塾乃扩充为中学，此南开学校创立之缘起也。

二　办学目的

南开学校系因国难而产生，故其办学目的，旨在痛矫时弊，育才救国。窃以为我中华民族之大病，约有五端。首曰"愚"，千余年来，国人深中八股文之余毒，民性保守，不求进步。又教育不普及，人民多愚昧无知，缺乏科学知识，充满迷信观念。次曰"弱"，重文轻武，鄙弃劳动，鸦片之毒流行，早婚之害未除，因之民族体魄衰弱，民族志气消沉。三曰"贫"，科学不兴，灾荒叠见，生产力弱，生计艰难。加以政治腐败，贪污流行，民生经济，濒于破产。四曰"散"，两千年来，国人蛰伏于专制淫威之下，不善组织，不能团结。因此个人主义畸形发展，团体观念，极为薄弱。整个中华民族有如一盘散沙，而不悟"聚则力强，散则力弱""分则易折，合则难摧"之理。五曰"私"，此为中华民族之最大病根。国人自私心太重，公德心太弱，所见所谋，短小浅近。只顾眼前，忽视将来，知有个人，不知团体。其流弊所及，遂至民族思想缺乏，国家观念薄弱，良可慨也。

上述五病，实为我民族衰弱招侮之主因。苓有见及此，深感国家缺乏积极奋发、振作有为之人才，故追随严范孙先生，倡导教育救国，创办南开学校；其消极目的，在矫正上述民族五病，其积极目的，为培育救国建国人才，以雪国耻，以图自强。

三　训练方针

南开学校为实现教育救国之目的，对于学生训练方针，特注意下列五点。

一曰重视体育。强国必先强种，强种必先强身。国民体魄衰弱，精神萎靡，工作效率低落，服务年龄短促。原因固属多端，要以国人不重体育为其主要原因。南开学校自成立以来，即以重视体育，为国人倡，以期各个学生有坚强之体魄，及健全之精神，故对于体育设备，运动场地，力求完善；体育组织，运动比赛，力求普遍。学生先后参加华北、全国及远东运动会者，均有良好之成绩表现。但苓提倡运动目的，不仅在学校而在社会；不仅在少数选手，而在全体学生。学生在校，固应有良好运动习惯；学生出校，亦应能促进社会运动风气。少数学生之运动技术，固应提高；全体学生之身体锻炼，尤应注意。最要者学校体育不仅在技术之专长，尤重在体德之兼进，体与育并重，庶不致发生流弊。故体育道德，及运动精神，尤三致意焉。

二曰提倡科学。我国科学不发达，物质文明远不如人。故苓当办学之初，即竭力提倡科学，其目的在开通民智，破除迷信，藉以引起国人对于科学研究之兴趣，促进物质文明之发达。今者科学与国防建设发生密切之关系，无科学无国防，无国防无国家，愈见提倡科学之重要。惟是科学精神，不重玄想而重观察，不重讲解而重实验，观察与实验，又需有充分之设备。南开学校在成立之初，苓即从日本购回理化仪器多种，其后历年添置，令学生人人亲手从事实验。犹忆民国初年，美国哈佛大学校长伊利奥（Dr Eiliot）博士来校参观，见中学有如此设施，深为赞许。盖以尔时中学内有实验设备者，尚不多觏也。

三曰团体组织。国人团结力薄弱，精神涣散，原因在不能合作，与无组织能力。因此学校对于学生课外组织，团体活动，无不协力赞助，切实倡导，使学生多有练习做事参加活动之机会，而苓所竭力提倡之各种课外活动，有下列数种：

（一）学术研究。如东北研究会、天津研究会、科学研究会、数学研究会，以及政治经济研究会等，以大自然为教室，以全社会为教本，利用活的材料，来充实学生之知识，扩大学生之眼界。

（二）讲演。演讲目的，在练习学生说话之技术，与发表思想之能力，并可进为推行民主政治之准备。其组织，或以年别，或以组分；其训练，由学校聘请有研究有兴趣之教员，为其导师。平时充分练习，定期公开比赛，其优胜者，则由学校加以奖励。

（三）出版。学校为训练学生写作之能力，增加学生发表思想之机会，自始即鼓励学生编辑刊物，会有会刊，校有校刊，或以周，或以季，种类甚多，于彼此观摩之中，寓公开竞赛之意。以是南开学校并未设有新闻学课程，亦未添设新闻学科系，但毕业校友之服务新闻界、通讯社，以及文化团体而卓有成绩者，为数尚不少。

（四）新剧。南开提倡新剧，早在宣统元年（一九〇九年）。最初目的，仅在藉演剧以练习演说，改良社会，及后方做纯艺术之研究。南开话剧第一次出台公演者，为《用非所学》一剧，由苓主编，亦由苓导演。继则由今中央委员时子周君，前政治部副部长周恩来君，及本校职员伉乃如君等，合力编演《一元钱》《新少年》《一念差》及《新村正》等。每次出演，成绩至佳。其后张彭春君自美归国，负责指导编译名剧多种，亲自精心导演。当《国民公敌》《娜拉》及《争强》诸剧演出之时，艺术高超，大受观众欢迎。当时出演者，有今名编剧家万家宝（曹禺）君。而南开新剧团之名，已广播于海内矣。

（五）音乐研究会。南开提倡音乐，远在光绪三十一年（一九〇五年），当时设备不全，仅有军乐一项。其后会员增加，设备充实，增添口琴、提琴、钢琴及大提琴诸组，今名音乐家金律声先生，亦导师之一。前后举行演奏会多次，成绩甚为美满。

（六）体育。南开重视体育，提倡体育组织，提高普及，均所注重，除田径外，并辅导学生组织各项球队，如篮球、足球、棒球、排球、网球等，而尤以篮球队为国人所称羡。当时曾有"南开五虎将"之称，所向无敌，执全国篮球界之牛耳。其时负责教练者，即今名体育家董守义先生也。

（七）社团。南开学校为训练学生做事能力，服务精神，并培养社会领袖人才起见，鼓励学生自动组织各种社团，通力合作，团结负责，当年最早成立之学生社团，有自治励学会，由今中学部主任喻传鉴君主持之，有敬业乐群会，由周恩来君主持之，此外并有青年会，专以研究基督教义为任务，由张信天君主持之。皆各有定期出版刊物，彼此观摩竞赛，工作成绩颇足称道。

四曰道德训练。教育为改造个人之工具，但教育范围，绝对不可限于书本教育，知识教育，而应特别注重于人格教育，道德教育。是以苓当学校之初期，每于星期三课后，召集全体训话，名为修身班。阐述行己处世之方，及求学爱国之道，语多警惕，学生颇能服膺勿失。

苓鉴于民族精神颓废，个人习惯不良，欲力矫此弊，乃将饮酒、赌博、冶游、吸烟、早婚等事，悬为厉禁，犯者退学，绝不宽假。在校门侧，悬一大镜，镜旁镌有镜箴，俾学生出入，知所儆戒。箴词为："面必净，发必理，衣必整，纽必结；头容正，肩容平，胸容宽，背容直；气象：勿傲，勿暴，勿怠；颜色：宜和，宜静，宜庄。"此与现时新生活运动所倡导者，若合符节。犹忆美国哈佛大学校长伊利奥博士来校参观，见南开学生仪态与在他校所见者不同，特加询问。苓乃引渠至镜旁，将镜上箴词，详加解释，伊始了然。后伊归国，告其邦人，罗氏基金团且派员来校摄影，寄回美国，刊诸报端，加以谀词。盖以当时国人对于国民体魄，身体姿势，甚少注意矫正之故也。

五曰培养救国力量。南开学校系受外侮刺激而产生，故教育目的，旨在雪耻图存；训练方法，重在读书救国。关于国际形势，世界大事，及中国积弱之由，与夫所以救济之方，时对学生剀切训话，藉以灌输民族意识，及增强国家观念。但爱国可以出乎热情，救国必须依靠力量。学生在求学时代，必须充分准备救国能力，在服务时期，必须真切实行救国志愿，有爱国之心，兼有救国之力，然后始可实现救国之宏愿。在平津陷落以前，华北学生之爱国运动，大半由我南开学生所领导，因此深遭日人之嫉恨。后此我南开津校之惨遭炸毁，此殆其一因。

上述五项训练，一以"公""能"二字为依归，目的在培养学生爱国爱群之公德，与夫服务社会之能力。故本校成立之初，即揭橥"公""能"二义，作为校训。惟"公"故能化私，化散，爱护团体，有为公牺牲之精神；惟"能"故能去

允公允能

张伯苓题

一九四六级毕业纪念

张伯苓为 1946 级毕业生题写的"允公允能"校训

愚，去弱，团结合作，有为公服务之能力。此五项基本训练，以"公""能"校训为指导原则，而"公""能"校训，必赖此基本训练，方得实现。分之为五项训练，合之则"公""能"二义，允公允能，足以治民族之大病，造建国之人才。四十年来，我南开学校之训练，目标一贯，方法一致，根据教育理想，制定训练方案，彻底实施，认真推行，深信必能实现预期之效果，收到良好之成绩也。

四　学校略史

南开学校成立于光绪三十年，但在学校成立以前，尚有六年之胚胎时期，即严、王两馆是也。此六年之胚胎时期若与南开四十年之历史合并计算，则南开学校已有四十六年之历史矣！此四十六年之历史可以分为四大时期：即一、胚胎时期；二、创业时期；三、发展时期；及四、继兴时期。兹分述如次。

（一）胚胎时期（清光绪二十四年——三十年）

严、王二馆之成立

光绪二十四年，严范孙先生设立家塾，聘苓主讲，以英、算、理、化诸科，时号称"西学"，教其子侄，有学生五人。其后三年，邑绅王奎章亦聘苓教其子弟，有学生六人，取名"王馆"，盖所以别于"严馆"也。苓每日上午课严馆，下午课王馆，如是六年，迄于南开学校之成立。本期由严馆（光绪二十四年）而中学（光绪三十年），为期较短，发展亦少，是为南开之胚胎时期。

（二）创业时期（清光绪三十年——民国八年）

中学之成立及其发展

光绪三十年，苓与严范孙先生，东渡日本，考察教育，知彼邦富强，实由于教育之振兴，益信欲救中国，须从教育着手，而中学居小学与大学之间，为培养救国干部人才之重要阶段，决定先行创办中学，徐图扩充。归国后，即将严、王两馆合并，并招收新生，正式成立中学。校舍在严宅偏院，教室仅有小室数椽，学生七十余人，教员三四人，实一规模狭小、设备未完之南开雏形也。当时校名，初称"私立中学堂"，后易名"敬业中学堂"，旋复改称私立"第一中学堂"，因私人设立之中学，尚有数处也。中学成立后之四年，学生人数大增，以校舍偪仄，不能容纳，得邑绅郑菊如先生捐城西南名"南开"地十亩，为校址，遂筹募经费，起建校舍。是年秋，乃由严宅迁入新校舍，校名改称"南开中学"，盖以地名也。

宣统三年，天津客籍学堂与长芦中学堂并入本校，学生人数增至五百人。

民国三年，直隶工业专门与法政学校两附属中学，亦归并本校，于是学生益多。四年，徇中学毕业生之请求，增设英语专门科。翌年，复设专门部及高等师范科各一班。卒因经费困难，人才缺乏，致先后停办。六年，中学日形发达，学生满千人，苓以办理高等教育，两次失败，深感办学之困难，乃于是年秋，第二次渡美，入哥伦比亚大学师范学院研究教育，并考察其国内私立大学教育之组织及其发展，为将来重办大学之借镜。七年冬，与严范孙、范静生、孙子文诸先生偕同归国，一方竭力充实中学，一方开始筹办大学，南开历史，从此乃进入于大学发展时期矣。

中学在此时期中，年年有新发展。如购置新地，建筑新舍，几无年无之。虽经费时感拮据，多承徐前大总统菊人、陈前直隶总督小石、朱前巡按使经白、与刘前民政长仲鲁诸先生，或则拨助常年经费，或则补助建筑费用，倡导教育，殊深感激！严范孙、王奎章二先生之捐助常年经费，郑菊如先生之捐助南开地亩，以及袁慰亭、严子均二先生等捐资起建校舍，均于南开学校基础之奠定，有莫大之助力也。

此期自中学创始（光绪三十年）至大学成立（民国八年），共十有五年。中心工作在发展中学，筹办大学，中间虽历经艰难挫折，仍能日在发展长进之中，可称为南开发轫时期，亦可称为南开之创业时期。

（三）发展时期（民国八年——民国二十六年）

大学部之成立及其发展，

中学部之继续扩充，

重庆南渝中学之创立

民国七年冬，苓自美归国，壹志创办大学，得前大总统徐公，黎公，及李秀山先生之赞助，遂于八年春，建大学讲室于中学之南端隙地。是年秋，校舍落成，招生百余人，设文理商三科，于是大学部正式成立。九年，李秀山先生捐助遗产五十万为大学基金。十年，李组绅先生捐助矿科经费，于是大学又增设矿科。十一年，在八里台得地七百余亩，起建新校舍。翌年，迁入。至是南开学校，分为两部——中学部、大学部。全校学生合计一千八百人。十二年秋，因天津各小学毕业生之请求，添设女中部。招收学生八十余人，租用民房开学。于是南开学校扩充为三部——中学部、大学部、女中部，学生又多增百余人。

十六年，苓以日寇觊觎东北甚急，特赴东北四省视察。归校后组织东北研究会，并派员前往实地调查，搜集资料，藉资研究，于是南开学校，深受日人之嫉视。

十七年，增设小学部，聘请美人阮芝仪博士为实验导师，从事设计教学法之实验。

大学成立既数年，基础渐固，设备亦渐臻充实，为提高学术研究，并造就人才计，二十年，添设经济研究所，二十一年，设立化学研究所。二者除调查研究外，并着重于专门技术之训练。至是南开学校扩充为五部——中学部、大学部、女中部、小学部、研究所，学生总数乃达三千人矣。

二十四年冬，苓赴四川考察教育，深感津校事业，仅能维持现状，而川地教育，尚可积极发展。且华北局势，危急万状，一旦有变，学校必不保。为谋南开事业推广计，并为谋教育工作不因时局变化而中断计，决意在川设立分校，于二十五年秋，招生开学。于是南开学校在重庆复增设一部。

此期学校各部颇多进展，经费之需要甚巨，各方面人士热烈赞助，慷慨解囊者亦至多。在大学部，有李秀山、袁述之、卢木斋、陈芝琴、李组绅、傅宜生、李典臣、吴达诠诸先生，以及美国罗氏基金团等，或慨捐基金，或资助常费，或出资建筑校舍，或解囊充实图书；尤以吴达诠先生所发起之"南大学生奖助金"运动，每生年得奖助金三百元，名额约三四十人，于清寒学生嘉惠尤多！在中学部，则有中华教育文化基金委员会之奖助经费，章瑞庭先生之独捐巨款建筑大礼堂，蔚为中学部最庄严最宏丽之建筑；而校友总会发起募捐运动，建筑科学馆，及奖助学生基金，成绩尤为圆满。至捐助女中及小学建筑经费者，此期有张仲平、王心容二先生；补助大学经济研究所常年经费者，则有美国罗氏基金团，中华教育文化基金董事会。

重庆南渝中学捐助开办费者，主席蒋公为第一人。其后有刘甫澄、吴受彤、康心如、陈芝琴与范旭东诸先生，捐助建筑费及仪器图书等。凡上所举，皆荦荦大者，其他热心捐助者为数尚多，不及备举，皆于南开学校各部之发展，赞助至多。此期工作，实可谓尽力大，收效亦至宏也。

（四）继兴时期（民国二十五——三十三年）

津校之毁灭，

渝校之继兴，

复校之准备

本期自民国二十五年以迄于今，凡八年。在此期中，津校惨遭暴日炸毁已不存在，重庆南开逐年发展，继续南开生命。继旧兴新，此期可称为南开之"继""兴"时期，亦即南开再造之准备时期也。

民国二十六年，"七七"变起，平津沦陷，南开于七月二十九日及三十日，大部校舍惨被敌机轮番轰炸焚毁，是为国内教育文化机关之首遭牺牲者，时苓因公在京，以数十年惨淡经营之学校，毁于一时，闻耗大恸！时主席蒋公慰苓曰："南开为中国而牺牲,有中国即有南开。"语至明断而诚恳。蒋公对南开之爱护备至,即此可见。苓深受感动,自当益加奋勉,为南开前途而努力也。

当津校被毁之日,我重庆南渝中学,成立已一周年矣!民国二十四年冬,苓游川,即决定设一中学,乃于翌年春,派员来渝,选购校址,督造校舍,首蒙今国府主席蒋公,慨捐巨款,补助开办费用,于是第一期校舍建筑,乃按预定计划完成。是年秋,招收新生二百余人,正式开学,命名为南渝中学,盖取南开在渝设校之意。二十五年秋,苓第二次入川,为学校筹募经费,组织董事会,聘请吴达诠、张岳军、吴受彤、刘航琛、康心如、何北衡、胡仲实、胡子昂、卢作孚诸先生为董事,又完成第二期校舍建筑计划。及后华北事变,津校被毁,而我南开学校,犹能屹立西南后方,弦诵弗辍,工作未断者,皆当年准备较早之故。社会一部人士,辄以为重庆南开学校,系于津变后而迁川者实误矣!惟因有南渝,津校一部员生,于平、津战役序幕初展时,即相率南下,辗转来川,得照常工作,继续求学,而南开团体,得以维持不散,是则可谓不幸中之大幸也。

嗣后京、沪沦陷,各校仓促迁川,痛苦万状。金以南开学校于战前早有准备,树立基础,深为称羡!一致誉苓眼光远大,有先见之明。其实华北之岌岌可危,暴日之必然蠢动,举国皆知。不过苓认识日本较切,而南开校址又接近日本兵营。倘有变,津校之必不能保,自在意中,故乃早事准备,及时行动耳!(略)

南开大学被毁后,教育部命与北京大学及清华大学合并迁往长沙,称临时大学,后复迁至昆明,改称西南联大。苓与蒋梦麟及梅贻琦二校长共任常委,彼此通力合作,和衷共济,今西南联大已成为国内最负盛誉之学府矣！

二十七年，校友总会建议南渝更名南开，以示南开学校之生命并未中断，乃将南渝中学更名为重庆南开中学。是年因战区学生来川者纷请入校，学生人数增至一千五百余人。

二十八年，南开大学经济研究所在重庆复课，招收研究生十人，正式开始工作。

二十九年，重庆南开临时小学成立，学生百余人。

自二十八年至三十年，首都受敌机威胁，惨遭轰炸，即教育机关亦难幸免。本校三次被敌机投弹，而以三十年八月为最烈。敌机以南开为目标，投落巨弹三十余枚，一部校舍或直接中弹，或震动被毁，损失颇巨，但事后即行修复，敌机威胁虽重，学校工作初（终）不因之停顿。

三十三年，校友总会发起募集"伯苓四七奖助基金"运动，成绩美满，募得六百余万元。是年特设清寒优秀学生免费学额多名，青年学子受惠至大。

现在国运好转，胜利在望，建国治国，需才孔多。将来全国复员时，苓誓为南开复校，地点仍在天津，大学必设八里台，科系须增加；中学仍在旧址，力求设备充实；在北平及长春两地，并拟各设中学一所；至重庆南开，则仍继续办理。将来各地中学学生，经过严格基本训练后，再择优选送大学再求深造，定可为国家培养真正有用之人才。至于复校详细计划，尚在缜密研讨之中，惟念南开得有"元首"之奖掖，邦人之提携，将来复校工作，前途绝对乐观，可断言也。

总上所述，南开学校四十年来，由私塾而中学而大学；由全盛而毁灭，而继兴，中间经过多少困难，经过多少挫折，但复校之志愿未偿，南开之前途正远，兴念及此，不禁感慨系之！

五 检讨工作

南开四十年，不敢自诩成功，但征诸各方对南开之反应，实予苓以莫大之鼓励。兹分述之。

（一）学生成绩

南开创立，历史较久，学生亦众，且多优秀青年，任选任拔，以教以育，此实为我南开学校特具之优越条件，因此教学易而收效宏，费时少而成就多。出校校友，现在政府各部门、社会各阶层中服务者，为数亦至众。举凡党政外交，陆空部队、交通电信，以及教育、新闻、戏剧、电影各界，无不有我校友厕身其间。其服务能力，负责精神，有足多者，以故社会人士时予好评，而政府长官亦深加器重。以学生成绩论，南开教育似已稍著成效，并已得社会之承认也。

（二）社会信仰

南开学校，历年来深得社会之信任与重视。家长每欲送其子女来南开，谓："得入南开，便可放心。"以是每次招考，报名者辄四五千人，而取录有限，欲入者众，学校每苦无以应付。学校每有所求，又深得学生家长与社会各方之赞助。在津有"三六""三七"两次募款，成绩均至佳。而今春校友总会发起之"伯苓四七奖助基金"运动，原定目标，为四十加七十，即一百一十万，取庆祝南开四十周年与苓七十生辰之意。继增至二百八十万元，后改为四百七十万元，最后结束时，总数竟超过六百万元，此实完全出乎吾人之意料，创造了国内教育捐款之最高新纪录。此一事实，实足以验证社会人士对我南开有良好之反响与热烈之爱护。其所以能如此者，当由于吾人之工作，已深得社会人士之信任与重视耳！今后吾人更应如何加紧努力，加倍奋斗，以期无负社会之厚望也！

（三）政府奖励

南开系私立学校，各部经费历年受政府之奖励，补助至多。"七七"变后，南开被毁，承政府重视，命与北大、清华合并，为西南联大之一部。重庆南开，历年来参加毕业会考、大学升学考试、学生作业竞赛，均以成绩优美，屡受政府之褒奖与嘉勉。国际友人有来渝参观战时教育时，政府当局必令南开妥为招待，隐然认南开为中国战时中等教育之代表，实予学校以莫大之光荣。今年元旦国民政府以苓终身从事教育，为国造士，特颁一等景星勋章，深觉奖逾其分！然由此亦可证明政府对我南开教育之成就，寄以莫大之激励也。

六　发展原因

南开学校系私人经营之事业，经过四十年之奋斗，得有今日之发展，推厥原因，实有多端。例如吾人救国目标之正确，"公能"训练之适当，与夫学生之来源优秀，校风之纯良朴实，皆为我校发展之重大因素，而尤觉重要者，约有三点。

（一）个人对教育之信心

苓于教育事业，极感兴趣，深具信心，故自誓终身为教育而努力。今服务南开，忽忽已四十年矣！忆昔北洋政府时代，武人专权，内战时起，学校遭遇之困难与挫折至多，深感政治不良，影响教育之苦。但苓艰苦奋斗，从不气馁。当十五六年之交，政府谬采虚声，拟畀苓以教育总长，及天津市市长等职，因志在教育不在政治，均力辞不就，仍一心办理南开。因是个人事业赖此得以保全，而南开校务，亦因此而得发展。及今思之，犹有余欢！迨后北伐告成，国内统一，全国国民，在一个政府一个领袖之下，振奋团结，同心力强，实为我国五千年来未有之大团结。国运丕新，气象焕发，益信国家教育必能配合政治之进步，再以教育之力量推动政治，改进政治；更信南开教育事业，适应国家之要求，必能人才辈出，扶助国家，建设国家。此苓对教育之信心，亦多数同人所同抱之观念。是以数十年来孜孜矻矻，锲而不舍，卒有今日之小小成就，因个人对教育之信心，遂以促进南开教育事业之发展，此其一。

（二）同人之负责合作

窃以筹办学校，厘定计划，其事易；至计划之如何求其全部实现，训练之如何求其发生效力，其事难。要非赖全体同人之负责合作，努力推动不为功。我南开同人，皆工作重，职务忙，待遇低薄，生活清苦；但念青年为民族之生命，教育为立国之大计，率能热心负责，通力合作。因此学校人事之更动少，计划之推行易，青年学生日处于此安定秩序、优美环境中，自必潜心默修，敦品励学，养成一种笃实好学之良好校风，因以增高学校教育之效果。此同人之负责合作，实有助于南开之发展者，此其二。

（三）社会之提携与赞助

私人经营之教育事业，必得社会人士之赞助与提携，方能发育滋长，而南开学校自成立以至于今，得社会赞助之力尤独多。回忆四十年来，我南开津渝两校之发展，例如校地之捐助、校舍之建筑、校费之补助，以及图书仪器之扩充、奖助金额之设置等，无一非社会人士之赐，社会实可谓为南开之保姆，而南开实乃社会之产儿。过去南开发展，全赖社会之力，今后复校工作，更非赖社会人士之热烈赞助，加倍提携，决难望其顺利进行，圆满成功。一部南开发展史，实乃社会赞助之记录册也。此社会之提携赞助，有助于南开之发展者，此其三。

七 结论

南开学校四十年奋斗之史迹，略具于斯。当年创立，系受国难之刺戟，而办学目的，全在育才以救国。至于训练方针，在实施"公""能"二义，藉以治民族大病。回忆严馆成立之初，学生仅五人，中学成立时，亦仅七十三人。经过四十年之惨淡经营，教职员同人齐心协力，学生逐年增加，设备逐年扩充，至抗战前，大学、中学、女中、小学、研究所学生，超过三千人，而规模之宏大，设备之充实，在国人自办之私立学校中，尚不多靓。至重庆南开，创始于军兴之前，成长于抗战之中，规模设备，在后方各中学中，亦属仅见。盖南开过去，无时不在奋斗中，亦无时不在发展中，日新月异，自强不息，为我南开师生特有之精神。南开学校在过去，如何认为对于救国事业，稍著微绩；则在将来，对于建国工作，定可多有贡献也。

芩行年七十矣！但体力尚健，精神尚佳，不敢言老。今后为南开，为国家，当更尽其余年，致力于教育及建国工作，南开一日不复兴，建国一日不完成，芩誓一日不退休，此可为我全体校友明白昭告者也。

兹值南开四十周年校庆之辰，回顾既往奋斗之史绩，展望未来复校之大业，前途远大，光明满目。南开之事业无止境，南开之发展无穷期，所望我同人同学，今后更当精诚团结，淬厉奋发，抱百折不回之精神，怀勇往直前之气概，齐心协力，携手并进，务使我南开学校，能与英国之牛津、剑桥，美国之哈佛、雅礼并驾齐驱，东西称盛。是岂我南开一校一人之荣幸，实亦我华夏国家无疆之光辉也。

复校大业，千头万绪，工作至繁，需款尤多，届时芩拟另行发起募集"南开复校基金"运动，深望政府长官、社会人士，以及国际友人，仍本以往爱护之热忱，多予积极之援助，斯则芩于回顾南开四十年发展史迹之余，所馨香祈祷，虔诚期待者也。

原载1944年10月《南开四十周年纪念校庆特刊》

世界　中国　南开

本人最近第四次由美返国，各方友好及南开同学，每以世界现势、中国前途及南开复兴三事见询，兹简述所感如下。

本人自认是一个乐观者，南开同学又替我起过一个诨名，叫"不可救药的乐观者"。但我的乐观是有根据、有理由的。

古人说，"鉴往知来"，历史是未来的一面镜子。我们从人类的经济生活上看，撇开原始的社会形态不谈，封建制度是给资本主义制度清算了的，现在又有社会主义制度出来清算资本主义制度了。从人类的政治生活上看，与封建制度相配合的，是专制的政体；自从资本主义制度兴起，有些国家实行君主立宪，有些国家改为共和政体。尽管像德国、日本和意大利，这些国家实行法西斯蒂独裁政治，想把前进的历史拉回几十年；然而，事实俱在，暴力是扭不转历史发展的法则的。

历史发展的路线，尽管迂回曲折，但终结的方向是自由平等与幸福。第二次世界大战结束迄今，已有一年又五个月，反法西斯蒂阵营中的反动分子，竟师承法西斯蒂的故技，或向弱小民族施虐，或在制造三次大战。然而，这股逆流在全世界爱好和平与民主的人士之前，也就在浩浩荡荡主潮之前，已经渐渐低头了。

第一次世界大战的结束，产生新的苏联，第二次世界大战的结束，应该产生新的中国。中国的政治哲学，根据《大学》

上一句话是"修身，齐家，治国，平天下"。现在，世界向寻求永久和平的路上走，天下可望日臻太平，正是我们治国的大好机会，千载难逢，不可再矣！

最后一言南开。南开大学现改为国立，限期十年，期满仍改私立。本人办学，为的就是国家。南开在津校舍于"七七"事变后为敌机全部轰毁，当时本人在京，面谒蒋先生报告学校遭难情形，蒋先生说："南开为国而牺牲，有中国即有南开。"现在抗战胜利，南开暂时改为国立，正表示国家对南开负责。南开中学还是私立的，一、二两分校设成都与昆明，最近计划在上海添办南开第三中学。至于第四中学，拟设在东北，在敌人实施奴化教育达十四年之久的地方办学，意义特别深长。

南开同学及各方友好最近问我，究竟要办几个南开中学，我的答复是简简单单六个大字"一直办到我死"。四十多年以来，我好像一块石头，在崎岖不平的路上向前滚，不敢作片刻停留。南开在最困难的时候，八里台笼罩在愁云惨雾中，甚至每个小树好像在向我哭，我也还咬紧牙关未停一步。一块石头只需不断地滚，至少沾不上苔霉；我深信石头愈滚愈圆，路也愈走愈宽的。

原载1947年7月24日《南开周刊》复刊第5号

在公能学会第一次讲演会致词*

天津意大利租界

天津日本租界

今天请胡校长来给我们讲话，我觉得十分高兴。公能学会成立不过数月，其成立的主旨即在使民众对政治感到兴趣。本来天津是最能训练国人有爱国心的地方，当不平等条约尚未废除以前，天津共有八国（英、法、日、德、奥、意、俄、比）的租界，如此则最易激起爱国思潮，可也最易漠视国家民族。南开学校在这种情形下创办和生长，达四十年之久，所经历的困难不言而喻。"七七"事变起，天津便又置于日寇的压迫下，而南开又首当其冲的被炸毁，而牺牲了，便迁校重庆。胜利后，这

---

* 本文是张伯苓在南开学校公能学会第一次讲演会上请北京大学校长胡适讲演前的致词，由王鸿恩记录。

天津日本租界内的大和公园

才恢复。为什么要积极地复校呢？因为我们的目的，尚未达到，还有继续努力的必要。什么目的呢？抗战前，我们的目的是救国，现在我们的目的是建国——建设一个民主国。然而我们对政治不能只是批评，而不去实在的做，依我看，凡是有能力的都应该出来参政，我们要大家一齐来。办事的人多了，做起来，就容易"公"，人少了，就容易"私"。所以我们应当请全天津市的市民都不背弃政治，而要大家一齐来参与政事，好人更应当不避不退，领导在先。本来一个真正的民主国都是全民参政的。因为唯有如此，做起事来，才能"大公无私"。

所以我们要全都起来练习、学习，更要不怕幼稚、不要羞涩地去学习，反正我们只有一条路一民主政治。走得早，到得也早！今后，我们应当随时随地都要注意政事，这样一来，才能不致谈话欠妥当，批评欠正确。

原载1947年10月17日《南开校友》复校第5期

南开演说

张彭春

在南开学校修身班上的演说*

张彭春

观诸生皆英气泼泼，故余视一切难事，皆觉易举。惟社会情形，能如吾校否？余自赴美以来，未至京师者，几近十载，且京师为全国首善之区，社会进步，自必百倍于前。而余上星期赴京，所见之景象，直与余之意料，相皆而驰。观政界之腐败，议员之营私，曾有一人努力上达，作一砥柱者乎？呜呼痛哉！尚谓中国不亡可乎，谓中国未亡可乎？吾国行政借款，国家精华，类皆抵押殆尽。吾之盐税、海关税谁属？铁路、邮政谁属？谓之已亡可也。且视诸议员，在袁政府未经解散之先，罔不奢侈挥霍。至今罔不俭省吝啬。诸生知彼之意乎？彼欲积蓄，以为亡后糊口

---

* 本文是张彭春 1916 年 9 月在南开学校修身班上的演说，由郭为彰记录。

之资也。虽然，吾辈其从此而已乎！今日所言，为亡后之预备可也。譬如战争，其一以为如此用力，则必胜；其一以为虽如此用力，亦必死，而仍不懈。所谓生死置于度外，二者孰胜乎？其知死者必矣。盖知死而犹用力，方可谓真勇。昔斯巴达与波斯Thermop yloe之战，斯巴达据此要害之地。波斯已有退意，而斯巴达地势，为奸人所卖。波斯从他道进攻，故波斯得进，斯巴达所余之兵，为数不过三百，然勇气未尝少懈，故虽败后，卒以勇武为敌人所惊服。此吾人应作已亡之预备，以振刷真勇也。

次，则应去自己之观念。凡作一事，有自己观念，存乎其中，则事无不败。昔义大利画师Rapheal尝夜绘画，置灯身旁，而已身之影遮之，灯屡移而影仍随身，后置于头上方可，故吾人作事，亦应先去自己之观念。

三曰定志，诸生知世界英雄拿破仑乎？彼每于战争之先，招兵官于前，而熟视之，握其手。是即定志获胜也。诸生亦应立定志向，为国作福。今视诸生，对于体育之发达，各会之组织，皆井井于条，则将来之新中国其利赖焉。

原载1916年10月2日《校风》第40期

当今学术竞争之世界端在注意学识*

上次聚会时，校长曾提及过十二周年后，吾人当别具眼光，以观南开将来之进行。吾校有一物焉，为南开所造成，为社会所公认，为校长常提及，诸报纸所公论，是何物乎？非所谓南开精神乎！今于精神之外，当增何物乎？社会之腐败甚矣。诸君求学，非欲改良社会乎？欲改良社会，非有善法不可。许多人欲改良社会，然热心有余，知识不足而失败者，比比是也。今日之人，最有志、最热心者，厥惟学生。然则欲令学生作事著效，必当增其学识。

再观世界现状，若铁路、若电灯，所谓二十世纪之新文明，无一为中国之发明。反观日本，其大学之进步，一切科学之发明，每年出版之新印刷品，均与英法德美诸国相颉颃，则彼日本，已与世界潮流同进矣。

欧洲当十二三世纪时，各国人士之眼光，均以文明中心仍在希腊罗马。民智之不开，迷信之坚固，较之今日文明不啻霄壤。有培根者出，著《新大西洋》一书。彼之悬想，将来必有大学一所，为官民所公立。内设大炉一，以供化学各种分析及试验，且可令一切生物发达。孰知今日之进步，较彼悬想者

---

* 本文是张彭春 1916 年 11 月 1 日在南开学校修身班上的演说，由常策欧记录，原标题为"专门主任演说辞"，现标题为编者所加。

且过之乎。余昔在美国，观其农业之改良，如玉蜀黍一物，其粒下大上小，而彼能改之使上下相同，且长广均过之。此进步为何如乎？然不过其一端耳。进而求之，更研究人种若何能改良。身体也，脑力也，遗传性也，均其著者。是则二十世纪纯然一学术竞争之世界，而非有心无力者之所能为也明矣！故吾劝诸君在学识上注意。

好胜之心，尽人而同。然值失败之际，切不可意存仇怨。是故欲为君子，端尚自省。顾此事言之非艰，行之甚难。吾人不欲勉为将来大器斯已耳。否则必当移怨人之心，转而怨己；不能怨己，亦必勉力自克，不得形诸语言举动，暴跃喧呼，如失欢数岁童子之所为。盖吾侪所贵乎名者，以名能励己，藉资上进，非吾人之上进与否，端视名之荣誉与否也。求全之毁不虞之誉皆外物耳！于我身乎何有！

原载1916年11月8日《校风》第45期

对新青年应进行精神教育[*]

凡立一事，初意虽善，久之则敷为具文。此常人之习惯也。吾校修身班，先向国旗行礼，乃激发爱国之义，意至善也。惟时久恐仅成仪式。是故行礼之先，不可不思，不可不沉思。思夫此旗处于世界如何之地位？此旗之命运如何？我对此旗具如何之观念？我校对此旗有如何之关系？顾名思义，讵容缓乎！

吾校遭水灾之后，一迁往青年会；再移来法校。吾校不至停滞进行。诸生不至荒芜学业。各处诸君子热诚相济，深堪感谢。吾等职员，布置一切，颇称顺手，从容如平时，不觉艰辛，诚因劳而成功，别有乐趣存焉。

吾校两次迁徙，颇足长人阅历经验，启人知识毅力。留心者自悉之，其怠忽者未必深知此意。今为解积之。凡事自微而观显，由小而思大，乃成功建树之妙诀。今以此次论，整理讲室，安置宿舍，涂屋壁，设电灯，备食堂，修操场等事，均在数日内，措置裕如。异日服务社会，从事国家，何莫不然！旨在除残去秽，俾其缉熙光明。不过才能智慧增其倍；毅力热诚增其量耳。修养时代，优游终日，无所用心，可乎？是故见微而知著，由迩而思远，圣贤之事也，豪杰之事也。圣贤之所以为圣贤，豪杰之所以为豪杰，在此。此固由于智力断才，然亦视其用心否耳。庸夫俗子则不然，不知世界之大，人群之

---

[*] 本文原标题为《张仲述先生演说录》，现标题为编者所加。

众，不能由小而见大，逐（触）类而旁通。凡遇事故，不放眼观，恒以己见闻为比例，妄加评判，吹毛求疵。若辈多食祖宗馀荫，不谙世情之旨趣。未尝创业之艰辛，不尚实行，妄许横议，呈风流之相以鸣商与圣哲、英豪之见微知著，由迩思远，适成反比例。此类人材，吾国甚多。诸君其各振刷精神，增益思虑，勿蹈俗人之故辙。

去岁较长向同人演说，言有二字。吾校似之而未至。其反面为暮气；其正面不言自知为朝气。夫朝气乃发扬之象。旭日东升，方兴未艾，终日需热，此为起点，何等兴会，何等光明，能胜困难，能涤恶风，是积极的气象。至暮气则日暮颓唐，奄奄将息。追忆往昔，能不慨然。希望心绝，万念俱灰，是消极的气象。吾国此气不少，以至江河日下。新青年常求新生命，抱积极的观念，力黜暮气。心为希望心，为责任心。社会污浊，清之；风俗颓唐，振之。为社会之中坚，作中流之砥柱，只能秉此朝气，其他学识为次也。此之谓精神教育。

吾校第一迁徙，地狭人稠，一校之人，与住六处。用功较难，管理时疏。诸生功课品行，就搁怠忽，在所不免。今幸来此间，屋宇宽阔，诸务就绪。诸生其各勤学敦品，自勖自励，以偿前失。

万事失败，多由"骄"字。吾校素负虚名，而缺欠甚多。同人等深自抱歉。惟稍具团结力，诸事不欲涣散耳。深恐诸生中之幼者之识浅量小，疏慢骄傲。自谓吾乃南开之学子也，不知南开亦一学校耳，又有何奇，不思谦虚以自重，是徒惹人憎恶耳。诸生气象要和煦，度量要宏大，勿因骄傲而损己品格，且辱学校名誉也。余实有厚望焉！

原载1917年11月5日《南开校风》第77期

在南开学校学生课外组织
联合会上的演说词*

今日余得与诸班诸会各代表之讨论盛会，幸甚！半年未（来）观《校风》报端所载，历次开会情形甚觉有味。以数十活泼之少年，聚于一堂，作此有思想之讨论，以谋全校幸福。其精神、其秩序，不独为他校学生所不能，亦我国议会所难能也。溯本校之组织此会之目的，其故有二：（一）为练习真自由之精神；（二）为造就领袖之资格。吾尝闻之出校学生之言曰：离母校方想到母校好处。又曰：母校为一母民主国。其所以发此谈者，固亦不免有过誉之处，要亦非学校竭力提倡真自由之力也。所谓真自由者，从心所欲而用思想来守法律也（Liberily is voluntly and rensoned obedience to low）。愿诸君切记斯语焉。且今日二十世纪，一组织之世界也。组织之中，必有领袖。领袖之能力大，则影响于世者大。今之伟大人物，几何无能力而能成大事者。故本会竭力提倡领袖之资格者，意在斯乎。今日时间甚促，不能罄意以谈。此外尚有与诸班长有商议之事。如选举之规则、运动之办法，及拟编班长须知等，均应详细讨论。盖全校之精神，在班上为多。班上之事，自不能不

---

* 本文是张彭春1918年1月16日在南开学校学生课外组织联合会1917年下学期末次大会上的演说。

逐件研究。奈时迫不获多谈。俟新班长选出后，必再召集也。余今日心中愉快已极，几不知语之所从出。半年来此会辅助全校之进行甚多。谨赘数语，以表谢忱。

原载1918年1月17日《南开校风》第88期

南开同志三信条[*]

　　年假已过。诸生或回家，或住校，皆得休息。希冀以新春之爽气，洗尽一切污点。今日为又一学期之始，须思此学期中，所欲学者何，所欲得者何，为何来此修学。今愿以数分钟之时间，讨论一事。题可名之曰：《南开同志三信条》。

　　我们试思能动摇世界变化人类者，果以何物为最有力？是物也。凡有思想者，皆深致意以研究之。宗教家名之曰信心。哲学家名之曰志愿力。德国哲学家（Sehopenhauer）之解释谓之曰生活志愿力。（Will to Live）以努力求生为世界各事之原动力。后德国之（Nietsz che）氏，又谓之曰争权志愿力。Will to Power以努力竞争孰得力最大为志愿。美国（William James）曰信仰志愿力。以此志愿，斯可摇动世界。试观一切事物，皆须以信心成之。无论为公为私，爱国志士必须有信心而后成功。斯为公者固如是。为私亦然。拿破仑自私实甚，然以其有信心也，足能感事。彼赏自信，以极大之军队，经彼努目一视，皆可为之效死疆场。政治上既如此，即研究科学苟无信心，亦必

---

* 本文是张彭春1918年2月18日在南开学校春季始业式上的演说，由段茂澜记录。

一无所成。既知信心是摇动世界之原力，故愿于学期之始，研究南开同志之三信条：（一）我们信国家，（二）我们信教育，（三）我们信南开。

（一）我们信国家。国家为人类所组成。现时人类组织最大者即国家。将来世界进步，或破除国界以全球为人类之组织体。然即如是，国家亦必有其地位。如今国之有省，省之有县是也。着知吾侪非国家无以自立，则必须信之。不过当信一可信之国家。如无可信之国家，则当造之创之。欲造新国，当以二事为准则。（甲）要以多人的国家。（乙）要以自立的国家。多人的国家为多人的幸福而设，不仅为少数人之幸福权利也。自立者，谓系能自主，非受羁于外人。今日之时局，固艰难万状，然若坚抱多人、自立两主义，尽力为之，终必有成。鉴诸古史，一有自立之心者，人格立降。故在一国之中，当思舍己而求我之真己，不舍则老死于棺木之中。舍己则可得不朽之乐。聚上所言，而抱定宗旨，曰：我们信国家。

（二）我们信教育。此尤浅浅易明，若不信教育，则吾侪今日当不在此堂聚会。今众聚于此，因为信教育之明证。然信教育之深浅冷热不同：有者信之深，有者信之浅；有则热心信之，有则冷淡信之。我们信教育者，因知教育为一造道德能力思想之机关，能使人人格高峻，能力增长，思想清明。且欲造新民新国，非教育不为功。既信教育必爱教育，是理至明。吾侪来此，余冀自动者多，被动者少。自动者，既爱教育而后努力前进，当不用外力，自应吾教育上有此一种特别的兴味。诚如是则无管理亦可发达。

（三）我们信南开。今日南开稍知名于社会。如今日之学生，与已往之学生不同。往者本地人居十之七八，今者小过十之三四。非津城人数减少，其与全体之比例数较前为少耳。今日住校者人数加多一事，可证明之。此可知南开范围，已溢出本城之外。学生籍有二十省誉南开者，不外曰办事认真，曰规矩严。办事认真者，实以南开实地求是，工作诚恳；规矩严者非真管束甚严之谓，实导学生以真自由，自遵从法律之自由。Olediance to law is liberty不遵法律决无自由，各国皆然。南开精神尤可于出校学生中见之。年假中得两函，一自美，一自日。美为孔繁霱、李广钊、冯文潜诸人所寄。信中对于母校之热心，观之良足欣慰。日本南开同学会报告组织之状况。每月一会，会时以《校风》报讨论之，以不失南开精神为主。

有毕业生现肄业某校者，告于彼初闻校长言，在校不知南开之精神，出校方知。彼先聆是言，初未之信，今则恍然。知南开实有一特别之精神。吾侪此团体中，抱此精神，即当信而爱之。彼不顾团体自私争先者，实不配为南开分子。南开处津地，古燕赵慷慨悲歌之土也。所谓慷慨悲歌者，系不顾艰苦，而求远大的生活之谓。吾侪自应存古是风，当仁不让，方足称为南开学子。今日去去年暑假不退半年，而以我思之，则不啻数易寒暑，水来校分，分而复合。水至之夜，余尝曰：如有自私争先者，则吾侪不应生活，人若经灾困而不能得其教训，则良机坐失。水灾后，我校师生皆义勇有为，遇事争先，无推诿弊。不唯我校，津埠亦然。今日故态又萌，依然如旧矣。天之与人，实欲以灾祸变其自私之心。故经此一灾，须永识之。无待其再，则庶几乎。

对于信南开，余尚有一意。余信南开非仅现在，而实在将来。校长自美来函，言我国弱点固多，然所恃者能时常推难前进耳。所谓推（push）者实应保存之。校长并言，愿与我南开千人以发达作事之机会，以练有此推字（push）。然后抖擞精神，为吾辈下一代争，或推而广之为下数代争。统观一切，余深信此第三条：我们信南开。

今日为第二学期之始业日，余以此三信条为诸生告。

原载1918年3月17日《南开校风》第89期

别道德之旧新[*]

今日愿讨论一题，年幼诸生，或以深奥难懂。然若潜心听之，则亦未尝不可了然。题目为《别道德之旧新》。我们在此过渡时代，常在报纸上见"旧道德""新道德"诸字。我们虽年幼，然见诸字后，亦应思索：何为旧道德，何为新道德，道德果为何物，是否可分新旧？

二十年人血气方刚。以道德为不屑为。一言道德，意即管束拘缚之谓。是以维新学子，多不欲谈道德。以其为老生常谈，毫无实用，听之往往生厌。是种二十年人，余深与同情。以徒言死道德，实无大用。

试思道德何自成？聚人类之大群，人世万几，或为此种动作，或为彼种动作或作此言。或作彼言。是种种动作，因人而定孰为好动作，孰为坏动作。由是而道德生焉。

修身与道德　质言之，当于某种地位，作某种好动作，即为好品行。集凡好动作而言之，是为道德；反是则为不道德。散言之，对于自己为最好之动作，是为修己之道德；对于父母恭敬之、孝养之，是为对于父母之道德；对于社会，服役之、扶助之，是为对于社会之道德；举是种切（种），总名之曰道德。欲以剖碎而消化之，则修身是也。修身课程，多分曰修

* 本文是张彭春 1918 年 2 月 27 日在南开学校修身班上的演说，由段茂澜记录。

己、家族、国家、社会、职业，各种。是足见修身与道德之关系。实分道德为各部而言之者，如孝敬，系专论各种动作对于父母者，其动作最佳者，即名之曰孝。其他亦皆类此。盖修身者，不过欲人渐养成其道德行为耳。

伦理学与道德 此外尚有伦理学与道德之关系。鉴别各种动作之道德与不道德，必须有是非心。然而世上之是非无定。汝之是者，人或非之；今之是者，古或非之；中国之是者，外国或非之。是非随地随时而变。南非洲人以俘获外族，蓄之使肥大，而后剖杀以为供祀，以是种动作为是。外国男女交际往来，多握手为礼；而中国则以男女授受不亲，悬为厉禁。各地、各时、各人，既有各种是非。欲研究是非之所以为是非，是为伦理学。

伦理学史 中国文化，素重道德。愿以数分钟，回溯古史，然后可察道德是否有新旧之别。孔子为中国最大之道德家。自孔而后继之者颇不乏人，如汉之董仲舒，唐之韩愈，宋之朱熹，是皆造儒学，成儒教者。是派成立所以能战胜他派者，良因彼等以自唐虞三代以来，中国人民固有之思想、制度为儒学道德之根基。而是种之思想、制度多出于家族主义，故传衍数千年。驳之者固多，而终能成立；其他学派颇多，前如韩、墨诸子姑勿论，而后与朱熹并持而反对者，有陆象山。或谓陆曰："汝何不著书？"彼曰："六经注我，我注六经。"又曰："尧舜曾读何书？彼以宇宙为心，何等广大。"以经书造道德者，实儒教之末流，以死规矩自奴而欲奴人者也。明王阳明创知行合一说亦所以脱离穿小之书本道德，而造成一种自由精神。然我国伦理学思想，自秦汉以来进步无多。蔡子民先生曾著《中国伦理学史》，结论有道德思想不发达之四种原因。

（1）中国若干年来对于自然科学未甚讲求。

（2）对于伦理学绝少研究，伦理学可以绳衡人之思想，规则人之言论。

（3）儒教既成宗教，而同时又并吞政治之力，藉政治以行宗教。

（4）与他国少交通，故未受他国之戟刺，而得独有势力。

是若干年来，伦理学并未有所发展。先之是者，今仍是之；先之非者，今仍非之。天地君亲师及夫当今皇帝万岁万万岁之牌位，仍供奉于各私塾庙宇之内，故仍持皇上为不可少者，实不乏人也。我们试思今日是否可发生一种道德上之新思想。余意很有希望制度上之改革。往者向来我国社会以家族为单位。是种组织，处兹二十世纪实有必改之势。改革之方向有二：（1）缩小家族而成个人主义。（2）长大家族而成社会主义。此二题皆甚要。他日有时再详言之。

中国制度未更，思想遂不能变。今则制度渐变：婚姻自由，公平分产，社会改良……各说渐播腾而起。制度变则思想变。研究道德之方法亦当遂之俱变矣。宋明学派，反对前者之狭隘。其说固当。然家族主义之制度一日不变，道德之旧思想一日不能更新也。今者当作事实上的道德研究，作实验的伦理学，Experimental Ethies 不以彼动。引古人所言为演绎的伦理学者，当先察现今社会之实情及必须而后为一归纳的伦理学，造成一种应用的新道德，与国家民族之将来所关甚重也。

原载1918年4月11日《南开校风》第92期

学生应注意时事[*]

今日欲言关于时局之事。国内与国外，吾侪向来对于国家、世界之事，漠然不注意。中国人阅报纸者，较外国之人数，虽未经确实调查，然必知其悬殊至巨。西人对于某事，吾侪以为无足轻重者，如某城大火，某人因犯何罪致科死刑，或某某两大学作足球比赛，在吾人本城报纸未必登载之事，在彼则且《号外》增刊以记之，常可于街上见幼童持《号外》EXTRA而呼卖之，足见西人爱知新闻之切。

予自回国以来，对于时局世事，已觉较淡。以报纸所载，或不可靠，或太陈旧。今者当此电信交通便利之世，欲作一见闻健强之人，实不可不读报章。诸生无阅报之习惯者，可注意之。

今日世界所注意者，为海参崴昨日发现之事。昨日之事，诸生知之者，恐寥寥无几。然是事与世界、与中国，甚至与汝个人皆有关系。故必须注意之，愿先言国内之事。

国内事，春假后最重要者，为段内阁之回任。革命而后，世人注意之点，尽集于袁世凯。袁之势力日长，以其军权日长，与各督军以重大之势力。袁死而后，眼光则尽集于段。后黎总统因宪法问题，及对德宣战事，酿成府院冲突。及段退职

---

[*] 本文是张彭春 1918 年 4 月 10 日在修身班上的演说，原标题为《修身班校长演说》，由段茂澜记录，现标题为编者所加。

后，督军团既有徐州之会议再聚于天津，张勋出而调和，酿成复辟之事。而段氏攻之张。失败后，冯继总统，以南北和战问题，府院又起冲突。段又辞职，土土珍继任。今则奉兵入关，段内阁又上台矣。近数日北洋皖直两系似像合一，而风闻梁士诒北上时，曾在上海受南方要人之和议条件，故前数日颇似有言和之望，今则又似和议无成。前路茫茫，正不可知。然是等阋墙之患，终非幸福也。

国外事，欧战方酣，今日为最烈之期。欧战起自一千九百十四年，已历四载，为世界从来未有之战争。死人最多，布置最善，用器最良。四季战事以春为最宜，夏热冬寒秋多雨水。一九一七年春战，联邦胜，以联邦备置已近完善。一九一五战事初起之春，德国占胜势。以其早有设备，是时联邦不过仅能抵御耳。迨至去年，联邦渐占优胜。奈有一事发现，是即俄之革命。革命后改共和制度，有人曰克兰斯基者Kerencky执政。是人年未逾四旬，然作事颇精干。今者传闻已因痨吐血，生死尚不可知。初克氏政府尚欲帮助联军。然须知人民若程度不高，则招募军队，共和政体实较专制政体为难。故联军因俄革命遂失望，英国尤甚，取弃之不顾之政策。是等政策，今日思之，实深错误。

俄共和党人遂质问政府，为何加入联军与德血战？克氏不能答，遂代向联军讯问，至七个月之久，联军政府置诸不理。克氏焦急万状。内不能维持所谓激烈派政党Bolsheviki。于是激烈派联合大家推翻克氏，另立激烈派政府，以仇刺基Tortzki为首。仇氏第一次质问联军为何血战？即曰如无答复，两月后即与德单独媾和。今已后两月，故俄德和议已成矣。是联军外交之失败也。德既与俄和，遂集全力于西；美虽加入，然今日战事非经营有素不可。美未尝预备，故不能即时收效。前二年，炮弹最利者，可达十五英里，已属骇人听闻，而今日巴黎所见之炮弹，则射自七十五英里以外，约可自天津至北京前门，其远可知矣。前星期五巴黎形势极危险。人死甚多。然英法皆曰：彼乃诱德军至进前，而后创之。巴黎之能守与不能守，想于一二星期内可定。欧战之结局，式可于今年见之，亦未可知也。

今日尚有要事，即系海参崴所发现者。海本属俄。德自占西俄之后，日本欲保护海参崴，并欲派兵至西伯利亚之西部以御德。是议一兴，世界大哗。美尤极端反对。以今日之俄，本不得已而从德。彼与德之大帝国侵略主义，实不赞成。游而说之，死灰必可复燃。若任日本之帝国主义者，驻往该境，则彼邦受日本之压迫，至将不得不从德国矣。昨日发现之事，为某日商店，有俄人著有军服者，往杀日人三名。日海军舰队泊驻该埠者，遂上岸弹压。英美兵亦派兵上岸，社会党政府不认杀人者为俄之军士，以为普通强劫。然今日日兵已登岸矣。果联军允日人占西伯利亚，则将来世界大局，必将因之而大变矣。

原载1918年4月《南开校风》第93期

学生之气质[*]

　　人之气质与商家之商标戳记相仿佛。某货系某种商标，出自某字号。一见其戳记商标即可定其货物为优为劣。观人亦然。一见其人之气质，即知其是粗是细，或鲁或谨，是谦是骄，为奢或俭。往往一见其人之气质，即知其来自何省何校何种家庭。盖学校家庭社会于吾人气质上关系之切，影响之深，有不能隐讳者。学生之来自何城何校，及其为富家无教育，成为货家而有教育之子弟，于初入校时，即为诸有经验之师长所猜中，要皆气质的关系。

　　气质于人之关系既如是其切，其影响又如是其深，予深望诸生之来此，有之变化其气质。令人一望即知其为优美深远，有思想，可尊敬之少年。

　　吾校于诸生气质上，将如何教育，此不可不知。诸生曾见门前所悬之镜乎？镜上格言，即可为吾校气质教育之标准。予试读之，诸生其默自省察：

　　　　面必净　发必理　衣必整　钮必结
　　　　头容正　肩容平　胸容宽　背容直
　　　　气象　勿傲勿暴勿怠　颜色　宜和宜静宜庄

---

[*]　本文是张彭春1918年9月4日在南开学校修身班上的演说，由郑道儒记录。

前四句系令吾人检点外表；其次则讲体格之卫生；其次为气象；其次为颜色。诸生果遵此而行，即可代表吾校学生之气质矣。

此外尚有二项，诸生当特别注意。此为吾校当极力励行者，斯为何？即俭与谦。

好奢为今日中国少年通病，吾校亦未能将此病根除净。迩来开学伊始，好奢气象又见。予故不惮繁琐，再告诸生，以后务必去奢崇俭。金戒指、奢侈之绸缎衣袜等，均非学生时代所宜动用。

人或谓倡俭为消极道德。予谓不然，且有积极之理由在焉。特分述之：（一）崇俭可以使吾人守一种平等精神，不至炫耀衣饰，以示其富。吾人为团体计为多数计，固应如是。（二）凡好奢者，多懒怠，其快乐不在精神，仅在物质。崇俭正可矫此弊病，使人人均知所谓生活之意味。有自重心，不至因物质之多寡，而增减其精神上之快乐。

谦之要点有二：（一）吾人最要之性质为合群。不谦抑自卑者，绝不能合群。（二）吾人所最可贵者，即时时长进，而不谦抑自卑者，更绝无长进之可言。

汝等有以钱财衣饰骄其群者，须知钱财乃汝父兄血汗之资，非汝等所固有。有以才学骄其群者，须知汝等之才学较所谓大才博学者，相去尚远矣。

原载1918年10月4日《南开校风》第101期

坚结团体　不怕困难[*]

　　去岁九月二十三日，河伯为灾，殃及本校。诸生既去，至二十五日，余由西南隅驾小舟来。桑田沧海，一片汪洋，状至惨绝，为前此所未见。比至校，水势方涨，其不至没礼堂之台者，仅一石之差；而诸生已散，水势不杀，空堂落落，寂寥凄惨。向之场园庭院，今已变为河渠沟渚，乃浩叹不屑，冥然而思，夫屋将倾，而生已去，所谓南开前途者不可知。所欲恢复原状者不知期诸何年何月矣。溯自吾校成立以来，虽在假期，无时不见有活泼少年起居行动于其间；而今仓促分散，所仅留而未去者仅数十职员及校役耳。

　　时本校木工某，因收拾门板失足坠水。今当其时，倍思其人。捞出后，予目睹其挺卧之状，及医治情形，而卒至无效。呜呼，浩汉（瀚）之馀，益以痛事。其勤朴精思、忠诚勇敢之工人，竟溘然长逝矣！

　　至南马路西马路间，灾黎载道，父母妻子离散，孩提弱叟，匍匐而行。尘纷四飞，疮痍满目。瞻望前途，不知伊于胡底。但见日光无色，茫茫暗淡而已。

　　噫，去岁今日，水来后三日也。思学校之前途，伤工人之

---

[*] 本文是张彭春1918年9月25日南开学校被水淹后一周年时在修身班上的演说，由郑道儒记录，原标题为"修身班校长演说"，现标题为编者所加。

逆（溺）死，见黎民之灾难，昏天黑地，复何希望之足云。然而一转念间，变悲为喜，使予之希望，较前尤高数倍者，以尚有有希望之少年在焉！灾难之痛，牺牲之苦，正训练吾人之良好机缘耳。

当困苦，而言安乐，易；当安乐，而言困苦，难。何以言之？人当困苦时，无不希冀安乐，言之自然有味；比至安乐时，即不欲再言困苦。说之每至渎听。此常人之所以不能利用困苦机会，以磨砺一生。比事过情迁，即望（忘）其困苦中所得之教益，此其所以终居于困苦之下，不能自拔。今吾校遭水灾之后，经种种困难，受若干痛苦，实际上受教之多，不遑枚举。而吾与诸师长、学生所当谨记在心，牢固无望（忘）者，窃有二端：

（一）坚结团体。当水灾之后，群众一心，拥护团体。先时之个人意见，至此顿消；经久隔膜，于今和睦；先则消极批评，今则积极合作矣！其时师生结合之精神，真如好花怒放，不可言喻。或运桌椅，或作零工，虽事之至微至细者，无处不放其灿烂之团结光彩。

夫彼时群众精神上有一特异变像者，即因人人皆无私己心，守同一之目的。凡所为，为学校，为团体，而以己身之劳苦为当然，为责任。而南开所以复有今日者，即恃有此种精神耳。予以为凡灾难饿馑，皆人之逸乐放荡招来，若时时以困苦为念，以艰难自肩，则灾难可去，快乐可期。即偶遇之，亦不至动摇残摧。唯日日怕艰难，图逸乐，斯艰难愈至。逸乐无恒，此亦因果之自然者也。比国名哲士，Maeterlinck有言曰："夫圣贤豪杰，其视每日之生，尤临死际。"此语深切恰当。可考而知，凡一国人民多逸荣，即为一国招祸难。一家一校亦然。前此水灾，为患弥巨。谁谓非吾人之逸乐所招也。幸吾校师生尚有团结之精神表现于是时，任艰食苦之决心吾等当永矢弗忘也。即诸生出校后，任为何事，均当纪念此种精神。纽约某女学，声誉卓著，先为私立，后得省款，建楼十数层。人参观此校时，常见梯之升降间，楼之出入均有各种规言，及"勿忘汝为吾校之生"等字样，标示各处，所在皆有。予今亦赠诸生一言曰："永远别忘你是南开学生。"试观彼为南开造校风诸生，其心中念念不忘者为何物耶。

（二）不怕艰难。拿破伦曰："难之一字，惟愚人字典有之。"水灾亦告吾人曰：今兹试汝等以难事，汝等如能承受，将有更难者随其后。夫世间大丈夫与庸碌辈不同者，即在能耐难，与图逸乐耳。艰难与逸乐之因果，吾适言之矣。今特正（郑）重告诸生曰：汝等入学校，非为享福，从兹困苦艰难，将日围绕汝等左右，有增无减；尤烈火之于金，唯视汝之能力如何耳。汝等既为南开学生，当知"难开"之意味，见难必开之。当具有开难之毅力。难者为吾人所征服，非征服吾人之器具也。天将降大任于是人也，必先逸其筋骨乎，安其体肤乎，抑事事顺其心一任其所为乎？吾知其非也。夫唯受苦难，真价斯见，丈夫生成经百炼。

先时吾等于此二种精神，每偏于理论空谈。今则由实验而悟其要理。诸生果一举一动，均以团体为念，则其馀琐碎章程，当属小事。须知汝等爱此团体，原非无故。此团体者即为吾国造才处也。

夫水灾时痛苦之感，以去年今日为特甚。洎今回溯，历历如在目前。然而汝等若于此时追念以往，计划未来，决志图团体之坚实，为开难之利器，则吾于水灾之来，非但不觉其痛苦，抑更有无穷之感谢。

原载1919年10月12日《南开校风》第102期

责任心*

日前在社会发现一事，其感想与多数次所论及爱国及团体之结合均有莫大关系。厥为何？即责任心是也。吾人或自历史传来，对于国事及社会事无负责任之习惯。若民可使由之不可使知之；或自幼习成天性，对于国事大局均赖他人筹策预备。久之则不知所谓责任者作何解。此其所以招外人来治。或被治于少数垄断家者也。

吾见夫英吉利人之至各处者，往往以极少人数，作极大组织负极大责任，而返观吾人则对于社会之团体，多不闻不问。迩来禁烟之事，益令人废然三叹，偃旗息鼓。似此杀吾民之命，毒吾民之血之物，熟视焉若无睹也。此种现象，如肩之缩者，绝难荷重担。若彼熊肩虎背，非但荷重若轻，任事勇往，且冀其多焉。

夫道德上要律，浅言之，不外"吾要""吾给"二事。人当幼年只知"吾要"，及长始渐知"吾给"之必须之快乐。如人中学之年龄，正发达"吾给"之时期也。发达之，得其当则渐高尚；不得其当则渐低陋。此自然之理。俄国现因试验此理，俶扰方兴。去岁激烈派Bolsheoiki得胜。然彼兵工党人只知匀产又成"吾要"之态。西友饶宾森君由俄来，曾述此事之可

---

* 本文是张彭春1918年10月16日在南开学校修身班上的演说，由郑道儒记录，原标题为"修身班校长演说"，现标题为编者所加。

忧，而列宁氏Lenin已有鉴于此，故于本年四月间下令，命大众通力合作，斯即斥"吾要"而启"吾给"之先声也。今日俄国实为世界社会心理作一绝大试验。

世人无不爱自由者。然自由者，绝非不负责任之谓。是何故耶？盖其年渐长而种种逼迫亦渐至。逼迫即责任。如时局之逼退（迫），衣食住之逼迫，才能之逼迫，均其要者也。人不能使光阴自由增加，衣食住自由充足，才能自由聪〈濬〉〈睿〉，而对斯逼迫，亦有应付之道也。须于下列三者抉择之：（一）我必须；（二）我应当；（三）我愿意。

在校时，如功课、如规矩，若事事抱"我愿意"之态，靡不增进。出校如事业、如结合，若事事抱"我愿意"之态，无不兴隆。兴隆也增进也，惟"我愿意"之态可以坦然致之。若"我必须""我应当"则拘拘束束无自由之可言矣。家庭教育每止于"吾必须"。管辖力来自外，而予确信吾校学生至少有十之六七已成"我应当"之态度。自知自治，是非不佳也。而予更望诸生一变其态为"我愿意"，则其的已得。自然可得永远精神之愉快矣。

夫吾人幼时仅知要，及长始知给。而英贤杰俊大抵给多于要。此则由于"我愿意"之态所致也。世界一切事业，均因我愿意而成立。即汝等今日能有机会在校中参与各种组织，作种种磋磨者，皆汝等以前同学"我愿意"之态所创立也。

是以非"我愿意"则无自由，无自由则无生趣；无生趣则无往不倦，无往不厌。如有"我愿意"之责任心，则终日工作可孜孜不倦。而生趣之活，自由之乐，惟彼负大责者之所能知也。

原载1918年10月31日、11月7日《南开校风》第105—106期连载

择　业*

　　吾等居校中，课内课外事相继而来。日无停晷。于忙迫中有无限快乐，是真不可多得之良时也。然而思想所及，每限于一隅，止于现在，校外之景况如何，出校将从何业，又每因终日忙忙，遂至淡然忽之。今予特为是言。盖欲吾校学生出校后均有一定之志向。

　　前者予曾报告，在此学期末尾作一职业调查。先时于职业上，毫未着想者如今正可思量思量，将来从何职业，庶不至出校后茫然无所适从。夫择业大题也，为人生最要之事。凡读名人传记，无不羡其志向之坚，事业之隆。而彼其所以如是者，乃积年累月之功，绝非偶然。青年最可怕之事，即眼光不远。若能早打算一日，则多受一分之利益。诸生幸勿于是忽之。

　　迩来全国，及世界教育上最着重之点，即职业一事。美国中学之较大者，其职员中有专司职业选择者一人。其重要不让校医。今将教育界所以着重职业之点，略述于后：

　　（一）今仅就吾国论，无论何等社会，其中最贵重者，即生财之人。而为社会敌人者，即分利无业之人。无论人之有钱与否，才干如何，其价值之高下，惟视其为生利抑分利之人而转移。每见四五十岁之人，即言养福。执二卜五六之少年而问

---

* 本文是张彭春1918年11月6日在南开学校修身班上的演说，由郑道儒记录。

其业，则往往从容答曰：在家消遣岁月而已。噫！可羞孰甚。彼等竟将积极有用之光阴，作成无用之废物矣。此教育所以着重职业者一也。

（二）向来学校所定课程，并非完备。吾校虽极力趋向实用去作，然较所谓完全者，相去尚远。教员仅提倡学生得最高分数。学生仅以多得分数为荣耀。此皆教育界旧日之诟病也。而今当以实用为最大目的。课表内当有何种科目，何者当学，何者不当学？均须先思索而后着力，方能切近实用。此其所以提倡职业数（教）育者二也。

（三）吾人心目中均需有一定目的。清晰明白，然后求学自然思想特别发达，进步特别迅速。此则提倡职业教育最要者也。

上述三项，一则因游民太多；二则因所学功课未必为应用要科；三则因目的不清，于求学之精神上最受影响。是以职业教育为今日世界所不可忽者。而择业问题亦接踵而至。择业之法不一，应注意者有三项。

一、择业时与父兄职业之关系。如父兄为商，其子弟幼时即习商家之习惯，闻商人之经验，长而为商，自多就近。父兄为工、为官均有同然。

二、择业时与社会习尚之关系。此又可名之曰：社会上之习惯，如吾国社会向来之习惯，即为念书作官。此种观念由来已久。盖由于吾国旧日教育均系政治的教育是也。非若今日虽一机工、一兽医均必受有最高教育，方能胜任。如斯习惯，于社会上颇有势力。择业者不可不知。

三、择业时与个人特长之关系。若此与所从事业有密切关系，而为择业时最要之一着。性近于文则文，近于工则工，或邮电、农、商、医、法、财政，亦惟择其性之所近者而攻之，其效靡不卓著。此外择业时尤当著重社会之需要。冀学成以应之。

择业之法，大略如斯。而以斟酌个人之才具，与应社会之需要二者为独要。此外则不可犹疑。犹疑为择业时之通病。犯者每失其正路。诸生如有欲择业而无定向者，愿可谋诸同学，质诸师长，或商诸父兄。幸勿因校课之忙迫，校事之快乐，遂忘却远大之图也。

原载1918年11月22日《南开校风》第108期

学校生活的性质与学校集会的关系[*]

　　本学期拟在本校研究学校集会问题，很希望得到诸位先生和同学的帮助。以后如有机会，更希望同诸君有个人的讨论。

　　今天所讲的是一种导言，要简单地分析"学校生活是什么""学校生活与集会的关系是什么"。这两个问题，我们可以分四层去说：

　　第一，学校生活是一种社会的生活，不是个人的生活，是多人的生活，这是已经大家公认的。既然这样，就应当问："什么是社会生活的性质"——有何种元素能使不自觉无秩序的民众，组成能反省有系统的社会。稍加思考即可知：一个社会的元素即是社会中个人对于团体公共目的的了解，要不然这个社会就像一盘散沙。所以个人对于公共目的自觉心的大小深浅，实为测量社会集合效率的标准。再深一层说，我们全知道一个人喜欢做自己愿意做的事，即人人皆有不顾他人的自私自利心。当我们愿意舍去自己的意见去随从全体，我们一定以为藉着全体的目的以达到我们个人的目的。例如若干学生在班上听讲，有的老实去听，有的就自相谈话。假若谈话的学生能觉出公共的目的，并且以为公共的目的就是他个人的目的，他一定不会再谈话，这班上也就因此有了集合力。所以我们说学校

---

[*] 本文是张彭春1923年3月16日在南开大学所作的一次讲演，由郗光谟记录。

生活是一种社会生活，而学校生活效率地如何，却完全系于学生对于公共目的的自觉力。

第二，再问何种制度的社会生活能使社会个人自觉出一个最亲切最浓厚的公共目的。这个问题无论发生于学校，或发生于国家，皆应有一相同的答案。而这个问题也是一个很重要的问题，因为当现在竞争最甚的时候，很应当研究社会结合的方法。何种制度的社会始能使个个人自觉出一个最亲切最浓厚的公共目的？因为果然将公共目的视为个个人的目的，这个目的，极容易达到；要不然，那种公共目的，就不会有达到目的的希望了，所以我们才要解答这个问题。但我们苟略一思考就能想到，这个答案是平民制度的社会。因为在平民制度的社会里，个个人皆有机会、权利和才能以决定公共的目的。故这种社会有效能，有团结。世界上现皆承认平民制度的社会具有绝大的效能。从此我们可以看出学校生活不只是一种社会的生活，并且应当是一种平民制度的社会的生活。

第三，现在我们更深一层问平民制度的特别作用是什么。现在有许多论文和讲演讨论政治上的平民制度。我们要问平民制度的特别作用是什么，或用什么标准去量平民制度的多寡和效能。我今天草定平民制度的两种作用：第一是能为个人造互助的社会，第二是能为社会造独创的个人。一个社会假如没有这两种作用，一定要渐渐退化。我们常犯一种错误，谈起平民制度来，只注意第一种作用。其实第二种作用又何尝不重要。我现在为容易了解起见，用学校生活做一个实例，在学校生活里占时间最多的是求知识的活动，并且也是大家公共的目的。那么我们就要问学校里上课的方法和读书的方法，是否合于上面两个标准。如果我们承认平民制度最好，就应当想将其精神，放在学校各部分里。中国古代的求学方法，古人曾说过："博学之，审问之，慎思之，明辨之。"这种话固然很清楚很可用，但当时村塾或家塾的组织与现代的学校组织有何异同。古人的话对于个人的研究确是很有用，但按照平民制度的说法却不完备了，因他没有到互助的组织。现在我们问一问：现在学校里的读书方法是互助的么？是否一人讲大家听？学生养成了被动的头脑，每考一次用心读书一次；这样学生是否能有程度做学校里的平民？再看学校里是否与学生以这种机会？公共的目的是否由公共决定，还是由几个人代定？对于同学是帮忙的态度，还是争胜的态度？果然在学问上尚得不着平民制度，求学的是否就当知足？办教育的目的是否就算达到？现在再拿第二个标准来问：我所谓独创的个人，并不全指有天才的人。每个人各有他自己的特长，办教育的人就应当考察出每个学生的特长。我曾在英国参观一个学校，其校长名Sanderson，刚死了不久，听说他办学校的办法，最可佩服的，就是使每个学生，各能表现其特长。因为智力不齐实为平民制度一个大阻碍。我们固然不能证明每个人必有一种特长，但教育家至少也要有这种信仰，因为没有这种信仰就不会信平等了。例如Browning的诗里曾有段故事，说一个最著名的造洋琴Violin的人曾谓："我虽不能直接大贡献于社会，但世界最大的音乐家却也少不得我。"有这种精神才能使学校合于平民制度的社会生活。

第四，讲学校集会问题。此问题甚简单。所谓学校集会即大家聚在一起讨论和决定学校内一切问题。其方法或讲演，或辩论，或用记录，或报告，但其目的总只一个：公共信仰的自省。团体和一个有智慧的生物一样必须能自省能反观。所以学校集会就是学校生活的共同立志和自省。

现在中国对于学校集会问题，尚皆无一定办法。本学期得着诸先生诸同学的帮助，研究这个问题或者对于中国教育界有一些贡献。（后略）

原载1923年3月25日《南开周刊》第57期

择业问题[*]

选科问题本来可以说是择业问题的一部分，所以我今天所讲的，不是选科问题，乃是范围较广的择业问题。这个问题可以分作两部去讲：

第一，学之意义与择业的关系——昨天印度泰谷尔（Tagore）代表在我们这里讲述印度教育现状。其中有一宗事，我们很应当注意，就是他们那里许多大学生毕业并得到了硕士学位，在社会上终久不能自活。我们晓得印度的大学，多为英人所办，里面常偏重文科，所以才有这种结果；我现在取过来作为一种中国教育的例证。我们中国在教育未改革以前，学的意义可以说是不外乎两种：第一是成为"儒者"，第二是成为"官吏"；其偏重之点多在文字，到了现在，教育的方法虽改，而几千年"做儒"和"做官"的旧念，仍深深印在一般学生的心中，所以我们现在中国凡曾受过中等以上教育的人，结果仍不过是一群高等无业游民，一群毫无专能的人。

我们在未讲择业问题以前，必须先把这种学的旧意义完全清楚的推翻，另建设一种较宽广的学的意义。我们承认"学是

---

[*] 本文是张彭春 1923 年 4 月 19 日在南开中学修身班上为高一、高二及初三同学关于选科问题的演讲，由郁光谟记录。

供给各种职业的工具。我们求得一种职业的学问，专为经营那种职业，可以得较美善的结果"。所以我们求学只是为求得一种工具，一种最有效率的做事方法。

从学的新意义上看，我们可以简单地分析现在中国所谓新文化的趋势大多谈新文化的太不彻底；只注重介绍西洋的方法，而不问方法的所由来；只注重介绍西洋的思想而不问思想的所由生。我们晓得一民族的思想，一民族的方法，皆导源于其所处的环境。环境不同，其思想与方法亦皆因之而异。所以我们中国需要的文化，不是这种抄袭的文化，是一种创造的文化；其做成是先调查社会的情形，知道那处是缺点，然后才创造出一种方法去实作，我们试看现在价值最大的科学方法，却发现于许多大科学家之后。现在为一般人最喜谈的文学方法，也发现于许多大文学家之后；由此可以看出中国现在的新文化，只注重方法，而不问方法的渊源，实在是一种最大的错误。

第二，职业指导问题——这一部分我分作四节去讲：

（1）职业调查——除去自己亲身去看以外，还有下面四种方法：

a. 职业谈话——时常和对于职业有宏富经验的人，谈谈职业上各种问题和各种详情，自然能增进自己的职业知识。

b. 读职业书籍——除去职业谈话以外，还可以读专论职业的书籍，以取得职业的知识。在外国这一类的书很多，我曾见美国某大学编一本职业指导的书，专为学生浏览；内列不同职业百八十种。关于某种职业，各有简当而可靠的叙述。不幸中国关于这类的书籍很少，就是有几种也不甚可靠；大多半是由于猜想。因为中国到现在还不曾有关于各种事物的全国统计，以致这种书籍的作者，没有什么根据，说起来实在是二种可痛心的事情。

c. 注意家庭父兄的职业——个人一生的事业，在现在的中国家庭组织下，大概有关于他父兄所经营的事业，所以为将来自己经营事业，现在不妨和父兄谈一谈他们所经营的事业，固然未必我们将来必绝对地仍经营我们父兄所经营的事业，但至少也可以得一些职业上的知识。

d. 从各种学科所得的职业知识——有时候我们本不是看关于职业指导的书籍，无意中也能遇着讲职业的地方。固然这种知识是偶然的，我们不能勉强去求；但读书时也必须常常留意，才不致白白把这种地方忽略过去。

（2）注意个人的特长——这一点最要紧一个原则是职业无高低，只需随自己的特长去做。职业的大小只是量（quantity）的关系，并非质（quality）的关系。一个人如做了他不喜欢做的职业，他一定不会得着职业上的快乐。这一点是不用细说的。人人大概全能承认的。

（3）做事的动机（motivation）——做事是为什么？动机在哪里？我方才刚说过，除去为个人的快乐，现在要说为谋别人的幸福，这后一个动机，我们可以把它分作两部：

生产的——从这个动机做出的事业，可以使中国社会的根基更加巩固，人民生活的资料愈加丰富。

组织的——从这个动机做出的事业，第一，可以使中国的一切组织改善；第二，可以把所有外人在中国经营组织的机会全抢过来。

我们看一看现在中国人做事的动机，有几个是生产的？有几个是组织的？生产的基本是农工。我们中国现在经营农工的却是一般无知识的人民；从事于组织事业的，也只有几个外国人，如果这样下去，我相信中国的文化没有将来可说。

（4）预备的手续——这一点内容太多。现在时间也不够，我以后有时间再详细讲。

原载1923年4月26日《南开周刊》第62期

"开辟的经验"的教育*

　　年来时闻有人提倡教育救国之说，众成以迂缓而不切实际目之，加以种种非议；姑无论其评驳之是非，吾人倘能从根本上细加推寻，详为研索，实不能否认此种主张自身有其重大之意义。方今之世，浊浪滔滔，时衰国危，有志之士莫不各抒其所见，谋所以补救之方：如所谓"积极革命"，所谓"振兴实业"，所谓"整理财政"……比比皆是也。凡此种种，就其本身而言之，固各有其相当之意义，然究系枝枝叶叶之办法，终非根本之计划。欲求其先着眼于深微之处，续致其最迂缓之力，终乃谋国家百年之大计，如教育者殆不多见也！教育救国之说，容或近于迂阔，然其所期望于未来者则至大：其所求者乃永久之建没，非暂时之破坏；其所注意者乃底层之培植，而非表面之虚饰。故无论众议如何，吾人为根本上之解决计，固舍道莫由也。惟是，提倡教育固属刻不容缓，吾人尤须注意如何方可使其得充分致其大用。吾人试一静思：为救国计，今日所需要者果为何种教育乎？此实一至关綮要之问题，而愚窃将与诸君略一讨论者也。

　　大抵吾人有某种要求，谋所以使其充分之满足时，其方法

---

* 本文是张彭春在 1927 年 6 月 21 日—7 月 2 日南开中学召开的暑期"学校工作改革讨论会"的一个演讲，由邵存民记录。

可分两方面：详细分析该目的所含意义，再根据由分析所得之意义，拟定达到此目的之方法，此其一也；遇较大问题先做缩小的试验，此又其一也。斯二方法，各有其重要价值，不可偏废。对于某目的所含意义，苟不经条分缕析，势不能有最称完善之方法。譬之筑一图书馆，在著手建设之初，必由工程师先绘一图样，某处为何，某部奚若，详加研究，务使凡一图书馆必备之部分悉包括无遗，再根据此图样从事经营，一完善之图书馆始克告成。但有时如吾人所要求者过于巨大，难以达到，则须先为缩小的试验，以其措施易且较为稳妥也。工程师之筑城郭也，往往以工程浩大之故，先制一模型，精心构造，务至完善无缺，始著手实际建造。工程若此，其他各事莫不如斯。附带一言，由此可论及私立教育机关之地位。私立学校所应担任之工作，一固为补助公家教育之不足，馀尚有一较为重要者，即作缩小教育之试验。故偶有新的教育计划，公家机关或格于种种关系，不使实施，私立学校不妨先做局部的缩小试验也。

吾人既有如许对于教育之要求，其达到之方法，亦不外上述两步骤。由诸君所拟，对于教育之各种要求，可得一总目标，即如何改造中国使其西方化是已。处于世界文化日新月异骎骎向上之时，中国处处皆嫌老旧退缩，不徒有落伍之叹，且有灭亡之忧。吾人不思自强，不欲存立，斯则已耳；不然，则舍努力奋进促吾国亦西方化，其道奚由？此理至为显明。数十年来志士哲人之所呼号，之所论著者，莫不竞竞然集中于此。远如康梁二氏，近若吴稚晖、梁漱溟诸君对于东西文化之比较，莫不各有精审之研讨。推其缘由，盖憬然觉察斯问题实有綦要之关系于吾国存亡前途也。

吾人之目的既为促使我国西方化，对此目的首须甚加条析。分析之道亦有二：其一，就固有之表面现象加以观察，排列；其二，深鉴圆照，考此现象致成之由来。前者为"静"的分析，后者乃"动"的分析也。愚意对"西方化"应以由"静"的方面得来之元素，行"动"的分析；不如斯则不耳以得其真相。何则？对此问题苟仅用"静"的分析，则"重人为"也，"喜创造"也，……无一非西方化所有之元素也。若此，则难免有误认为西方人所专有之弊矣。吾今试问凡此果尽为西人固有者乎？是否此皆天赋彼西人，其他民族胥无得此之可能？奥稽历史，中古之世，彼西人或衰昧未开，或文化卑下，较之他色民族未必多优，近所傲然持以骄人者，数百年前何尝有也。彼西人所以有若斯之文化者，非缘天赋，实系经环境之迫压，事实之变迁，逐渐酝酿而成者也。苟有同样之背景，虽为他色人种亦足以奋发有为，未必多让。故一言以蔽之，兹所谓"西方化"云云，经"动"的分析，则知非仅"西方化"也，实即"现代化"也。方今世界，进步迅速，一日千里，第其进化之趋向则有一焉，斯即所谓"西方化"亦即所谓"现代化"。处于此种环境中，吾国不但有得此"现代化"之可能，且有不得不出此之势，远观事象，近察国情，不如斯，不足以立足于当今之世也。

夫既曰，吾国当现代化矣，其所以致此之道应何如者？其尽取彼邦所有之一切新建设而模仿之乎？抑亦步亦趋处处皆掇拾彼邦之糟粕乎？远见之上，当曰，非也，诚若此，不徒不足以致吾国于郅治之境；且适足摧陷之而有馀？吾人设尽蔑一切国情风俗，悉取彼西人创造之一切而吞之，不徒不能达吾人原有之目的，行见日距其远而不自觉。况乎之世界文化非限现有者而已，其进化之速，实足骇怪，苟一味痴随他人，掇拾其所遗，而不能独创，其将终归于落伍，必也！是以，今当觉悟，所谓模仿者，非掇拾其所表现出之结晶物之谓，乃深攫其所以至此之根本精神之谓：探河源者，必登高山，理固有然矣。使西人所以造成此种现代文化者，殆有其根源。愚尝细绎其源，知所谓"开辟的经验"，即现代文化之出发点也。由某种大势之局促，事实之变迁，而奋起此种"开辟的经验"的动作：由若斯之动作，而孳生此种文化因果相连，彰彰在目。方今吾国果欲生存于现代之世界，则非有此所以造成现代世界之"开辟的经验"不可。吾人所望者，不徒在攫得现代化之已成物，尤在能创造更新之文化；现代化之本意唯在此而已！

现代化之特色，谅诸君所俱悉：其一为科学方法，其二为民治精神。吾人但知科学方法之为科学方法，民治精神之为民治精神，至问及所以产生此二者为何，因瞠然莫对也。须知此二者不过文化之已表现出者耳，至其原动力则"开辟的经验"也。考西人在三四百年前，彼时并无所谓"科学方法"与"民治精神"。自十五世纪哥伦布氏首次发现新大陆以来，种种新活动如所谓法国革命，科学发明，工业革命，莫不相继产生。缘是，西人各方面生活遂顿呈巨大之变动，现代文化遂亦因此而灿然怒放其花。如何流然，其始也仅泛流平地初无何种奇景也，及其临一悬崖，陡然下降，成一大瀑布，遂涛迅流急，湍涛滚滚，一泻千里，呈一空前之伟观焉。故知现代文化实生于"开辟的经验"。现代文化之结晶物，如所谓"科学方法"与"民治精神"较之"开辟的经验"，前者为因，后者乃果耳！今试略为诸君一谈"开辟的经验"与此二者之关系。

一 "开辟的经验"与"科学方法"

科学方法之主要条件，不外"假定""观察""比较""证明"等项。人若足不出户，终日块坐斗室，其所见者即熟视而无睹，复仅限于此小范围。譬之桌椅，其用一而其形殊，但居此室者，则惟知其一而忽其他。果能走出斗室，浪迹天涯，行万里路，则心胸自拓，其所见闻者，形形色色，无一非昔所未稔，为好奇心所驱使，即从事于观察，致力于比较。考之西洋史，中古之世耶教缚人性灵，终日冥修古刹，见自然伟景，不敢仰视：以为罪恶，及文艺复兴，人皆尽力发展个性，遂打开一切桎梏，天空海阔，任我飞翔，于是自然神秘之锁遂启数千年，幽闭不发之精光遂灿然照耀。"开辟的经验"可使吾人观察、比较之范围扩大，此其明征也。见闻窄则固执，眼界阔则心虚。古人常谓："不出户知天下。"又曰："闭户造车，出门合辙。"意谓举世一切，彼于故纸堆中少加努力亦可知之，且不误焉。此在诸百建设皆已固定时言之，可也。若乃情形陡变，万事新奇，无论其真其伪，为信为疑，皆非遍搜证据，详为研索，不能遽下一言也。若斯，岂非"开辟的经验"，大足提高吾人对于客观证据之信仰乎！科学重假定，先设一原则，续致力于事实之考察以证其然否。科学家盖认此真理世界，茫茫浩浩，无际无垠，变化千端，靡有定主；今日所是，明日或非，昔之所斥，今或至理。故主胸怀高远，独对大自然精心研讨，不以是非成败为念，惟努力而已。一假定不适宜，再试焉，三试焉，以至无穷试焉。斯则"开辟的经验"所以振起科学假定之胆量者，不其伟耶？

总撮上述，"开辟的经验"与"科学方法"之关系有三：

（1）"开辟的经验"可使吾人观察、比较之范围扩大；

（2）"开辟的经验"大足提高吾人对于客观证据之信仰；

（3）"开辟的经验"可振起吾人对于科学假定之胆量。

二 "开辟的经验"与"民治精神"

"机会均等"为民治国家之唯一特征。各尽所能，各取所需，为国民者皆有此义务，亦有此权利。而其致此之由，则缘于"开辟的经验"。试举例焉：群集一乡，地稀人稠，势必争扰不已；苟移居一大沃野，茫茫无边，任我垦殖，则每一分子努力竞进，犹自不暇，若再斗争，断无斯理。"开辟的经验"又可增高个人独创自信力。科学家之所以屡败屡蹶一再试验者，以此故也。而其极，终发阐宇宙间无穷妙理。冒险家之所以横渡大洋，风涛险恶，舟子愤恚，而终信其说之是，抵死前进者，以此故也，而其极终觅得莽莽万里之大陆。此二例见诸历史，最称显著。若夫小说家言，鲁滨逊独棲荒岛，苦志经营，斯虽虚构，然西人精神，殆类此耳。除前二项外，"开辟的经验"尚有使团体合作特别巩固之力。此理至显明，群处惊涛骇浪之中，齐丁荒漠无际之夜，不合作则皆不足以生存；能协力则同登幸福之邦。试观十九世纪各国大革命，斯乃破天荒之举动也；旧势力根深柢固，不易摧倒，苟非同心协力，尚何成功之足云乎。

总撮上述，"开辟的经验"与"民治精神"之关系亦有三：

（1）"开辟的经验"促成"机会均等"之实现；

（2）"开辟的经验"增高个人独创自信力；

（3）"开辟的经验"有使团体合作特别巩固的力量。

缘此种种，吾人实不难承认"开辟的经验"乃现代文化所由来之背景也。

现代教育之目的，在养成每一国民之现代力。如何养成此种力？是则使学校内一切工作皆受此"开辟的经验"之贯串。故愚意学校工作，当以动作为主，学科为副。教育之意义，在以经验较广之人，协助经验较少之人，锻炼其生活力量，使其营适宜当下环境之良好生活。今兹办法，即遥应此种意义也。愚以为学校工作可含"开辟的经验"之三动作。其一，为个人锻炼的开辟经验；其二，为团体生活的开辟经验；其三，为生产技能的开辟经验。

（1）"开辟的经验"之个人能力的锻炼——此项尚可分三点：其一，在思想方面，须养成创造的思想。须养成能自动的搜集原料加以整理之能力；其二，在身体方面，此（须）养成敢于冒险，并能忍辛耐苦之精神；其三，在情感方面，须培养一种与大自然相融合之美趣（清光莹莹的月下，嵯峨千仞的山巅，怒涛澎湃的海际，你试一小立，当能得到无穷的悲壮，清幽的美感）［在《南中周刊·临时增刊》第2号（1927年9月12日）的《南开教育的一个新方向》一文中曾加入括号中的文字。］，俾生命节奏得其平衡之颤跃。

（2）"开辟的经验"之团体生活的能力的锻炼——关于此项有应注意之点二：①共同目标之领略；②对"领导"和"随从"之旧观念须改变。往昔皆系由少数人处处作领袖，现则主张多数人皆藉其一技之长于社会中为领导者。

（3）"开辟的经验"之生产技能的锻炼——此项亦有两要点：①吾人应承认用思想支配物质与支配文字其重要一、其光荣一。②注重实习。

动作为主科学为副之教育办法，最宜自部分做起。如先以初一年级作为新实验基础最善。至于其他各年级则可于课外下列各种动作，如斯逐渐参加使吾人动作与学科，训练……相为联合：

1. 野外生活；

2. 长途和短的旅行；

3. 各种科学的功课用自寻原料的教学法；

4. 音乐及其他各种艺术的运动；

5. 组织的生活的训练；

6. 领导的练习；

7. 组织外交问题研究会；

8. 增加生产技能实习的机会；

9. 社会视察及职业实习；

10. 消费合作运动。

总之，现代教育应为开辟的经验的教育，此实无容多辩。国家存亡，惟视国人有无现代力；而教育者之责任，弥觉重大。本校颇有作此等试验之可能，缘本校固有精神即为时时改革，永远猛进者也。今者，济济多士同聚一堂，和衷讨论其所望于未来者，何其伟大。愚不敏，聊就研究所得，贡之诸君。虽日刍荛之献，谅亦不无一得之见也！

附 教育问题讨论的背景
——几条公同的对于教育的要求

（《南中周刊·临时增刊》第1号在附录此文时加了记者按："存民按：斯表系搜集暑中学校工作改革讨论会各会员对于教育之意见加以整理排列而成。当该会初奸幕时，与会诸君咸以讨论不可无背景，遂用团体的意见产生法，由各会员统书意见数条，经张仲述、黄子坚两先生列为一表，盖藉以为讨论时之助焉。恐诸同学对此有不明处，特志数语，略为说明。"）

Ⅰ.关于适应社会的需要的——

学校工作应适合于社会的需要——

一、学生在学校所学者应即为社会所需者；

二、学校应补救国民性中之缺点；

三、学校应改良社会之生活习惯；

四、社会是团体的生活，故学校应注重团体生活之训练，政治训练，军事训练；

五、社会需要具有完善人格之公民，故学校应注意学生的人格的训练；

Ⅱ.关于适应学生个人的需要的——

学校工作应适合学生个人之需要——

一、学校工作乃所以教人，非所以教书；

二、学校应引导学生以求：（1）人生的意义，（2）美满的生活；

三、学校应满足学生求知的欲望并训练学生的思想力与判断力；

四、学校工作应准备学生将来之谋生；

五、学校应使贫寒子弟亦有求学的机会；

六、学校应使学生虽离校而不改已养成之良好习惯。

Ⅲ.关于学校工作的方法的——

学校工作应求最高之效率——

一、学校应利用其一切工作之教育的价值；

二、学校制度应是创造的，不应是盲从的；

三、学校工作应贯串一气；职教员与学生之间应无任何隔阂；教员应参加学校行政；

四、学校之教学与训育应注意积极的诱导而不用消极的淘汰；

五、学校应使学生了解求学的旨趣；

六、学校课程科目不应太多（课程应限于学生之不能自习者）；

七、学校教学应注重自习；

八、学校应改良或废除考试；

九、教育者应有职业的精神。

原载1927年10月17日《南中周刊·南开学校二十三周年纪念专号》

如何可以使学校工作得较高的效率[*]

在这烽火遍地、全国荒乱的状态中，我们还能同聚一堂，这是多可庆幸？更有的同学，曾历了许多艰难，受了无数痛苦，才到得这里来，尤觉不易！

从另一方面想：在这样大一个中国里，能按部就班的在一定的程序中去进行的学校，有几处？能正式上课，积极去工作的，又有几处？合南北而计之，太少了，求得我们这样机会的，太难了！

因为我们的幸运，因为我们的机会，所以我相信在座诸位用思想与同情，总可以觉到今年开学的意义，与往年不同：今年工作的责任，要比往年重大。我更相信大家到这里来，都是抱着纯洁的思想，至诚的希望和牺牲的精神来的。好，先生和同学都来了，都极踊跃的来了，那末诸位将如何去工作呢？

前边已经说过：今年开学的意义，与往年不同；我们今年的责任，也比往年加大；于此这重大的意义与加大的责任，无形逼迫我们，要我们去找一个效率最大的方法，去达到我们的目标——求学，救国。因为这种无形的逼迫，所以引到了这问题——

---

* 本文是张彭春 1927 年 9 月 5 日在南开中学第 23 学年开学式上的讲演，由乐永庆记录。

"如何可以使学校工作，得较高的效率。"

现在所谓学校生活的，不外上班、下班；一星期上到六小时的国文，六小时的英文，四小时的数学……加上宿舍管理和所谓的"课外作业"。这就是学校生活，大家脑子里所深印的"学校生活"，也只是如此。

大家知道：这种的学校生活，在中国发现不过二十多年。大家也知道：这种制度，这种生活的方法，并不是中国的土产，是舶来品，是从外国学来的。我们想：为什么造就中国的青年，要用外国的方法？简单的回答，是中国旧式的方法，不够用，同时也不适用。所以近二十多年来，大家为要造就一些有为的，适用的青年，曾先后引用了许多的外国的方法。先是日本式的，后又美国式的。但新的方法，是否能达到我们的目标？在二十多年前，可以说没人注意到这问题；近四五年来，常常有人怀疑；怀疑的结果，觉到这些移栽的方法，并不完全适合中国的需要，必须经过修正的。

我们知道：全中国所需要的，就是在现代的世界上如何使中国民族可以存在。这是个很大的问题，我们将如何去解决？不用说，是要造就一些人才，一些有应付现代问题能力的人才。但用现在的学校制度，学校生活及现在的教育方法，是否能达此目的？譬如一个中国青年，由小学直到大学，受了十六年的那样教育，他是否就能应付现代的一切问题？这是要解决的。

在解决这问题以前，我们先要知道西方现代的文化——那些科学思想与民治精神——并不是生来就有的，只是近三四百年来的发展；我们现在在学校里所学的，只是他们最后十几年的一段，所以即使一个中国青年，受过十六年那样的教育，而因为社会背景不同的原故。同一个西方青年，受过同时间与同样教育的结果，决不相同。但一般人不这样想，他们以为西方青年，受这样教育得这样结果；则中国青年，受同样教育，一定也得同样结果。这是一个极大的错误！

如何可以使中国青年，与西方青年得同样结果，是应当把西方近三四百年来的进化的经验，在极大压力之下，缩小到极小的体积，然后把它放在中国的教育程序中。如果只用它最后的一段，那就是只用他们的结晶品；那只是结果，不是种子；将来造就出来的青年只是被动的，不是自动的，是依赖的，不是自立的。要想自动，要想自立，必须要有创造力，所以现代中国教育最大的问题，是如何可以养成创造的能力。换句话说：中国现代教育的大问题，是如何可以把西方三四百年来的科学思想与民治精神，用极大的压力，压在一处，然后取其精华，如中国所谓的"炼丹"。这样的结果，才可以与西方相比；受这样教育的青年，才可以应付现代的一切问题。

所以我们不承认自己的责任则已，若承认自己的责任，必须使学校工作，得最高效率；换句话说，必须改除那抄袭的方法，换以"炼丹"的方法，才能应付现代环境，担负我们的责任。若只一味抄袭西方旧法，早晚必为外族所支配！不信请看现在因为抄袭西方旧法，中国已在西洋民族支配之下了。如何去脱离这外来的支配力？这是我们的责任。怎样去尽这责任呢？就是练习我们的创造力——"炼丹"！欲知怎样"炼丹"，且听下回分解！

以上所说是这次报告的引言。具体的报告，尚待将来。不过有两要点，是要请诸位注意的：

一、这次的改革，是整个的，不是零星的；是一贯的，不是片断的。

二、这次改革是南开教育的一个新试验。将来试验成功，全在大家的努力。因为这回改革的意思，在于大家的求自得——不是教员"给"的，是学生"要"的。

　　详细的报告，请待下回。

原载1927年9月6日《南中周刊·临时增刊》第1号

南开教育的一个新方向[*]

《南中周刊》记者按：此次讲演多侧重于"如何使那种可以锻炼成现代力的环境缩小放在学校里面"这个问题，至于有许多关于"开辟的经验"的理论方面的详细的解释，有我在暑期时所记一稿，可资参考，兹将该稿一并刊出，附在后面，为的是使大家格外明白些。

今天我所要说的话，是说明的性质。不妨给这番话起个题目，叫作"一个教育的实验的假定"，或亦可名为"南开教育的一个新方向"。这两个题目，都可以用得，诸位尽可随意选其一好了。所谓"假定"，所谓"方向"，这是为的使在思想上谨严起见，所用的名词。就是说：我这儿所说的，只是我们心目中以为教育应该这么办的一个见解，一点意思，只可拿出来贡献给大家，预备去实验。

今天我就要和大家讨论这个题目。这个题目在暑假内学校工作改革讨论会里已经讨论过，与会诸君差不多对它都有各方面的贡献。所以我现在来和诸君谈，还带些报告的性质。

这个新方向、新假定，是在工作改革讨论会研究出来的。大家对于工作改革讨论会持怎么一种态度呢？据我的考察，大

---

* 本文是张彭春 1927 年 9 月 8 日在南开中学全校同学第一次集会上的讲演，由邵存民记录。

家对于此会大约有三种态度：（1）看得太重——有的同学对于此会期望甚深，对于此会所研究出来的新假定尤有很浓的兴趣，恨不得立刻把全校根本地用新方法改造起来。（2）看得太轻——这般同学对于事体观察较多，因为不能使他们满意的太多了，遂竟养成一种怀疑态度，因此看着此会也没什么重大的意义，未必真能有什么改革或建设。但是，我总觉得对于他们要有一种请求：现在我们所研究出的，不过还是个大纲，是个方向，至于实验时的详细办法，尚希望大家一同参加来讨论。（3）貌然的态度——这种同学的唯一的目的，只是读书，运动，游戏，他们觉得入学的目的就是这点；至于这个改革，那个建设，对他是没有什么关系的。

诸君！我不过是这么概括的分析，大约有这么样三种态度；并不是说某几个人是持哪一种，我以为态度是常改变的。

我下要为诸君说明一下，这次暑假内所开的学校工作改革讨论会的性质。开会的时候，大家只是用研究的态度，详细地加以讨论。假如不是这样，便不成其为讨论会了，讨论的结果，贡献给负责的人或团体。

闲话收起，言归正传。

诸君！我现在便要借用诸君的一点时间，起始讲这个题目了！

上次不是和诸君谈到"炼丹"，没有说完吗？今天就接着讲。我要告诉诸君，我们将要怎么样"炼丹"。

诸君到此地来是为的求教育。我现在且问：为什么在社会团体里要有学校的组织呢？简明地说来，学校是辅助、指导学生锻炼他们的能力，希望他们按着一条路走去，将来对于国家和自己都有好处。大家所求于学校的，便是经验较多、能力较强的人，帮助着我们：满足我们的需要，改正我们的需要，使我们得着充足的生活力，踏定脚跟立在世界上。所以，求能力便是教育的一个最明显最精当的界说。

我们既已知道教育的界说是"求能力"了，现在便进一步问：大家所需要的是何种能力？对于此问题，有的可以答说是"读书力"，有的可以答说是"处世的智力"，在片断的枝叶讲起来，这些未尝不是对的，但是我们所要求的根本的能力不是这些呢！诸君！处在此刻现在的中国，我们所最需要的是西方人所以能战胜于世界的那种力，用我的话来说，便是现代的能力。我们此后能否立足于世界，就看我们有没有那种力。如何得到此种力呢？我们不应该只取西人所创造的已成的结晶物，我们要探到他们所以创造那种东西的精神。这就是说：我们要求得其方法，不只于求得其结晶物。这是第一个最重要的大观念！至于如何得到此种力的详细答案，今天还不能完全说出，今天只略说一个大概。

诸君！所谓现代力对于西人，并非血统的关系，实是环境的关系。四五百年前，西人并无此种能力，现代他们所持以傲人的是经过特别环境的刺激，而后孳生出来的。有这种环境，才有这种能力；不然，决不会有的。既然这种力是由环境的刺激或迫压而后得到的，所以如果我们也愿得此种力量，必须把那种环境缩小起来，放在我们的教育机关——学校里。这样，庶几乎才有希望。如果成功了，我们便可造就些有现代力的青年，我们大中华便可占一席地于世界了；如果不这么办，教育便破产，中国前途，便无法问了。从这点来看，虽然这个目的想达到很不容易，但我们仍要向前试着看。我们现在，只有这一条路可走呀！！

我们希望在南开要造成一个现代的活环境——就是能锻炼出现代力来的环境。这种活环境是什么呢？便是"开辟的经验"。

怎样把这种活环境放在学校里呢？那就要实行三种"开辟经验"的锻炼。（下略）

原载1927年9月12日《南中周刊·临时增刊》第2号

春风回梦记（节选）

刘云若

在天津租界中一家旅社里，某年的初春，夜里一点多钟，大明旅社里的一家烟馆，正在榻上客满房里烟浓的时节，人多得简直有些旋转不开。烟容满面的烟馆掌柜佟云广，被挤得攒到账桌后面，正办着一手钱来一手烟去的交易。他那鬼脸上的表情，时时的变化不定，这时正向着烟榻上卧着的一个穿着狐腿皮袄，三十多岁大白胖子道："徐二爷，昨天给你府上送去的八两清水膏子，你尝着怎样？"那徐二爷正喷着一口烟，喷完喝了口茶才答道："好的很，明天你再给熬十两送去！真个的，那八两该多少钱？"说着从怀里把很大的皮夹拿出放在床上，预备付钱。佟云广笑道："二爷，你忙甚么？只要你赏脸，我供你抽到民国六十年再算账也不迟！"说着，又郑重的叫了声二爷道："二爷，可不是我跟你卖人情，每回给你送的烟，都是我内人亲手自制。不是我跟你送人情，我的内人向来不管烟馆事，说到熬烟，她更没工夫伺候，只有给你二爷熬烟，她居然高高兴兴的办，足见二爷真有这头口福。若是经伙计们的手，哪有这样香甜！"这时躺在徐二爷对面给他烧烟的一个妖妖娆娆的妓女答话道："佟掌柜，这可不怨我和你开玩笑，怎么你们太太沾了徐二爷就这样高兴？难道和徐二爷有什么心思？你可留神她抛了你，妍了徐二爷！"这几句话说得满屋里的人都笑。那佟云广也不由脸上一红，口里却搭讪道："芳姑娘，先不劳驾你吃醋。凭我女人那副嘴脸，就是回炉重做一下，也比不上你一半好看，你放心吧！"说完回头一看，立刻露出一脸怒容，向那缩在破沙发上吸烟的一个穿破棉袍的中年人道："赵老四，你这两毛钱的烟，玩了够半个钟头，只顾你占着地方不让。都像你这样，我这个烟馆就不用开了！"说着又向坐在椅上一个穷酸面目的人道："吕先生，咱们都是外面上的人，谁也别挤谁说出话来。前账未清，免开尊口。一言超百语，闲话休题！"吕先生还嗫嗫嚅嚅的想要说话，那佟云广却自把头扭转，再不理他，只口里自己捣鬼道："真他妈的丧气！窑子里有窑皮，烟馆里就有烟腻。"说着又缓和了颜色，向旁边独睡的小烟榻上躺着的一位衣服干净面容枯瘦的老头儿笑道："金老爷，上一回有我的亲戚，想在东首干一个小赌局，托你向上边疏通疏通，不知道你办得怎么样？"那金老爷一手举着烟枪，一手耍着烟签子，比划着道："佟老大，你是个通世路的明白人，你的亲戚可以跟你空口说白话，你也可以跟我空口说白话，我可怎么能跟上头空口说白话！"说到这里，那佟云广忙道："你说的是。我们亲戚原曾透过口风，反正不能教你为难。"

那金老爷道："你倒会说空话，不给我个所以然，怎样说也是白费。"佟云广忙凑到金老爷跟前道："我给你烧口烟。"就拿烟签子，挑起烟在灯上烧，趁势在金老爷耳边唧喳了半响。金老爷一面听着，一面点头。这时那徐二爷和那芳姑娘穿了衣服要走，佟云广忙过去趋承了一遍。他们走后，还有两三个烟客也跟着走了，屋里立刻宽松了许多，候缺的也都各得其所。佟云广便回到账桌旁边，料理账目。

这时忽然屋门一响，一个大汉子大踏步走进，行路带着风声，闪得屋道的几盏烟灯火头儿都动摇不定。大家抬头看时，只见他黑紫的脸庞儿，微有些灰色，却又带着油光，浓眉大眼，躯干雄伟，但是精神上略似衰颓。身穿一件灰布棉袍，已脏得不像样子。屋里的人见他进来，立刻都不言语。佟云广却皱了皱眉。那大汉直奔了佟云广去，他一伸手，只说一个字道："烟！"那佟云广也一伸手道："钱！"那大汉道："佟六哥，你这不是诚心挤我？有钱还跟你空伸手！"佟云广道："周七，你听我说，向来你给我出力不少，白给你烟抽也是应该。只是你抽足了，就是屋里喷痰吐沫，随便胡闹，给我得罪主顾。花钱养个害人精，教我这本账怎么算！"那周七道："佟六哥，我是知过必改，往后先缝住了嘴，再上这屋里来。"说着，忽想缝住了嘴怎么能抽烟？忙改口道："我还是带了针线来，抽完烟再缝住了嘴。"那佟云广把一盒烟给他道："少说几句，快过瘾，完了快滚！"这时那周七一头倒在破沙发上，叹道："佟六哥，我要花钱买烟，哪能听你这个滚？谁让我把钱都赌得光光净！咳，老九靠虎头，铜锤坐板凳，都跟我拜了盟兄弟。猴耍棍，吐血三，也变了我周老七的结发夫妻，简直他妈的都跟定了我。好容易拿了一副天杠，偏巧庄家又是皇上玩娘娘，真是能死别捣霉。"这时旁边一个烟客插嘴道："周老七，你也该务点正了，成年际耍赌嫖！大家都看你是条汉子，够个朋友，帮扶你赚得钱也不在少。你要规规矩矩，不赌不嫖，再弄份家小，早已齐家得过，不胜似这样在外飘荡着？"那周七长叹口气，把烟枪一摔道："马先生，只你这几句金子般的话，强如给我周七几百块洋钱。可是你哪知道我周七原不是天生这样下作，而今现在，不教我赌钱吃酒，你说教我干什么正经？咳，我周七也快老了，烟馆里打个杂差，赌局里找些零钱，活到哪日是哪日，死了就落个外丧鬼也罢！"

他正说着，忽然隔壁一阵弦索声音，悠悠扬扬弹了起来。立刻大家都打断了话头，只听弦索弹过一会，便有个女儿家的一串珠喉，和着弦索缓声低唱。金老爷幼年原是风流子弟，吹打拉弹的惯家，这屋里只有他一人听得最入神。只听得唱到首句头三个字"……剑阁中……"便摆手向众人道："听，别作声！这是子弟书里的《剑阁闻铃》。"

这时那屋里人又接着唱道："剑阁中有怀不寐的唐天子，听窗外不住的叮当作响声，忙问道：'窗外的声音是何物也？'高力士奏是林中雨点和檐下金铃。唐天子一闻此语长吁气，这正是断肠人听断肠声。可恨这不做美的金铃不做美的雨，怎当我割不断的相思割不断的情。"唱到这里便歇住了，只有弦索还自弹着。金老爷便喝了个没人知情的隔壁彩，回头向佟云广道："好动人的唱儿！你知道这唱的是谁？"佟云广道："隔壁住的是个行客，也没有带家眷，这唱的大约是现招呼了来。"金老爷点点头，道："我想绝不是娼寮里的人。现在盛行着西皮二簧时调大鼓，谁还学这温三七的子弟书？这个人我倒要见识见识。"说着就叫过烟馆里的小伙计道："赵三，你到外面向茶房去打听，这隔壁唱的若是个卖艺的人，回头那屋里唱完了，就叫她到这屋里来。"赵三答应自去。

这时那屋里又唱起来，金老爷更是听得入神，不想那边沙发上的周七，却听得连声叹气。金老爷转头来看着周七，只见他不只叹气，眼角里却还汪着泪珠，不觉诧屹道："周七，凭你这样一个粗人，还懂得听鼓儿词掉眼泪，替古人担忧，这倒怪了！"周七擦着眼笑道："我哪懂得什么鼓儿词锣儿词？只因方才马先生说话，勾起我的心思，又听得那屋里唱的声音像哭一样，不知怎的就心里十分难过，倒被你金老爷见了我的笑。"金老爷便不再言语。沉一会儿，那隔壁已是红牙拍罢，弦管无声，这陷便又高谈阔论起来。金老爷听了曲子勾起色迷，又犯了酸，自己唱道："已闻佩响知腰细，更辨弦声觉指纤！这个人儿一定不会粗俗，想是个芦帘纸阁中人物也。"大家正莫明其妙地看他酸得可笑，忽然小伙计赵三推门进来，向金老爷道："唱的是母女俩，倒是卖诱的，隔壁从杂耍园子后台叫得来，现在完了要走。听说是两块钱唱一段，你叫么？"金老爷听了价目，想了想，咬咬牙道："叫进来！"那赵三又出去了。

不一会，从外面引进两个女人。金老爷见头里走的是个将近四十岁的妇人，身上穿着旧素青缎子棉裤袄，手里提着个用蓝布套着的弦子和一个花绒鼓套，面貌虽然苍老，但就眉目位置上看来，显见年轻时是个俊人。后边的那一个，因为紧跟在妇人背后，面目被遮得瞧不见，只看得一只绝白腻的玉手，和蓝库缎皮袍的衣角。赵三向金老爷一指，那妇人向他点了点头，身体向旁边一闪。金老爷立刻眼前一阵发亮，只见一个十六七的苗条女郎，生得清丽夺人，天然淡雅，一张清水瓜子脸儿，素净得一尘不染，亭亭玉立在这满堂烟鬼中间，更显得光艳耀目，把屋里的乌烟瘴气，也似乎照得消灭许多，望去好似那三春烟雨里，掩映着一树梨花。金老爷看得都忘了自己的年纪，无意中摸到自己口上的短须，才觉自己是老头子了，饿虎扑羊式的先和这十六七女郎攀谈，不大合式，便转头向那妇人道："请坐请坐。"那妇人不客气，一屁股坐在烟盘子前边金老爷身侧，一面向那女郎招手道："烟馆里就是这样不宽松，你不要气闷，孩子，来，来，坐在娘腿上。"

那女郎摇摇头，低声道："不，我站着好。"这时赵三已搬过一把椅子来，那女郎也便坐下，却把两只手都笼到袖口里，低头看衣襟上的细碎花纹。金老爷便向那妇人道："方才隔壁可是你们这位姑娘唱？"那妇人道："正是。隔壁那位客人，一阵高兴，叫我们来唱买卖。可巧园子里的师傅都忙，我便绰了把弦子跟了来。谁知客人竟要听这八百年没人理的子弟书，要不是我跟来，还抓了瞎。"金老爷眼珠转了几转，看看妇人道："方才弦子是你弹的？"那妇人点点头道："教你见笑！"金老爷用手一拍大腿，笑道："嗳嗳，我认识你！你敢当初六合班的冯怜宝。除了你，女人队里谁有这一手的好丝弦？提丘来有十二三年不见了，听说你是跟了人，怎么又干了这个？你禁老了，面貌也改的几乎认不得。"那妇人道："抽大烟就把我鼓骨换了胎，怎么会不老？二爷你眼力还好！"金老爷笑道："你别这样称呼，你可还认得我？"妇人慢慢摇头道："倒是面熟，一时想不起来。"金老爷道："咱们曾一处玩了一二年，你还记得跟大王四同走的金老三？"那妇人向他看了半响，忽然把他肩膊一拍道："你就是金老三呀！烟灯上可真把你烧老了，不说简直认不出。哪里还有当初一点的俏皮样子！想起咱认识的时节，真像做梦一样。"金老爷也叹息了一声，指着那女郎问她道："你这个孩子是新制还是旧存？"那妇人也瞪了他一眼，道："你少胡说！你不记得么？我嫁过一回人，那是那个盐商何靖如。他弄我当外宅不到一年，因外面风声不好，又把我打发出来。这孩子是跟他在一处怀的孕，后来又落到窑子里才生的。到大王四认识我的时候，她才两岁。你忘了你常抱着玩的那个小凤么？还记得她三岁生日的那天，大王四送了踊个金钱，你亦买了副小镯子。如今改名叫如莲了，只仗她发卖喉咙养活我。"说着就叫道："如莲，见见你的干老金三爷！"如莲在椅上欠欠身，只鞠了个浅躬。金老爷坐在烟榻上也连忙还礼，一面向那冯怜宝笑道："你别教她这样称呼，看大王四在阴间吃醋！"怜宝惊愕道："怎么说？大王四死了？"金老爷道："死够七八年了。可怜三四十万的家私，临死落个五更抬，还不是你们姐儿几个成全的！"

怜宝正色道："你别这样说，他在我身上没花多少钱，我也没有坏了良心害他。这里面冤不着我！"金老爷点头道："这我知道。只花灵芝和雪印轩郭宝琴那几个就抄了他的家。想起当初同嫖的人，都没落好结果，如今只有我是剩下的。听说何靖如也死过七八年了，有个少爷接续起来，家业还很兴旺。他那少爷也是好玩，前些日我还常见。他名字是叫什么……什么，咳，看我这记性！原在嘴边，一时竟想不起。"怜宝笑道："管他叫什么！当初何靖如那个老梭胆子的人，弄外宅就像犯王法。他家里人始终不知道有我，我也不明他家里的内情。如今我们如莲又不是男孩，没的还想教他认祖归宗去分一份家产？所以我对于老何家的事，绝不打听。要不为你是熟人，我也绝不提起。"

说到这里，只听如莲叫道："娘，还唱不唱？不唱走吧！"

怜宝道："孩子倦了，旧人见面，谈谈比唱不强？还唱什么？倦了咱走，现在几点钟了？"

金老爷听了她末一句话，不由笑道："难得你这些年还没改了你那河南口音。"又向众人道："你们听她口里的几字和钟字，跟周七一样不？"说完用眼睛去找周七，只见那破沙发上却没有。向左看时，周七却正靠在烟榻旁边一个小立柜上，眼睛直直的向冯怜宝傻看。金老爷笑道："周七这小子又直了眼了。你们是落在江湖内，俱是穷命人，就认个乡亲也罢。"那周七似乎没听见金老爷的话，突然抢上两步，向冯怜宝叫道："唅，这位嫂子，你可是河南龙王庙镇上的人？"那冯怜宝被他惊得一跳，忙立起来，口里答应道："是呀！"

眼睛却细细向他打量。周七又问道："你从家乡出来有多少年？"冯怜宝忽然泪汪在眼圈里，怔怔的道："我先问你，你可姓周？"周七点点头，又往前凑了一步。冯怜宝又颤声问道："你的学名叫大勇？"周七听了，不由分说，便抢上前把她揽到怀里。怜宝只带着哭音叫了声"我的……"头儿已紧紧抵到他的胸前，口里再也发不出声音，众人见她只有肩头微微的颤动。周七却张着大嘴，挂着两行眼泪，一只手向金老爷比划着，口里模模糊糊的道："我俩二十年，……二十年……"如莲忙从椅子上立起，在一旁发闷，自己知道娘当年是天津有名的红倌人，恩客多得比河头鱼鳖还多，只当又遇见什么特别恩客，又要给自己凭空添个干爸爸，心中委实不大舒服。阖烟馆里人见他二人这般情景，都测不透底细，不由得交头接耳，议论纷纷。只有金老爷是个玲珑剔透的人，听言察理，早瞧科八九分，便劝道："你们夫妻离散了二十年，如今见了面，真是大喜，还哭什么？各人肚里装的委屈，等回家去哭上十天半月，也没人管，何必在这里现象！"周七和怜宝原是一时突然激于情感，才抱头一哭。如今听了金老爷的话，才各自想到自己是年近四十的人，在人前搂到一处，不大像样，便一齐松手离开，脸上都是一红。周七用袖子拭着眼泪道："从那年咱从家乡逃出来，路上没遇见土匪，却遇着乱兵。我被乱兵捉了去，你怎样了？"怜宝叹道："咳呀，提不得，你被兵捉了走，我教他们按在地下，剥了衣服，在河边柳树下，一个挨一个的，把我……"周七顿着足，掩着脸道："我懂得了，你少说得这们细致，亏你也不嫌难看。"怜宝道："如今还嫌什么难看？要这样脸皮薄，你媳妇这二十年的事，臊也把你臊死了。"周七点头道："对，对。我混，我混！如今还讲他妈的哪门子清白，真是想不开！你说，你说。"怜宝说："这你还明白，命里该当，教我一个妇人家有什么法子？那时教他们几十个大小伙子收拾得快要没了气。咳，你忘了那时我才十九岁呀！后来他们见我浑身冰凉，只当已死，便抛下我去了。我在河边上不知道发了多少时候的昏，后来被咱村里于老佩看见，把我救了，没法子只得跟了他。哪知道小子坏了良心，把我带到天津，就卖到窑子里。"

说到这里，忽从外面又来了几个烟客，佟云广知道他们这样拉钩扯线的说，烟客都回肠荡气的听，不知到什么时候才完。这一堂客还不赖到明天正午？先来的不肯走，后来的等不得，营业怕要大受损失，便借题开发道："周老七，你们夫妇重逢，这是多痛快的事，还不回家去叙叙二十年的离别，在这里聊给旁人听作甚？"金老爷听掌柜的说话，明白他的意思，也趁波送人情道："周七，你们回家吧！明天还一同来，我请客给你们贺喜。"冯怜宝是个风尘老手，有什么眉高眼低瞧不出来？明知掌柜是绕弯撺他们，便向周七道："咱们走吧，你住在哪里？另外可还有家小？"周七苦笑道："呸，呸，呸！我都没个准窝巢，哪里来的家小？咱们离开多少年，我就光了多少年的棍。如今烟馆赌局就是我的家，里面掌柜就是我的家小。想住在哪里便是哪里，还不用开住局钱。"说到这里，那边佟云广喊道："周七，你要说人话，不看你太太在这里，我要胡骂了！"周七笑道："佟六哥，你多包涵，恕我说溜了嘴。"便又接着向怜宝道："你住在哪儿？我去方便不方便？"这句话惹得金老爷大笑道："男人问他媳妇家里方便不方便，真是新闻！周七这话难得问得这么机伶，倒教我听了可叹。"那怜宝擦着眼泪笑道："哪怪他有这一问？若是早几年见面，我家里还真不方便，如今是清门净户的了。"周七听着还犹疑，怜宝笑道："女人只要和烟灯搭了姘头，什么男人也不想。这种道理，你不信去问旁人。"

金老爷从旁插言道："这话一些不错。要没有烟灯这位伏虎罗汉，凭她这虎一般的年纪，一个周七哪里够吃！"怜宝道："金三爷，你还只是贫嘴。"说着忽然想起了如莲，便叫了声"我的儿，还忘了见你的爹！"哪知如莲已不在屋里，便又叫了一声，只听门外应道："娘，走么？我在这里等。"怜宝诧异道："这孩子什么时候跑出去？见了爹倒躲了。"周七愣头愣脑的道："谁的孩子？叫人家见我叫爹，人家也不乐意，我也承受不起，免了罢！"怜宝忙腼了他一眼，在他耳边轻轻说了几句。周七还要说话，被怜宝一握手捣得闭口无言。怜宝便道："到家里再给你们引见也好。"说完，又和烟馆里众人周旋了几句，就拿了随身物件，领着周七出来。

才出了楼门口，便觉背后嗡然一声，人语四起，知道这些烟鬼起了议论，也不理会。寻如莲时，只见她正立在楼梯旁，呆看那新粉的白墙。怜宝便走上前，拉着她的手道："你这孩子，躲出来作什么？"如莲噘着嘴道："您只顾说话，也没瞧见这些鬼头鬼脸的人，都呲着黑牙向人丑笑。我又气又怕，就走出来。"怜宝道："孩子，你也太古怪，这里原是没好人来的所在。"说着一回头，指着周七道："这是你的爹。有了他，咱娘俩就得有着落了。"如莲在屋里已听明白了底里，因为替她娘说的话害臊，便躲出来，知道这姓周的便是娘的亲汉子，只不是自己的亲爹，便含糊叫了一声。周七也含糊答应了一句。在这楼梯上，便算草草行了父女见面的大礼。三人下了楼梯，出了大明旅社，走在马路上。

这时正是正月下旬，四更天气，一弯冷月悬在天边，照在人身上，像披着冰一般冷。如莲跟着一个亲娘，一个生爹，一步一步的往北走。又见他夫妇，话说得一句跟一句，娘也不知是怕冷还是为什么，身子都要贴到这个爹的怀里，觉得紧跟着走，是不大合适，便放慢脚步，离开他们有七八步远，才缓缓而行。因为方才在烟馆里看了这一幕哀喜夹杂的戏剧，如今在路上又对着满天凄冷的月光，便把自己的满腔心事，都勾了起来。心想自己的娘，在风月场里胡混了半世，如今老得没人要了，恰巧就从天上掉下个二十年前的旧男人，不论能养活她不能，总算有了着落，就是吃糠咽菜，这下半世也守着个亲人。只是我跟了这不真疼人的娘，又添上这个平地冒出来的爹，这二位一样的模模糊糊，坐在家里对吃对抽，只凭我这几分颜色，一副喉咙，虽然足可供养他们，可是我从此就是天天把手儿弹酸，喉咙唱肿，将来还能唱出什么好结果？娘不就是自己的个好榜样？我将来到她如今的地步，又从哪边天上能掉下个亲人来？想到这里，心里一阵忐忑，又觉着一阵羞惭。接着又脑筋一动，便如同看见自己正在园子台上，拿着檀板唱曲的时光，那个两年多风雨无阻来顾曲的少年，正偷眼向自己看，自己羞得低下了头，等一会自己偷眼去瞟他时，他也羞得把头低下了。她这脑筋里自己演了一阵子幻影，忽然抬起头来，又看见当天的那一弯冷月，心下更觉着有说不出的慌乱。自想，我和他不知道何年何月也能像我娘和这个爹一样，见了面抱着痛痛快快哭上一顿，便死了也是甘心。想到这里，不由自己"呸"了一声，暗笑道："我真不害臊，娘和爹是旧夫妻，人家跟我连话也没说过，跟人家哭得着么？"又回想道："想来也怪，凭人家那样身长玉立粉面朱唇的俏皮少年，就是爱惜风月，到哪里去不占上风？何必三年两载的和我这没人理的苦鬼儿着迷？这两年多也难为他了。这几年我娘总教我活动活动心，可惜都不是他。若是他，我还用娘劝？可是我也对得起他。"她正走着路，胡思乱想，只听着她娘远远的叫了一声，定定神看时，只见她娘和周七还在那边便道上走着，自己却糊里糊涂的斜穿过电车道，走过这边便道来，自己也觉得好笑，轻轻的"呸"了一声，慢慢的走拢了去。怜宝忙拉住她的手道："这孩子是困迷糊了。我回头看你，你正东倒西歪的走。要不叫你，还不睡在街上？早知道这样困，就雇洋车也好。如今快走几步，到家就睡你的。"如莲心里好笑，口里便含糊着答应。又走了几步，便拐进了胡同，曲曲折折的到了个小巷。到一座小破楼门首，怜宝把门捶了几下，门里面有个小孩答应。怜宝回头向周七道："这就是咱的家了。马家住楼下两间，咱们住楼上两间。东边一大间，我和如莲住着。临街一小间空着，有张木床。咱俩就住外间，叫如莲还住里间好了。"说着门"呀"的一声开了，黑影里只见个十几岁的小孩子，向着人揉眼睛。怜宝问他道："你娘睡了么？"那小孩蒙蒙眬眬的也不知说了句甚么。怜宝等进去，便回身关了门。三个人摸索着上了楼，摸进了里间。怜宝摸着了火柴，摸着了煤油灯点上。周七眼前倏然一亮，屋里陈设得倒还干净，有桌有椅，有床有帐，桌上放着女人家修饰的东西，床上还摆着烟具。周七在烟馆赌局等破烂地方住惯了，看这里竟像个小天堂。怜宝笑道："你看这屋里还干净么？都是咱闺女收拾的。若只我住，还不比狗窝还脏？"周七坐在床上，叹息道："我飘荡了这些年，看人家有家的人，像神仙一样。如今熬得个夫妻团聚，就住个狗窝也安心，何况这样楼台殿阁的地方！"冯怜宝一面拨旺了煤炉里的余烬，添入些生煤球，一面道："这样说，这二十年来你的罪比我受得大啊！我这些年，纵然对不起你，干着不要脸的营生，倒也吃尽穿绝，到如今才落了魄。好在咱闺女又接续上了，只要运气好，你总还有福享。"周七道："说什么你对不起我，论起我更对不起咱家的祖宗。到如今前事休提，以后大家归个正道，重收拾起咱的清白家风，宁可讨饭也罢。"怜宝听了不语，只向如莲道："孩子，你要困就先和衣睡。等我抽口烟，就跟你爹上外间去。"如莲揉着眼道："不，我上外间睡去。"怜宝道："你胡说！外间冷，要冻坏了。"如莲笑道："我冷您不冷？只要多盖被也是一样。"说着不由分说，就从床上抢了两幅被子，一个枕头，抱着就跑出去，就趁里屋帘隙透出的灯光，把被窝胡乱铺好。到怜宝赶出来时，如莲已躺下装睡着。怜宝推她不醒，心里暗想：这孩子哪会困得这样，分明是岁数大了，长了见识，才会这样体贴她的娘。不由得好笑。又想：今天她既会体贴娘，将来为着别人来和娘捣乱的日子也快到了。不由得又耽了心事。当时便替她把被盖好，从里间把煤炉也搬出来，才重进里间屋去。

如莲原不是要睡，闭着眼听得娘进去了，又睁开眼望着屋顶胡想。这时正是四更向尽，残月照到窗上，模模糊糊的亮，煤炉在黑暗中发出蓝越越的火苗。被子里的人，只觉得一阵阵的轻暖薄寒，心里便慌悠悠的，似醉如醒。一会儿只听得里间的房门呀的声关了，接着便有扫床抖被和他二人喁喁细语的声音，从木板缝低低的透出来。如莲原是从小儿学唱，虽然心是冰清玉洁的心，怎奈嘴已是风花雪月的嘴，自己莫明其妙而他人听了惊魂动魄的词儿，几年来已不知轻易的唱出了多少。近一二年便已从曲词里略得明白些人间情事。到了这时节，才又晓得这初春节候，果然是夫妻天气，和合时光。想到这里，便觉得自己除了身下有床板支着以外，前后左右，都空荡荡的没倚靠处，心里一阵没抓搔似的不好过，便拥着被坐起来，合着眼打盹。偶然睁开眼看时，只看见屋里淡月影中煤灯里冒出的沉沉烟气，便又合上眼揣想屋里的情景。想到自己这老不要脸的娘，即刻又联想到自己，联想到这个新来到的爹，不知道为什么把那惑乱人心的少年又兜上心来。如莲不由得自己用手在颊上羞了几下，低声笑道："我真不害臊，成天际还有旁的事么，无论想什么就扯上他，从哪里扯得上！从现在起，再想他，教我来世不托生人身。"哪知誓才起完，那少年的影儿依然似乎在眼前晃动，赌气子又睁开眼，呆呆的看煤炉里的火苗，心里才宁贴些。哪知这时节，里屋又送出些难听的声息。侧耳听时，隐约是帐摇床戛，爹笑娘哼。如莲脸上一阵发热，忙倒在床上，把被子紧紧的蒙住了头，口里低低祷告："神佛有灵，保佑我一觉睡到大天亮！"不料神佛哪得有灵，翻来覆去的更睡不着，身上又发起燥来，只疑惑炉里的煤着得正旺了。探头看时，炉里火势比方才倒微了些，赌气再不睡了，坐起来从怀里拿出条小手帕，放在颈后，把两个角儿用手指填到耳朵里，实行她那塞聪政策，便一翻身跪在床上，摘下窗帘，趁着将晓的月色，看那巷里的破街，痴痴的出了会子神，心里虚飘飘的已不知身在何所。这样不知有多大工夫，猛然一丝凉风，吹得她打了个寒噤。收定了心神看时，眼前竟已换了一番风色。原来昨宵今日，这一样的灰晶晶晴天，在不知不觉间，已由残夜转成了清晓。这时才又觉得脊骨上阵阵的生凉，回头看看床上堆着的被子，觉得可恋得很，不由得生了睡意，玉臂双伸打个呵欠，便要躺下去。

这时节，在将躺未躺之际，偶然向街上看了一眼，忽然自己轻轻"呀"了一声，又挺直身躯，脸儿贴近玻窗去看，只见个獭帽皮袍的人，慢慢的从楼下蹀了过去，又向东慢慢转过弯，便不见了。如莲心里一阵噗咚，暗想这身衣服，我认得，可惜看不清面目。他大清早跑到这胡同来干什么？这总不是他！又一想，倘不是他，我心里怎会跳得这样厉害？可是若果是他，为什么走到我的楼下连头也不抬？大约不知道我在这里住，可是不知道我在这里住，怎又上这里来？想到这里，忽然转念到这胡同里有许多不正经的人家，莫非他到这里来行不正道？那他怎么对得过我！便不由一阵酸气，直攻到顶心，自己咬着牙发恨。哪知道又见那个人忽然从西边再转了过来。如莲心里跳得更厉害，看他将要走近楼下，便想要招呼他，又没法开口。心里一急，身体略向前一扑，不想头儿竟撞到玻窗上，乒的一声响。楼下那人听见响声，抬头看时，二人眼光撞个正着。呀，不是那少年是谁！这时两人都把脸一红，那少年低了头拔步便走，如莲也倏的把身体缩回去。但是那少年走不几步，又站住了。如莲也慢慢的再从玻窗内露出脸儿来，二人便这样对怔了好一会。如莲想推开窗子和他说话，无奈窗户周围被纸糊得很结实，急切推不开。再向街上看那少年，只见他依然痴痴的向上看，只是被晨风吹得鼻头有些红红的。如莲顾不得什么害羞和害怕，便向外招了招手，回头悄悄的下床跐了鞋，走到里间门首，向里面听时，周七的鼾声正打得震天雷响。便又轻轻走出了房间，下了楼梯，到小院子里，觉得风寒刺骨，只冻得把身儿一缩，暗想，这样冷的天气，这傻子来干什么？我倒得问问他。想着到了门口，拔开插关，才要开门，忽然又想到这扇门外，便是我那两年来连梦都做的人，开门见了他，头一句我说什么？还是该向着他笑，还是拉着他哭？想到又踌躇不敢开门。到后来鼓足了勇气，伸手拉开了门，身体似捉迷藏一般，也跟着向旁边一闪。但是眼睛忍不住，已见那人俏倚在对面墙上。只可立住了，探出身子，一手扶着门框，一手却回过去拢住自己辫儿，想要说话，却只张不开口。看他时，脸上也涨得似红布一样。如莲嘴唇和牙齿挣扎了半响，才迸出一句话道："你冷不冷？"那少年通身瑟缩了一下，道："不。"说完这几个字，两下又对怔住。还是如莲老着面皮道："你进来。"那少年想了想，问道："进去得么？"如莲点点头，那少年便慢慢走进门首。如莲把身一闪，让他进去，回手又掩上门。那少年进了门，匆匆的便要上楼。如莲一把拉住，笑道："往哪里走？只许你进到这里。"说着觉得自己的声音高了些，忙又掩住了嘴。那少年趁势拉住了她的手，问道："你娘在家不在？"如莲笑道："你不用管，这里万事有我，你放心。我说你姓什么，家在哪里住，有什么人，有……"自己说到这里，才觉得问得太急了，又有些问出了题，把脸一阵绯红，忙住了口。那少年答道："我姓陆，名叫惊寰，住在……"如莲又截住他的话头道："我先问你，你多大岁数？"惊寰道："十九。"如莲听了，低下头，半晌不语。好一会才抬头问道："你成年际总往松风楼跑什么？"惊寰看着如莲一笑，接着轻轻叹了一声。如莲脸又一红，低声道："我明白，我感激你。我再问你，大清早你往这破胡同里跑什么？"惊寰跺跺脚，咳了声道："是你今天才看见罢了！我从去年八月里知道你住在此处以后，哪一天早晨不上这里来巡逻！"如莲听了，心下一阵惨然，眼泪几乎涌出眶外，便双手握着他的手道："可怜冬三月会没冻死你个冤家！你好傻，冻死你有谁知情！"

惊寰苦笑道："到如今只要你看见一回，就不枉了我。我也不如怎的，虽然每天在园子里和你见面，但是早晨要不看看你住的楼，就要从早晨难过到晚上。可是向来没看见你一次。今天是怎么了，你会大清早起来看街？"如莲点头道："今天么，"说着自己小声道："这可该谢谢我这新来的好爹。"惊寰听不清楚，问道："你说什么？"如莲笑道："我说今天是天缘凑巧，该着咱俩人认识。咳，闲话少说，你说你这两年苦苦钉着我，是想要怎么样？"惊寰见问，怔了一怔道："我知道我想要怎么样？好容易有了今日，你还忍心跟我假装。”如莲用牙咬着嘴唇道：“你的心我懂。我的心呢？”惊寰点点头。如莲接着道：“说句不害臊的话，你可别笑话我。”惊寰道：“傻话，我怎么还笑话你？”如莲红着脸，自己迟疑了半晌，忽然从怀里掏出块粉帕，用手按在脸上，声音从手帕里透出来道：“只要你要我，我终久是你的！”说完又低下了头。惊寰一面伸手去扯她脸上的手帕，一面道：“妹妹，妹妹，我从当初头一次见你，就仿佛曾经见过，直拿你当做熟人。这里我也说不出是什么道理，可是总觉得这里面有些说处，反正我从两年前就是你的了。”如莲听了也不答言，只是脸上的手帕始终不肯揭下来，惊寰却只管动手。她忽然霍的把手帕揭下，露出那羞红未褪的脸儿，却噘着嘴道：“你好，没见过你这样不认生，见人就动手动脚。谁认识你？还不给我出去！”说着用手指了指门。惊寰只当是真惹恼了她，心里好生懊悔，正想开口哀告，如莲又寒着脸道：“你快走，不然我要喊娘！”惊寰原是未经世路的公子哥儿，站在生人院里，和人家的女儿说话，本已担着惊恐，如今又见她变了脸，虽然不知真假，却已十分站不住，便也正色问道：“妹妹，你真教我走？”如莲点点头。惊寰便看着她叹息了一声，慢慢的走出去。走到门首，才要拉门，只听后面如莲自言自语道：“好，你怄气，你走，走了这一辈子也别见我。”惊寰止步回头，只见她正咬着嘴唇笑，便止住了步道：“走是你赶我走，又说这个话！”如莲笑着招手道：“你回来。教你走你就走，你倒听话。”惊寰咕嘟着嘴道：“不走你要真喊娘呢！”如莲笑道：“你真是土命人。你来了，我会喊娘？别说我不喊，就是她撞了来，你也不用怕。娘要管我，我就教她先管管自己。你放心，我娘没有关系。只是我昨天新来了一个爹，恐怕将来倒是麻烦。”

惊寰听了不懂，如莲便把自己的身世和昨夜烟馆认爹的经过，约略讲了一遍。说着又问道："我的事是说完了，你的事怎么样？告诉你一句放心的话，我是没有人管得住，说走就走。你呢？"惊寰怔了半晌道："我不瞒你，我家里已给我定下亲事，不过我的心是早已给你了，世上哪还认得第二个人？只要你跟我是真心，我真敢跟家里拼命，把你拼到家里。"如莲扶着惊寰的肩膀，低着头沉吟了半晌，忽然眼圈一红道："像我这下贱薄命的人，还想到什么执掌昭阳，一定给人家作正室？只图一世里常有人怜念，就算前生修来的了。"惊寰听了，心下好生凄酸，紧紧拉住她的手道："你何必说得这样伤心，把自己看得这般轻贱？我却觉得你是云彩眼里的人，为你死也死得过。"如莲叹息道："但愿你的心总是这样，便是事情不成，我耽一世虚名也不冤枉。可是以后你有什么办法？"惊寰道："这真难说，我父亲那样脾气，无论如何我不敢和他说，就是说也说不过去，只可慢慢等机会。但盼天可怜，你我总有那一天。"如莲想了想，忽然笑道："你教我等到何年何月？"惊寰道："三二年你可等得了？"如莲道："好，我就先等你三年。这三年里你去想法子。"说完自己沉吟一会，才又赧然道："我却对不住你，要去不干好事了。"惊寰不懂道："你去干什么？"如莲正色道："你可信得过我的心？"惊寰也正色道："你可真要挖出心来看？"如莲点头道："那我就痛快告诉你，我将来跟你一走，把我娘放在哪里？即使你家里有钱，也不见肯拿出来办这宗事，你肯旁人也未必肯。还不如我早给她赚出些养老的费用，到那时干干净净的一走，我不算没良心，也省得你为难，也免得你家里人轻看我是花钱买来的。"惊寰道："你说的理是不错，可是你要去干什么？"如莲道："那你还用问？靠山的烧柴，靠河的吃水，试问我守着的都是什么人，还有别的路？左不过是去下窑子。"
惊寰连连摆手道："这你简直胡闹。咱们今天一谈，你就是我
的人了，再教你去干这个，我还算是人？再说，你这要干净的
人，为我去干这种营生……"如莲撇撇嘴道："干净？我还干
净？我要干净倒真出古了！不怕你瞧不起我，实话说，在前年
上北京去的时候，我娘就把我的清白卖了几百块钱，她都顺着
小窟窿冒了烟。何况我每天跟着这样一个娘，去东边卖歌，西
边卖眼，教千人瞧万人看，和下窑子有什么两样？反正我总要
对得住你。这几年台底下想着我的癞蛤蟆已不算少，成天际鬼
叫狼号，挤眉弄眼，也得给他们个捣霉的机会。再说我有地方
安身，咱们也好时常见面，省得你天天在园子里对着我活受
罪。"惊寰摇头道："宁可我多受些罪吧，你还是不干这个的
好！"如莲看了他一眼，只见晓日已从东面墙隙照到他那被晓
风冻成苹果色的颊上，红得可怜，便又拉着他的手道："那你
还是不放心我？只要我的心向着你，他们谁能沾我一下？也不
过只有进贡的份儿罢了。现在我已拿准了主意，咱们是一言为
定，等我找妥了地方，再想法告诉你，你快去吧！"惊寰还迟
疑不走，如莲不由分说，一直把他推出大门口，口里道："这
院里又不是咱的家，在这里恋什么！"惊寰走出门外，又立住
回头道："我说干不得，你再想想！"如莲摆手道："想什
么？我就是这个主意了。快走吧，你这身衣服，在这巷里溜，
教人看着多么扎眼。"说着把身儿向里一缩，把门一关，惊寰
再回头，只见两扇门儿，已变成银汉红墙，眼看是咫尺天涯，
美人不见，只得望着楼上看了几眼，提起了脚，便走了去。哪
知走不到几步，只听后面门儿呀的一响，忙立定回顾，见如莲
从门里探出脸儿来，叫道："回来。"惊寰便又向回走，如莲
笑着道："傻子，你不当官役，用不着起五更来查街。明天再

这样，我发誓再不理你。这样傻跑，冻病了谁管！"说到这里，惊寰已快走到门首，她便霍的将身儿缩入，把门关了。惊寰又只看见两扇大门立在面前，人儿又已隐去。对着门发了一会呆，只可再自走开。等他快走到巷口拐角的地方，如莲又探出身来，向着他一笑。他回头才待立住，如莲又缩回去。

　　沉一会儿，如莲再开门出来，只见冷静静的空巷无人，知道他去远了，呆呆的自己站了一会，忽觉得两只手都冻得麻木了，耳朵也冻得生疼，心里却一阵凉一阵热的不好过，自己诧异道："他在这里说了这半天，我也没觉冷，他走了怎忽的冷起来？这倒怪呢！"说着自己呸了一口，赌气回身关门进去。上了楼，见煤炉已经灭了，听听里间周七的鼾声还在响亮，回头看看自己的床，见被子还那样散乱的堆着，自己轻轻咳了一声，这才脱了隔夜未脱的鞋，上床去，拉过被子躺下。忽觉被子冰得人难过，才知道在外面站得工夫大了，衣服上带进来许多寒气，被被子一扑，便透进衣服，着在体上。如莲忙把头蒙上，在被底瑟缩了好一会，细想方才的景况，心下一阵甜蜜，一阵凄凉，辗转反侧了好大工夫，到外面市声喧动，才慢慢的睡着。正睡得香甜，忽然梦见和他住在一间屋里，自己睡在床上，他坐在床边，向着自己呆看。忽然他低下头来，努着嘴唇向着自己笑。晓得他要轻薄，便笑着伸手去抵住他的肩窝，但是他口里的热气，已呵到自己额上，暖煦煦的温柔煞人，不由得那里抵住他肩窝的手便松了，心里一阵迷糊，反而醒了。

　　睁开了眼，只见自己的娘正坐在床边，蓬着头发青黑着眼圈，脸对脸儿的向自己看。怜宝见如莲睁开眼，便摸着她的玉颊道："你梦里敢是拾着洋钱，就那样的笑？"如莲原是要起来，听了这句话，便又闭上眼，在心头重去温那温馨的梦境。怜宝摇着她的肩膀道："好孩子，天过午了，起吧。"如莲便在被里伸了个懒腰，张开双手向着娘。怜宝伸手把她拉起来，顺势揽在怀里，看着她的脸儿道："你莫不是冻着了？怎么睡了一夜好觉，脸上反倒透着苍白？"如莲看着娘噗哧一笑，道："我没冻着。我看娘夜里倒没睡舒贴，眼圈怎这样黑。"怜宝呸了一声道："你快起来漱口洗脸。你爹已经把饭买来，只等你吃呢！"如莲懒懒的下了床，站在地下发怔。听得周七在里间咳嗽，便叫道："娘，您将洗脸家具拿出来。"怜宝道："你这孩子，不会自己上屋里去，难道跟你爹还认生！"说着就拉着她进去。如莲见周七正候在床头上吸纸烟，床上还辉煌的点着烟灯。他看如莲进来，局促不安，觉着坐着不是，立起来也不是。如莲倒赶上前去，亲亲热热的叫了声："爹，您起得早！"周七倒半晌说不出话，最后只迸出"姑娘"两个字，沉一会才又说道："请坐，坐下。"如莲道："您坐着，我要洗脸去呢。"说着便奔了梳妆台去。怜宝在旁边，倒心里一块石头落了地。起初她只怕如莲不承认周七这个爹，日久了发生意见，冷了孩子的心，以后的日子就不好过了。又在昨日见如莲对周七冷淡的情形，更担着一份心。如今见如莲的样子，和昨日大不相同，心里觉着她前倨后恭，颇为不解。又想到她昨日或者是因糊涂了，便也不甚在意。如莲洗完脸，便从小几上端过一杯茶，笑着递给周七。周七连忙立起，恭恭敬敬的接过，如莲笑道："爹，您坐着，干么跟自家的女儿还客气！"怜宝也从旁笑道："孩子，你别管他。他哪是受过伺候的人！"说着又对周七使了个眼色道："你还没给女儿见面礼呢！"周七从口袋里一掏，便掏出一张五块钱的钞票来。如莲一见便认得这钞票是昨夜大明旅社听曲的客人所赏，还是自己交给娘的，心里不由好笑。便笑道："我不用钱，还是您带着零花吧。"周七也答不出什么话，便望着她手里混塞。如莲把身一躲，回头向怜宝道："娘，我不要。"怜宝道："这让什么！你爹给你钱，你就拿着。"如莲便从周七手里拿过来，回手又交给怜宝道："我没处去花，您先给存着。"

怜宝把钱带起来，就张罗着吃饭。

三人围着小几坐下，怜宝把预先买来的熟菜都一包包的打开道："如莲，这些都是你爱吃的，你爹特为你买来。"如莲暗想，我娘为他男人，在我身上可真用心不小。便向周七笑道："还是爹疼我，我应该怎样孝顺您？"怜宝道："好孩子，我们又没儿子，后半世还不着落在你身上？除了你还指望谁？"如莲道："只要我赚得来，您父母俩，就是享不着福，也还挨不了饿。昨天我听说这些年爹受了不少的苦，真是可怜。以后我总要想法子教您舒服几年。"

怜宝道："难得孩子你这片好心，我们只要不受罪就够了，还想享什么福！"如莲笑道："您先别说这个话，昨天我半夜醒来，想到您父母俩这样年纪，还能受什么奔波？我现在也不小了，正该趁着年轻去挣下一笔钱，预备您俩养老。主意是早已打定了。"怜宝听了，眼珠转了几转道："现在你卖唱，每天进几块钱，也将就够度日的了，还去干什么？"如莲看着娘呆了一会，忽然眼圈一红道："娘，我说话您可别生气，难道我一世还总去卖唱？我将来也有个老，我现在想着就害怕。您老了有我，我老了有谁？娘，您也要替我想想。"怜宝听到这里，心里突然一跳，就知她话里有话，事有蹊跷。自己原是风尘老手，有什么瞧不透？便道："孩子，你的话我明白，我还能教你跟我受苦一世？只要你给我们留下棺材钱，我巴不得你早些成了正果。你享了荣华富贵，娘我就是讨了饭，心里也安。"

说着看了看如莲，便用手帕去擦眼泪。如莲也觉得一阵焦心，看着娘几乎要哭。转念一想，心肠突然一硬，便拉着娘的手道："咱娘俩是一言为定，倒别忘了今天这一番话。告诉你句实话，我已是有了主儿的人了。主儿是谁，早晚您会知道。这件事谁一阻拦，我便是个死。但是我要规矩矩的给您挣三年钱，才能跟他走。"怜宝听了，心里暗自诧异，这孩子向来没和我离开一时，是什么时候成就了幽期密约，同谁订了海誓山盟？但自己又知道如莲的脾气，说得出便做得出。现时若和她执拗，立刻就许出毛病，只可暂时应许了她，慢慢再想办法，便道："孩子，只要你舍得离开娘，现在跟人走，娘也不管。只望你放亮了眼，别受人家的骗。"如莲道："我又不是傻子，您放心，绝不会上当。"怜宝想了一会，叹道："随你吧，可是你这三年里，向哪儿去给我们挣养老的费用？"如莲道："那您还用问？当初您从哪里出来，我现在就往哪里进去。郭大娘在余德里开的莺春院，上次您领我去过一趟，我看就是那里也好。先在那里使唤个几百块钱，也好教我爹爹换身好。"

说着看了看周七，只见他铁青着面孔，低头一语不发。这时怜宝听了如莲的话，心里悲喜交集。悲的是女儿赚上三年钱就要走了，喜的却是早知道自己女儿的容貌，若下了窑子，不愁不红。就是只混三年，万儿八千也稳稳拿在手里。又后悔若早晓得她肯这样，何必等她自己说？我早就富裕了。她想到这里，颇觉踌躇满志，脸上却不露一丝喜容，仍装出很悲苦的样子道："孩子，娘我虽然是混过世的人，可再不肯把你往火坑里送，这可是你愿意，将来怨不上娘。不过你说的倒是正理，这样你也尽了孝，我们也松了心。将来到了日子，你跟着人一走，我们抱着心一忍，大家全有了归宿。就依你这样吧！回头咱把郭大娘请来商议商议。"

说到这里，只见周七霍的立起身来，哈哈大笑了几声，拔步向外边走。怜宝道："你上哪儿去？"周七道："我走！"怜宝顺手把他拉住道："你吃完还没抽烟，上哪里胡闯去？"周七惨笑道："我可不是还出去胡闯。此间虽好，不是我久恋之乡。昨天在这里住了一宿，叙叙咱夫妻二十年的旧，十分打搅了你。如今我还去干自己的老营生，咱们只当昨夜没遇见，大家仍旧撒开手吧！"怜宝诧异，也立起来道："我不懂，你这是为什么？"周七把两眼瞪得滚圆道："为什么？我周七在外面晃荡了许多年，拉过洋车，当过奴才，爬过烟馆，跑过赌局，什么下贱事不做？就是干不惯这丧良心的丑勾当。我昨天来，你今天就教女儿下窑子，真算给我个好看。还该谢谢你们对我的心！"怜宝道："你也不是没在旁边听着，那不是我强迫，是如莲自己愿意的呀！你要是不愿意，也尽管痛快说，何必这样混闹？"周七冷笑道："我说什么？女儿又不是我的种。她要是我的亲女儿，何必费这些话？今天这楼上早是一片鲜红，教你们看看我两刀四段的好手艺！我一个顶天立地的男子汉，没有能力养活你，却教你的女儿给人家搂个四面，赚钱来养活我；我吃了这风月钱粮，就是一丈长的鼻子，闻上十天，哪还闻得有一丝人味？可怜我既养你们不得，自然管你们不了，只得趁早离开，落个眼不见为净。你们自去发你们的龌龊财，我周七自去讨我的干净饭，咱们是将军不下马，各自奔前程。只盼你无论到了何时，万别提到我周七一个字。"如莲听到这里，心中暗暗感激这位爹，想不到竟是这样好人，昨天我太小看他了。可惜他说的是正理，我为的是私情，也只得落个对他感激，却没法听他的话。便站在那里，装作害臊，低头不语。怜宝这时却生了气，指着周七道："你真是受罪的命！我们还不是为你？倒惹得你发脾气，有话不懂得好说，真是吃饱了不闹，不算出水的忘八。"周七瞪着眼苦笑道："好，好，我本来是受罪的命。福还不是请你去享？这种福我还享不来！"说着又长叹一声道："想不到这二十年的工夫，竟把你的廉耻丧尽！"怜宝怒了道："你说廉耻丧尽，我就算廉耻丧尽！我只晓得有钱万事足，挨×一身松。明明卖了这些年，你还同我讲什么廉耻！你要我讲廉耻也行，你立刻给我弄两万块钱，我和女儿马上就变成双烈女。"周七掩着耳朵跺脚道："这不是有鬼来捉弄我，无故的教我跑到这里来听这一套！"又对着怜宝道："你就是再说狠些，我也没奈何。不过你要回想当初在咱家里当少奶奶的时节，咳，我还听你说这些作甚么？真是他娘的对驴操琴。"怜宝道："好，你骂，你骂！我从烟馆里把你弄到家来，就为的是教你来骂我。"周七一口唾沫喷在地下道："骂？你还不值得。把你骂到驴子年，也不能骂得你要了脸。我也真混蛋，跟你这样人还多什么嘴！罢，罢，我周七走了，从此一别，咱们是来世再见！"说罢，拔脚便向外走。这时怜宝倒有些良心发现，止不住流下泪来，叫道："你等等走，我有话说！"周七站住道："还有什么可说？快讲，快讲！"怜宝揾泪道："咱们二十年前的结发夫妻，久别重逢，你就这样的无情无义，你哪一点对得过我的心？"周七道："你少说废话，我对不过你，你更对不过姓周的祖宗。就凭你的心术习气，便是立刻改邪归了正，我也和你过不来。千不怨，万不怨，只怨我周七没有吃×饭的命。有福你自己享吧，我干我的去了！"说完，更不回顾，直向外面闯出去，噔噔地下了楼。如莲也忙赶出，怜宝喊道："你去干什么？"如莲随口道："您别管。"

说着已出了屋。怜宝只当她要去把周七拉回，便坐在屋里不动，静听消息。如莲赶下楼来，周七已出了门口。如莲紧走几步，拉住他道："您慢走，我跟您说句话。"周七瞪起眼道："说甚么？我不回去。"如莲笑道："我也没教您回去。"又正色道："我真没想到您是这样好人，永远也忘不了您这一片好心。您要明白我可不跟我娘一样，这一时也说不清许多，只求您告诉我个落脚处，将来……"只说到这里，周七已十分不耐烦，使劲甩脱如莲的手，竖眉立眼的道："留你娘的什么住脚？没的还想教你们这俩不要脸的东西去找我！"如莲道："您是不知道我有我的心。"

周七撇着大嘴道："你们还有什么好心？少跟我说废话，当你的小窑姐去吧！"说完迈开大步，直奔出巷口走了。

如莲倒望着他的后影暗暗叹息了一会。正是：圆一宵旧梦，客老江湖；看出谷新莺，春啼风月。

选自《春风回梦记》，人民文学出版社 1989 年 6 月版

海誓山盟（节选）

刘云若

佩馨道："我的故乡是满城县。在出祸的那一夜，我就打算回故乡去的。以后遇见邵大哥，我们才又改了主意，要上北京，但也没有去成。从冯村逃出，就回了天津。邵大哥替我想的法儿，去到何宅装神弄鬼，吓吓何太太，想叫她露出实话，就可以洗出我的嫌疑，不必再逃躲了。哪知昨夜我们虽然办得成功，倒落了个意外的结果。回来时我问邵大哥怎样办法，邵大哥说我留在天津，或者上北京去，都不大妥，不如仍回老家满城。那里比较僻静，住上几个月，听听信息再说。所以我已决定明天和他奔满城了。"

心玉道："满城离天津有多远？"

佩馨道："坐火车不过一天多路。我想到那边暂避几时，等何太太的事完了，再看情形。你能脱得开身，到满城去寻我也可，另定个地方相聚也可。倘若局面能够变化，我回天津来见你也可。你看好不好？"

心玉沉吟道："我还不大愿意你出门，倘若在本地藏着，不致有什么危险，你还是不走的好。我一面守着凤宜，一面还可以和你时常见面。"

佩馨道："是啊！现在我也这样想着。何太太既要报仇，就已入了险境。你和她在一处，多少要担些惊恐，而且也怕要受连累。我直想拦你不要和她同住，不要管她的事，无奈良心上不能这样做。可是我走了又不放心，所以很想留在本地，时常得到消息，遇到什么事情，就近也好设法，比在外面提心吊胆不强得多么？"

心玉道："我这一面，你倒不必担心，我总不至于弄成凤宜的同谋。所谓帮她的意思，就是替她想法，怎样报了仇，还能得到安全。连凤宜本身都不要露出形迹，何况我这局外人。"说着将妙目凝视佩馨道："现在我不想叫你走的原因，就因为不愿意你出去那么远，离别那么久。只是你藏在本地，是不是绝对能够平安，倒是问题。"

佩馨知道心玉是舍不得自己远离，十分感动，拉住她的手道："我也不愿意走了。至于能不能安全，我一点儿也不知道。这得和邵大哥商量，他或者看得明白，也许有什么隐藏的好法儿。他是经过事的，而且久在下等社会里混，对于罪犯躲避官人的法儿，也知道得多。"

心玉道："你就和他商议吧，反正最好是不走，不过得计划周全，万别大意。倘若邵大哥认为在本地不大妥当，非得出去不可，那也没有法儿，只好暂且上满城去躲些日子。可是你不能自己作主，必须得我的同意，才许走呢。"

佩馨道："我和邵大哥商议定了，再送信通知你么？"心玉道："用不着，明天午后我还要来。倘若你一定得走的话，也不能再像以前那逃荒似的走法，我得给你预备行李衣服。天也快冷了，这一去不定一月两月，很得带些东西呢。"

佩馨自有生以来，这次几乎是第一次受到爱情。以前虽有慈母在堂，但是家境太寒，老人又多病，虽疼儿子，也苦于有心无力，所以佩馨的生活，一向在最简单最低微的限度上。因为习惯之故，已认为人生一切的普通享受，好似是不必需的，而且自知无分，也根本不去想它。此际听心玉说要替自己预备行具，就苦笑道："无须乎吧！我空身出去，反倒便利。而且不瞒你说，我是从贫苦中长大的，向来用不着……"

心玉接口道："这可比不得当初。当初你是孤身一人，如今有了我，再叫你过那样穷光棍儿的生活，不但怕人笑话，我自己也亏心哪！"说着看看表道："现在不早了，我要回去。明天仍在早饭后来看你，你可在家等我。"

佩馨听她要走，依依不舍地道："你再坐会儿，何必这样忙！我真太简慢，连碗水也没有。"心玉笑道："你别怄我了，这套婆婆妈妈式的客气，从哪儿学来的！你也不必留我，明天再见。"说着又看着手上戒指道："对不住，现在我还得把我戒指摘下来。"

佩馨一怔道："怎么……"

心玉道："你想，这是凤宜的东西，我如何能戴在手上，给她看见？"随说就摘下藏入衣袋里。眼望着佩馨，微微点头，似乎向他告别。佩馨忙和她握手，心玉悄然道："我嘱咐的话，全记住了，可不要再叫我着急。"

佩馨恳切答道："姐姐放心。从此以后，没有你的话，我绝不自己走一步路，做一点事。"

心玉听了，觉得无限的安慰，瞧着他猛然玉颊渐红，不自知的吐出舌尖，将自己的樱唇湿润一下。佩馨见了这销魂情态，忍不住就抱着她又接个热吻。心玉杏眼一闭，倏又睁开，忙推开佩馨，转身向外就走，但把手伸到后摇着，叫佩馨不要送她。佩馨此际对于这位恩深义重的姐姐，已体服到死心塌地，仰望如天边明月，当然抱定尊敬不如从命的宗旨，毫不违拗。

心玉出了院门，就见邵老台正在巷口倒背手儿来回乱踱，似乎等自己走后，他才进去；又似还尽护卫之责。心玉走到他身边，觉得不好再叫邵先生，就称呼了声邵大哥。邵老台闻声，转身怔怔地望着她，好像要从她面上，得到她和佩馨会见的结果。心玉道："邵大哥，你进去吧，佩馨等你有事商量呢。"

邵老台见她面色喜悦，称呼亲热，就明白她已说服了佩馨，得到圆满结果。忽挑起大拇指道："你是好的。"说完这句，迟了半天又道："你有眼力，这件事办得不错。"

说着似乎忘了心玉是女子，竟举手要拍她肩头。心玉见他来得鲁莽，虽知他绝无轻薄之意，但也不好意思，只可向后倒退。邵老台也觉自己忘形了，不由涨得丑脸通紫，一低头就要转身逃跑。

心玉忙叫道："邵大哥，你别走，我还有话。"邵老台才又站住，垂手而听。心玉道："邵大哥，佩馨已经答应先不走了。可是他方才的事，叫我不大放心，求你回去看住他，千万不要放他走开一步。等明天午后，我还要来。"

邵老台听了，不住作揖道："成，成，交给我，交给我。"一面说一面倒退，退进巷内去了。

心玉暗想，这人虽然是个热心朋友，可是这鲁莽浑愣情形，真难为佩馨怎样长日厮守着。当时心玉走了几步，遇见洋车，就雇了回家。中途在街上还买了些食用之品，借此回去给凤宜看。到了家中，见凤宜还未回来。心玉才脱下外衣，凤宜也进门了，神情很兴奋的，似乎心中颇为愉快，不似那样沉闷。

心玉迎接笑道："姐姐，你才回来，我也出去一趟了。"

凤宜拉她一同坐下，低声道："告诉你一件痛快事，我已经和郑子范打过照面了。"

心玉一惊道："是么？"

凤宜道："我方才出去，到那女仆所说的南市旅馆去访查。本打算进旅馆里面，假装赁房，但又怕郑子范看见，他是认识我的。只可远远的下了洋车，从旅馆门前步行走过。偷眼向门内张望，也瞧不见什么。哪知走到旅馆东面几十步远，路北有一条很宽的巷子，里面的住户，门口都贴着花花绿绿的纸，或是牌子，看样儿像是窑娼子聚处。我才走到巷外，就见从里面一家走出五六个大汉子来，都是穿青色长袍马褂，内中便有郑子范。他只顾应酬那一群朋友，并没看见我。出到巷外，他还招呼让那群人到旅馆去坐。那群人都没有去，只见他一人回旅馆去了。我真想不到这样顺利，第一次去就见着他。"

心玉听着，只说了两句替她欣幸的话，此外别无言语，凤宜也没再说什么。少时就到了晚饭时候，女仆出入甚勤，越发谈不到这件事。晚饭后照例共坐至十点钟后，二人一同就寝。凤宜关好了门，才向心玉苦口陈说，仍本着昨夜所言，要心玉替她保管家产。心玉情知她所谓请求代管，实等于举以相赠。她此次对于郑子范，无论事成事败，都预备以死为最后结局，所以要把家产先赠与自己这唯一的近友。但自己是打算维护她安全的，如何能接受她的财产？而且即使她的命运难于挽回，必然落到悲惨的结果，自己也万不忍贪这不应得的钱财，便辞谢道："姐姐，事情还离得远呢！而且将来局面会有变化，现在何必谈这些不急的事！"

凤宜道："我现在时刻都在危险中，也许容佩馨那边出什么意外，逼得我不得不去投案；也许我随便在街上走路，无意中又和郑子范遇见，恰得下手的机会，我当场杀死他，就被捉进警局去。哪还有余暇处置那闲事么？好妹妹，你快答应了我。我抛开这些累赘，就可以一心无挂碍的办正经事去了。"心玉仍是不肯，凤宜又多方譬劝，最后竟把话说明了道："我也知道妹妹的心，是不忍在我这危难中间，接受我这点财产。你想着我请你代管，就等于送给你一般，所以绝绝不肯。现在我说明了吧，我并不要把家产送给你。只是在这时候，我有大事要做，顾不得家中事务，而且又怕我倘然意外地丧了生命，或是失了自由，这家产就不知要落到什么人手里。所以我请你代管，就是在暂时先替我分心照顾。以后我被捉入官，你查看情形，若只定十年二十年的罪，就给我留着，免得我出狱之后，无家可归。这也不枉你我要好一场。倘若我为报仇丧了性命，或者入官被判死刑，你就把家产随便处分，或是变卖了做些善事，或是直接捐给什么慈善团体，也算替我销今生罪孽，造来世福分。妹妹，这是我求你的事，你难道还忍推却么？"

心玉听她这样说法，心里略一打转，就点头道："好，姐姐，我答应你了。"

凤宜大喜，就道："谢谢你帮我，这才是好妹妹呢！"

说着就坐起下床道："我先把要紧的东西都移交给你，早办完了早得安心。"

心玉拦住道："姐姐，你等等，我也有个要求。姐姐，我和你虽然相处日浅，但情谊不让同胞。咱俩又都是畸零人，实指望互相依倚，永不离开。哪知你竟受着莫大冤枉，预备拼着性命给父母报仇。这种大事，我怎能拦你？我对你就像是父母死后的第一个亲人，倘然你有了什么差错，那悲痛是我不能忍受的。料想你也未必不是一样意思，不愿舍弃了我。所以希望你重视咱们的遇合，并且怜恤我的孤苦，对你自己保重些。"

凤宜听着霍然道："你要我放弃了报仇的意思么？"心玉道："姐姐的正事大事，我怎敢拦阻！不过姐姐报仇尽管报仇，只要慎重一些，不要过于鲁莽，不要认定把性命去拼。你只想着这世界还有个人需要你，你不能看轻性命。倘能有稳当的办法，报了仇还不致牺牲性命，也不致遭罪刑，你就照着稳重的路走。像以前你所说什么报仇后就要自杀明志的话，以后要完全抛开，连想也不许再想。要知道那样要叫我苦死的，你能答应么？"凤宜沉吟了一下，微笑道："妹妹你的心，我自然应该答应。不过你太傻了，我哪有报完仇还得安全的办法呢？"

心玉道："姐姐只要你答应我，以后照这宗旨去做。倘能如愿，自然是我的福气；倘若不成，你就是永远抛开了我，我也无怨，你也无愧了。"

凤宜点头道："好，我就答应你。这次对付郑子范，要特别的谨慎秘密，但求杀死了他，我还安然回来，和妹妹长久厮守。"

心玉道："姐姐，你可一言为定。好，那么我也答应替你代管家产了。"

凤宜听了，就把床旁保险柜打开，从里面取出了房地契纸，和银行存折等类，一一交代清楚。又从一个抽屉里，取出一个银匣道："这是我的一点首饰，也是我的一点体己，就送你作个纪念吧。你且不必推让，咱们早已说定了。倘若日后我有什么差错，就算留给你的遗念，倘若我能平安度过这次险关，咱们姊妹这一世就永不离开了。所有的东西，都算两人公共的，用不着再分你我。现在你且收下吧！"说着就把银匣打开，里面金玉珠钻，耀目生光。凤宜挑拣着，先取出一对翡翠玉镯，通体碧绿，十分好看。凤宜拉过心玉手腕，替她戴上一只，把另一只自己戴上，道："这镯子颜色很好，还是我母亲留给我的。我现在给你一只，算我死去的母亲又认了你这干女儿，咱们姊妹的情义更显得亲厚了。"

心玉不能推辞，只得抚摩着翠镯说道："可惜我不能孝顺干娘了。"

凤宜道："她老人家在阴间，对我认识你这妹妹也必十分喜欢，将来报仇之后，我必领你去到她墓前一拜。"

心玉道："我当然要去的。"

凤宜又低首寻觅道："还有我母亲留下的一对东西，咱们也分着戴上吧。"说着就向匣底翻捡，捡出一个戒指放在旁边，仍去搜寻。

心玉见她寻出的戒指，也嵌着巨珠，恰和佩馨给自己的一模一样，不由心中乱跳起来。凤宜却仍翻弄不已，一面诧异道："明明是一对儿，怎只剩了一个呢？"心玉不忍叫她着急，只得说破道："你盛首饰只这一个匣子么？"

凤宜道："我常用的全在这里。另外还有何振邦一些金器，还压在箱底，没往外拿过。"

心玉道："这样说，你昨夜给容佩馨的东西，也是从这匣里拿的了？"

凤宜听了，忽恍然大悟道："对了，或者是匆忙中拿给他了，昨夜我因为现钱不够，才拿首饰补上。本想只拿几个金戒指，也许不留神把那个嵌珠子的夹带了去。这可糟糕，论东西，倒不甚值钱，百八十元不算什么，但总是我母亲的遗念。昨夜我又当作现钱送给容佩馨的，他必然要变卖，万没有希望得回来了。我怎这样疏忽，单把这东西拿错了呢？"说着大有悔恨之色。

心玉暗想那另一只珠戒指，正藏在自己身上。本可以说明，叫凤宜不必着急，但一说明，就得提到自己身上的缘故，那怎能告诉她呢？因此只可故作不知，仅劝慰道："那容佩馨也许不会卖的，你给他的钱已不少，他又节俭惯了，一时的未必用尽。最近他还有信来通告行踪，那时咱们知道了他的住址，就赶紧寄封信去，叫他把那珠戒寄回，也就是了。"

凤宜点头道："也只可这样办了，但盼他能多保存几天。"说着就把手中的珠戒给心玉道："你先戴这个吧。"

心玉暗想我已经有一个了，你再给我一个，岂不太多了？

就道："我不要，你先收着。等容佩馨把那一只寄回来，咱们再一同戴上。"凤宜执意定要给她。心玉心中一转，暗想我何不暂且收下戴上？少时再背着她把佩馨所给的那只换上，将她这只藏起。好在两只一模一样，她必看不出来，那样我就可以公然戴上定婚戒指了。等明天去见佩馨，将凤宜这只交给他，叫他设法送回，就算了结此事。想着就接过戴上道："我谢谢姐姐。"凤宜不许她再说，就把银匣收起，关上保险箱子，将一切钥匙都交给心玉，打着呵欠道："我这可心里清静一半了。"心玉暗想，你自觉清静一半，我却添了无限心事呢！两人这时全觉倦乏，就同衾相拥着睡了。

次日早晨，心玉先醒。下床梳洗，暗地把戒指掉换，原藏在怀中的换到手上，原戴在手上的藏入怀中。她心里想着，午后去见佩馨，就把凤宜的戒指交给他，叫他仍烦邵老台给凤宜送回，另外带一封信，信上就说前夜回去才发现了这贵重的珠戒指，不敢收受，故而送回。大约凤宜接到，也未必疑惑我和佩馨通气。想着就招呼凤宜起床，一同用过早点心。心玉本想午后去看佩馨，但因惦念过甚，有些坐立不安。心想我何必定等下午？现在就去看他，也是一样。而且自己本预备给他买些应用衣物，无论他出门与否，全用得着。向市中选购，也得费些时候，不如早出去吧。主意打定，就向凤宜说今日亲戚家有寿事，要去一趟。凤宜问她哪一家亲戚，心玉说我没有第二家亲戚，就是存放东西那家儿。本来很疏远，只因物少为贵，从我父亲在世，就除了这一家没别处来往。所以庆吊不断，走得很亲热。我去了也不少耽搁，最迟晚饭前回来。凤宜道："那么我等你吃晚饭。"心玉应着，就换了衣服出门。

她先坐车奔那繁华中心的市场，揣摩着佩馨的身量，替他买了几套衣服鞋袜，以及种种随身应用之物。买齐了，就托最

末的一家店铺，派个伙计替代携着送到市场门外。她才雇了两
辆洋车，一辆自坐，一辆放着物件。但她一上车的当儿，恍惚
见对面便道上，有一个人对她张望，倏然就闪入巷中不见了。
心玉只觉那人身体细瘦，鬼头鬼脑，好似谷中挺的模样。但又
转想谷中挺正在冯村，何能来到天津？就也不以为意。想着车
已走将起来，心玉的心思，就转入佩馨方面：不知他和邵老台
所议结果如何，倘若他要走应该怎样，不走应该如何。想着车
到了佩馨所居的巷中，到门外停住。

心玉先下了车走入院中，一敲他所住的房门，里面邵老台
的声音问了一声，随着走出。心玉叫道："邵大哥，劳驾你。
把外面车上的东西搬进来。"

邵老台走到门口，向外一看，叫道："呀，你弄来这些东
西！好，我来搬。你进去坐吧。"

心玉就走入房中，见佩馨已倚门相迎，笑道："姐姐来得
早啊！"

心玉道："我要买点东西，所以早些出来。"说着邵老台
已同车夫将所购物件一并搬入，放满了一炕。心玉取钱打发车
夫走了，佩馨道："你买这些东西做什么？"心玉道："这都
是穿用的东西，我送给你和邵大哥的。天渐渐冷了，你们又东
奔西逃，没有一点东西，也得买了。"

邵老台听心玉送他东西，倒臊了个大红脸，张着大嘴叫
道："弟……"只叫出这一个字，底下竟接不下去。因为他感
激至极，想要说些感激言语，但第一个称呼就难住了他。他本想
称为弟妹，以示亲热。但只说出一字，猛想到心玉和佩馨的婚姻
尚在秘密之中，怎能直喊出来？才臊了个大红脸。吃吃了半晌，
才改口说道："好的，凌小姐你太多礼了。给我买东西，我算
个什么呀？"这几句说得更不够味儿，好在心玉并不以为意。

邵老台取出炕头上所放一只新买的磁壶，就出去泡茶。

心玉瞧见另外还有四个磁碗，知道这是为招待自己所备的新家具。又见地下也多了一桌两椅，像是由旧货铺买来的。桌上还放着一个墨盒，和一个笔架，插着五六杆新笔，就笑问佩馨道："你和邵大哥商议好了么？看这样儿莫非不走了吧！"

佩馨道："我昨天和邵大哥商议，他好像知道了咱们的事，就问我愿意走不愿意走。我说若能在本地平安无事，自然是避免奔波的好，他一听笑了。就主张叫我住在这里，不必再上满城，他自有法儿保我平安。商议定了，他就出去买了这几件东西，预备长住。"

心玉道："这可好了，省得你远路奔波，害我提心吊胆。既然决定不走，少时还得和邵大哥商量。我想叫你们另寻好一点的房子住，你们既舒服些，我来去也方便。这地方太穷了，我这样不浮华的人，常来常往，也觉得看着扎眼。幸而这院中没有邻居，人口不杂，若不然我今天来，就惹人家注意了。"

佩馨道："怎么没有邻居？对面两个单间，都住着人。不过他们白天都出去挣钱，不在家罢了。"

心玉方说了句这样更得搬开，邵老台已然回来。左手提着茶壶，右手提着大棉袍前襟的左右衣角，似乎兜着许多东西。他把茶壶放下，然后像变戏法似的，从那临时的大兜里向外取东西，一件件的向外搁。忙了一阵，原来竟是一些糖果之类。极诚恳地向心玉道："这地方买不着好东西，你将就着吃吧。"

心玉暗笑邵老台大约把自己当作几岁的小孩儿，所以这样款待。但明白他是一片诚心，只可道谢。邵老台倒过一杯茶，又竭力让她吃。心玉无法，只得吃了一点。邵老台见自己的一半主人责任已经尽了；而且这番招待，也算对这未来的弟妇，充过大伯的样儿了；以下该人家一对爱侣谈心，自己不好在此碍眼，应该躲开了。就向心玉道："凌小姐，你坐着，我出去走走。"

心玉明知其意，就拦住道："邵大哥，你别走，我还有事问你呢！昨天到底你们怎样商议的，佩馨在天津，你看不致有危险么？"

邵老台道："事情是没准儿的。论理说，佩馨住在这里，藏着不出门儿，我想很稳当。可是这种地方，穷人居多，也多半是光棍儿，官人查得很紧，有时悄不声地推门就进。"

心玉道："官人不许私入民宅，这是有法律的。怎……"

邵老台接口道："你这话是对深宅大院的阔人家讲的。官人跟穷户还讲什么法律？我只觉这样儿不妥。"心玉道："是了，我明天另给你们寻个好地方住，挪开这里。"邵老台道："对了，我昨儿对佩馨说过，若是不走，必得搬家。可是我们一对光棍儿，还不容易买正经住房哪！我倒想起一个地方，倘若那位何太太肯招我们，到她家里去避些日，准可以万分平安。"

佩馨道："你别成想吧！人家居孀，如何能容留男人？"

心玉听着，倒心中一动道："这却是个很安全的办法。"

何太太那边未必不肯，只是我们应该替人家想想。第一她是个孀妇，你们去借住，方便与否，已是一问题；二则她现在正要报那郑子范的仇，心绪既然不佳，而且日后不定出什么变故，你们在那里，也未必安全。这件事由我来斟酌吧！倘若能搬到何宅去，那自然省事多了。说着向佩馨一转秋波，似乎说那样你我亦可时常见面，免却相思二地。佩馨领会她的微意，暗暗点头。心玉又接着说道："若是不成，我就设法给你们另看住处。明后天我再来定夺吧。"

佩馨道："我是失了自由的人，不能出门，只可拜托你了。不过我也得量我的财力，不要太破费了。我本身既然没能，何太太资助的东西，我也不愿给人家胡乱耗费，最好能把那些首饰，将来还要退还给她。"

心玉一听，忽然忆起那戒指的事。因邵老台在旁不便对佩馨说，就道："你不必介意，凤宜的东西，就全花用了也没关系，她这人是极慷慨的。你若不愿，我的力量还供给得起，这全不成问题。我现在所愁的，最是凤宜的事。她一个女子，要没血海冤仇，第一次杀何振邦，因为佩馨闯去，使她将计就计，得避脱杀人大罪；如今又决心去杀那郑子范，恐怕这次不易再那样侥幸了。我和她虽然相识日浅，但情义比同胞还亲。如今眼看她将要投入死路，无奈既不能拦她，又没法帮她，将来出事，更难得救她。"

邵老台听到这里，突然接口说道："我问你，何太太要对付的那个郑子范，他在哪里居住，是什么样儿？"心玉道："我只知道在南市开旅馆，但忘了那旅馆的名儿。"

邵老台听了，自己叨念道："南市，南市，这容易打听。"

心玉没听清他的话，便问邵大哥你说什么。邵老台摇头道："我没说什么。"心玉才又接着道："所以我心里很难过。世上的事，没有比这个再叫人烦心的。好像明明瞧着一个人要落到万丈深渊里去，我站在她身边，竟不能尽一点援救的力量，这不真要把人急疯了么？"佩馨叹道："这实是难题，因为她所行的事，天然不许人劝阻的。人家挟着父母的冤仇，谁若叫她不要报复，就等于引她作恶一样。不过在道理上固然这样，但在人情上，似乎我们应该设法叫她趋吉避凶。"心玉道："哪有法儿呀？反正她是拦不住了。除非上天加护，在预先替凤宜报应恶人，叫郑子范害暴病死了。凤宜无仇可报，自然得以平安。"心玉说到这里，忽然的身旁叭的一响，吃惊看时，原来邵老台坐在椅上，紧挨桌子，他此际不知为何，突然立起，由于动作太快，把桌子撞得也跳了起来。幸而有墙挡住，未致倾倒。但桌上的茶壶却已翻了，水流满桌。邵老台特为心玉买来的糖果等物，全行遭了水灾。

邵老台觉得在这未来弟妇面前失仪，又红了脸，急忙向桌上胡乱收拾。佩馨帮他拂拭，一面笑着道："大哥怎么了，正坐着就跳起来！"

邵老台吃吃地道："我听说那姓郑的小子得暴病死了，心里这么一痛快，就……"

心玉暗想，这位邵大哥真缺个心眼儿，就笑道："我是这样盼着，人家并没真死，你怎样认作真事了？"想着忍不住笑了一声。

邵老台就望着她道："你不要笑，那姓郑的真就许不等何太太去杀他，先自死了，这是没有准的事。"

心玉还以为他顺口一说，就慢应道："但盼应了你的话，那才是上天有眼呢！不过只怕没有这样巧的。"邵老台点着头儿，把她末尾那句话复述了一遍，便走出去了。这里佩馨和心玉也没有介意，两个人深谈了一会。心玉又把昨夜凤宜寻找戒指的话说了，随将身上所带的那个珠戒指，交给佩馨，叫他明日托邵老台送还凤宜。另外附一封信，只说见这珠戒指贵重，不敢收受，故而送回。佩馨应着，眼瞧她手上的戒指笑道："真想不到这戒指是一对儿！这样你可以常戴在手上，无须隐藏了。何太太看着，还只当她送给你的，做梦也不知道是我们定婚纪念品啊！"

心玉也笑道："这也奇怪，我们两人的事，似乎处处有她在中间。你若不因为她的拨弄，自不会逃到冯村和我遇见，我若不是投到她家来，也不会你我重逢；如今咱们定了婚约，决想不到连我戒指都是她的。所以我觉得咱们的姻缘，从头至尾，都和她有关系。将来风平浪静，咱们可不能忘了她，你尤其得好生待承我这位姐姐。"

佩馨道："那是自然，我把她当作你同胞的姐姐看待，像至亲一样永久来往。"

心玉道："不止来往，我还希望永久和她同居，这世上我只有三个最亲的人，一个是你，一个是我堂姐意如，一个就是凤宜。你以前虽受过凤宜的害，料想不致存什么芥蒂。现在我们且一同设法，救她度过这步危难；日后我们的家庭，一定要她加入；你更要把爱我的心，一样的爱她。"心玉说到这里，猛觉失口，她本是说佩馨以对自己的爱情，而善待凤宜，却错说出爱字。但以为这一字之误，不成问题，也未加更正。佩馨听着她的话中似有语漏，明白她是说错了，就点了点头。哪知心玉这次一字说错，将来竟成为语谶，佩馨有日要悲恸的回忆此语呢！当时心玉又约定回去替他们研究移居住处，后日再来商议，就辞行出。佩馨依她嘱咐，也不相送。

心玉走出巷外，也没见邵老台，就自走过街角，遇见洋车，就唤住坐上。走出没有多远，忽听有人高呼自己的名字。心玉以为是佩馨和邵老台追来，急忙回顾，却不见有人。转向前看时，不由大吃一惊。那呼喊的人已到近前，原来是她最不愿意见的谷中挺。谷中挺满面露出惊讶愁烦之色，连叫："心玉妹妹，我想不到遇见你。"心玉虽然痛恶谷中挺，但因心中记挂着意如，只得叫车夫停住，问谷中挺道："谷先生，你几时到的天津？我姐姐好么？"谷中挺顿足道："别提了！我昨天还到你学校里去寻你，你却不在。又不知你搬在哪里，几乎把我急死。这还是老天加护，居然和你遇上。"

心玉听了大为惊疑，道："有什么事，这样着急找我？"

谷中挺顿足道："意如病了，病得要死。成天只想和你见面。"

心玉大惊，跳下车道："你从冯村特为来天津寻我么？把意如交给谁了？"

谷中挺道："不是，意如随我到天津来才病倒的。"

心玉更为诧异道："怎么意如也……"

谷中挺道："你听我说啊！只为从你走后那几天，我得了一个老朋友的提拔，在天津一处小机关得了一份差使，薪水虽然不多，可是比在冯村教书总强一点。我和意如商量，就一同来了。先住在一家小旅馆里，不料没有几天，意如竟得了重病，上吐下泻，神昏呓语，闹得很凶。请大夫医治，也不见功效。我一人不得主意，忙到学校去寻你，你又不在。直到昨天，意如才清醒了些。可是据大夫说，人已然没指望了。她哭啼着只想见你，我又寻你不着，真要急死。今天是旅馆有个茶房说起，这一溜儿住着一位不出名的大夫，医道十分高名。我不忍看着她死，只得死马还当活马治，自己跑来请这位大夫，不想在道上和你遇着。妹妹快随我回去，意如见你，比吃药还强，就是不好，你姐妹也见个活面儿。"

心玉听着已心慌意乱，热泪盈眶，恨不得展翅飞到意如床前，怔怔就向前走。旁边的车夫见这位坐客要半路图逃，忙叫道："你还要车不要，怎么走了？"谷中挺也向心玉道："你先上车，道儿很远呢！"说着又唤了一辆车子，自行坐上。心玉神智昏忽，也没听清谷中挺对车夫所说的地名，只催着车子快走。谷中挺的车在前引导，转弯抹角，经过马路，又转了几条街，到一条狭巷的口外，谷中挺吩咐停车，打发了钱，就要引心玉入巷。

心玉见巷内既狭且深，就问道："你不是住在旅馆，旅馆就在这小巷里么？"

谷中挺指着巷外道："旅馆的大门在街面上，后门在这巷里。我住的是包月房间，在旅馆后跨院里，所以出入都走后门。"

心玉听他说得有理，就随他前行。将到巷底，才看见有个极狭小的黑门，似乎仅容一人出入。谷中挺并不敲门，却从身上取出一柄钥匙，投入锁孔，将门开了。心玉看着又有些疑心，但也不愿再问。入门一望，见是一条很深的甬道，一面是楼，一面是墙，遮得甚为黑暗。谷中挺随手把门又行锁好，才同心玉前行。转出甬道，又是一道小小天井，南面有一院门。谷中挺领心玉走入，说道："我们就住在这院里，房子很破，价钱还不贱呢！"心玉只惦着意如，也顾不得细看。只见院内三面约有七八间房子，甚为低陋，就道："姐姐在哪间住啊？咱们悄悄进去，别惊着她。"谷中挺领心玉到院隅一间房门，立住说道："就在这里，你进去吧！"心玉闻言，恨不得一步踏入房内。看房外面是一扇风门，连忙推开，里面又是两扇板门，紧接着，再用手一推，板门开了。她走进两步，已瞧见室内迎面是一张空床，虽然有铺被褥，上面却是无人。再向左右一瞧，也只有桌椅等物，更没人影，不由大吃一惊。回顾见谷中挺立在门口，面上现出奸狡的笑容，心玉心中就明白事情不祥。忙问道："谷先生，我姐姐到底在哪里？"

谷中挺道："她就在隔壁房里。你先歇歇，喝杯茶，再过去。"

心玉道："不必，我先看她。"说着就要从谷中挺的身旁闯出门外。

谷中挺侧身拉住门框，将去路拦住，说了句你先不能去，随又叫了一声来人倒茶，就听门外有人高声答应。立见一个身穿短衣，面目凶恶的大汉，提着茶壶走入。看情形好像这大汉在心玉入门时，便已泡好了茶，立于院中等候，所以谷中挺一呼即至。心玉见这大汉走入，只可倒退两步，离开门口。那大汉进门，把茶壶放在桌上，翻起桌上原来扣着的茶杯，斟了一杯，送给心玉。心玉忙道："谢谢你，我不喝。你给放在桌上吧！"话未说完，猛见又由外面进入一个流氓式的中年人，还戴着青缎小帽，额上挤了许多红点，排成五朵梅花形。上身穿一件白布小褂，外罩一件像二十年前马车夫所穿的宽大青坎肩；下身穿白布单裤，外面又罩着青色套裤；足下却是一双破鞋。通身上下都是黑色，只露着两条白臂，一个白屁股，真是下等社会的奇装异服，一见便知是个无赖之徒。他手里举着条热气腾腾的毛巾，也递给心玉。心玉忙也摆手说不用，那人也不勉强，就和那大汉一同出去了。

谷中挺向心玉道："你不必着急，既来了还怕见不着么？你先喝杯茶。"

心玉仍向外走，口中说道："我一定先看看姐姐，你同我去。"

谷中挺又是阻拦道："别忙，等着，我还有事。"说着又高声喊道："来个人！"门外又有一个人应声而入，却不是方才所见的两个，另外又是一人。而且面黑，从右额到左颊，有一道极深的伤痕，把鼻梁也切得中断，像是受过刀伤。挺胸凸肚的进来，眼瞧心玉，却问谷中挺有什么事。只听谷中挺吩咐那人道："你去叫厨房给预备晚饭，要弄好些。"

心玉暗想时候尚早，怎忙着预备晚饭？你并未得我同意，知道我扰不扰呢？而且谷中挺自言在此租住小屋，是个穷客人，怎能有这许多人伺候，呼叱东西，宛若一半主人似的？又是什么原故，这些男子，全是斜眉竖眼，不像茶房的样儿？心玉想着，猛然醒悟谷中挺必有奸谋。他把自己骗到此处，不叫和意如见面，大约意如还未必真正在这里。谷中挺借题把我骗来，有这些形迹可疑的茶房伺候，直是暗示我已入了他的陷阱，不能抵抗。少时他或者重提在冯村的旧事，对我作禽兽行为，那可如何是好？为今之计，我且不管意如是否如此，且自设法脱身要紧。想着就问谷中挺道："我姐姐正睡着么？若是现在不能见她，我就出去一趟，办件要紧的事，过一点钟就回来。"

谷中挺无言，先挥手叫那茶房出去，突然移步当门而立，双手抱肩地冷笑道："我的好妹妹，你今日既来，就先莫想走了。实告诉你，意如来是来过，住了几天，昨儿已经回冯村了。你可以放心，她身体上并没一点病，只心里有一块病，就是为你这位妹妹的事。她说心玉已经大了，一个人飘荡着，没个着落。虽说还在上学，可是现时风气不好，日子久了，准能闹出难听的名声。所以意如别提多么忧虑，从你离冯村之后，她就时刻打算，想急忙给你寻一个丈夫，嫁了出去，好完她一桩心事。"

心玉听到这里，已气得蛾眉倒竖，戟指骂道："谷中挺你是放屁，趁早住口。莫说我姐姐不会有这糊涂打算，就是真关心着我，她做梦也不会对你说。"

谷中挺冷笑道："你说错了。她不但向我商量，还把你托付给我呢。她因为想和你长久同住，永不离开，所以和我商量，要……"说着停了一停，才接着道："你可知娥皇女英的故事么？"

心玉听到这里，知道自己所料不错，实已入了他的陷阱，他的阴谋定非蕴蓄了一天。自己宁拼出性命，也不甘受他的侮辱。当时一跃而起，要扑过去和他拼命。谷中挺并不退避，倒迎着张臂欲抱。心玉怕被他抱住，急忙向后一退，顺手抓起桌上的茶杯，向他抛了过去。这一下正抛到谷中挺的额上，立见鲜血流下。杯中原有热水，和血相融，流到身上。谷中挺先还不知面皮已破，用手一抹，看见满手血水，大怒，顿足骂道："丫头，你敢对我下这毒手！"骂着忽又哈哈笑道："我的人儿，你这时已经落到我手里，随你怎样得罪我，我都不在乎，反正早晚从你身上报仇。你是聪明的，老实从了我，比什么都强。我这里有几十号人，在外面听信儿，我只发声命令，他们进来把你捆上，就可以由我的性儿乐。可是我怕那样太羞辱你，日后咱们回想起这不像样儿的婚礼，也不太甜蜜，所以我还容你考虑会儿。……"方说到这里，忽听外面有人叫道："谷先生，掌柜的叫你。"谷中挺闻听，好似得了命令，答应着就转步走出。

他一出门，只见门帘边人影摇动，似有许多人向内窥视。心玉知道是监守自己，心想此际已入贼窟，外面的人定然是谷中挺的同党。谷中挺方才未必是虚言恫吓，只怕真叫人把我捆上，那就欲死不能了。这可如何是好？心玉焦急之下，猛想这旅馆前临通衢，四面都有人家，不比是荒郊旷野。我的身体虽受了包围，不能飞出此间，但我的声音，还可传到外面。附近若有警察，或是过路行人，闻声救助，也许有的。想着就突的跳起，狂喊救人。只喊出一声，猛见由门外跑入四五个壮汉，方才进来的三个人，也在其内，个个都是凶头怪脸的，齐声喝令她住口，心玉更不理会。白臂白臀的茶房，竟从床上取了一幅被子，向心玉头上一蒙，随即把她推倒，众人七手八脚，按住被角。心玉头被蒙住，喊声不能外达，只剩了手足挣扎，就听谷中挺的声音叫道："心玉，你何必自寻苦恼？这里是我们的势力，你就站在门口喊上一天，也没人敢管这闲事。"说到这里，忽听有粗重的声音喝道："老谷，你真是混蛋！把事办的乱七八糟，还不快给我滚开。"说着又高声道："你们也都给我出去！"心玉随觉按捺自己的人纷纷离开，身体恢复了自由。略一喘息，忙掩开被子，翻身坐起。见那几个大汉都已不见，只谷中挺立在床前。他身旁立着面色紫黑、身躯高大、穿着一身青绸衣服，上身坎肩纽扣上垂着条手指粗细表链的中年男子。二人都微微向自己笑着。谷中挺已把脸上血迹拭去，头上缠了条灰色大布，只露着眼睛。

心玉切齿骂道："姓谷的，我情愿死在这里，也不受你那禽兽的侮辱。我就不信这有法律的地方，能容你胡作非为！"

谷中挺又赔笑说道："妹妹，这不是着急的事。咱们是事缓则圆，慢慢儿商量。方才我是和你说笑话，你就急了。我一个穷小子，单意如就养活不起，还敢生别的妄想？那一茶碗，挨的多冤枉呀！可是我说的并非全是笑话。意如来过是真的，她来给你介绍亲事，也是真的。"

说着见心玉又愤然欲起，忙道："你别着急，往下听，对方并不是我。意如和我来到天津，就住在这旅馆里。有一位和我同事的贾先生，常来看我。那贾先生是本地人，不过二十多岁，人品是太好了，脾气更别提多么温柔，而且年轻轻的就做到科长职分，一月有七八百块钱进项。意如见过他两次，因听说他还没成家，就想到给妹妹你保这门亲。叫我到学校去请你商量，无奈我白跑了几次，都没寻着。意如因为冯村家里要人照料，不能久住天津，只可回去。临走时还嘱咐我务必办成这件亲事。"说着又一指身旁的大汉道："这位郑先生，和我是好朋友，跟那位贾先生也有交情，你姐姐还托过他呢！"

那大汉听了，开口一笑，露出一嘴雪白牙齿。本来白牙是很美丽的，瓠犀编贝，都是动人的字眼；但这口白牙，生在他口里，不知怎的，只见口吻一开，就向外喷射妖气，看着阴森可畏。而且衬着紫黑面色，更显得丑怪。他笑着说道："不错，谷太太走的时候，托过我的。"

心玉听到这里，忽然拍手大笑道："你们的话，恐怕哄三岁小孩都没有用。我先替你们说破了吧！这里面根本没有意如的事，她始终没出冯村一步，做梦也想不到，你们借着她的名儿，凌辱她的妹妹。谷中挺，你这人面兽心的恶贼，若说你是因为爱上我的容貌，使阴谋想得到我，那还是高抬了你。你是冷血动物，万不懂得爱人，你只是爱钱罢了。从我父亲死后，我得着一笔遗产，你就生心图谋。在冯村你调戏我，也只是间接为图财去的。及至我从冯村回了天津，你仍不死心，又跟了来，不知暗地费了多少心计，今日才得了机会，把我骗到这里，用恶党恫吓，想逼我从你。后见我拼死不从，你才又变了主意，想另用个党羽作幌子引诱。我一猜便着，你所说的贾先生，一定是个年青貌美的小流氓。这好像演戏一样，他一会就要出场给我看了。谷中挺，你好笨！实告诉你，姑奶奶已经拼出死去，你们要我的命容易，若要钱哪，"说着向放在床上的手皮夹一指道："这里面还有十多块钱，除此以外，再要一文钱也莫妄想！你们莫以为我落到你们手里，我就得随着你们摆治。要知道我身体虽然被困，精神上却得了胜利。你们所谋的当然是我的身体和我的钱财，现在我已拼出死去，你们想得到我是不用打算了。至于我的钱财，不错是有一点，值得你们眼红。可是只有我一个人知道存的地方，也只有我一个人能取得出来，你们这次算白费心机了。"

谷中挺听着，将眼看那大汉，似乎要他做主。那大汉忽的变了脸，喝道："你这臭丫头，真是不知进退。我因为你是老谷的亲戚，才这样和你好说。凡是落到郑大爷手里的女子，哪个在才来时都会装这烈女的腔儿，到后来谁不跪着央求我呀！你既讨没脸，可别怨我给你利害。"说着叫了声来人，立见那五六个走狗又拥进来。那大汉吩咐把她捆上，心玉闻听，就锐声号叫救人，一面拼命向他们支拒，将手乱抓乱挠。那走狗们竟有两个被她抓得面破血流，但到底禁不住他们人多，双手先被拉住，失了挣扎力量，随后手足都已捆住，仰放在床上。她一直喊声未停，谷中挺这时把手帕卷作一团，要向她口中塞去，心玉才把口紧闭。谷中挺笑嘻嘻地道："心玉，咱们先定个局部和约。我知道你是极好清洁，讲卫生的。这污秽的手帕，要真塞进口里去，怕要叫你恶心死了。我总念着亲情，不为己甚。可是你得答应不再喊叫，要不然还是不客气。"心玉看那手帕上满沾涕吐，已成了灰黄色，若被塞进口内，那真比死还苦。只得说道："好，我答应不喊。"谷中挺哈哈笑道："如何？第一步你就屈服了，请想以后还怎样抵抗我们？一个女子被缚了手足，仰在床上，对付你的有几十个男子，你想想结果吧！"

心玉此际情知已到求死不得的地步了，以后的事真要不堪想像。就叫道："谷中挺，我可不是央求你。虽然你是意如的丈夫，我也不必提她来感动你。只求你想想，你也有母亲，你母亲也是女子，你也是女子所生的，你不要对女子太恶毒了。快做做好事拿把刀来，现在把我杀了吧。"

谷中挺听了，丝毫无动于衷，仍嘻嘻笑道："杀你啊，怕有人舍不得。"那姓郑的大汉一拍谷中挺肩头道："不必费话，随我出去。"说着就和众人一拥而出，房中顿然寂静。

心玉仰望屋顶，心中一阵凄惨，珠泪横流。自思生来命薄，父母俱亡，孤身飘泊，茕独无依。如今得遇容佩馨，方喜终身有托，不料凭空又遇这桩祸事。谷中挺那样奸险狠毒，又加上许多匪党，把我诓到这里，定不能轻易罢手，此身绝难保全。我还爱什么性命？只是手足被缚，求死又不可能；倘若受了污辱，再死也不干净。当日我若不到冯村去看意如，何致引起谷中挺的觊觎？这真是好心生祸害。事到如今，恐怕已无幸免的希望。自己近来所遇，多是古怪离奇，好像预伏有不祥之兆。佩馨本是个凶案嫌疑犯，自己不知何以对他一见钟情，并且深信是无罪的人。以后果然证实我的思想不错，又和他定了婚约。满打算解决了他的事情，便可结伴走上人生的程途，哪知一波未平，一波又起，我本身忽然落入匪窟。现在外面没有我从中调度，凤宜和佩馨全都危险。而且他们若发现我失踪，更不知惊急到什么程度！我既落至此中，想逃是不能，和外面通消息也做不到。谷中挺和匪党们，少时定要奸谋百出的污辱我。我虽可以假意和他周旋，但谷中挺那东西，定不肯容我空言搪塞。若受了污辱，即使日后能够活着出去，又把什么脸儿去对佩馨？那时也照样得要自杀。所以我还是一直抵抗，激怒匪党，叫他们先杀了我最好。但他们目的在我的身体财产，怎肯杀我，我又手足被缚，失了自由，想来可怕的羞辱，怕要难免。心玉想着，不由通身战栗，默默祷告天上神灵，泉下父母，保佑她在这一刹那间死去。她又认精神的作用，也许可以控制生命，就闭上了眼，竭力闭住呼吸，脑中只想着自己要死，立刻要死，她以为这样可以使呼吸断绝。哪知过了不大工夫，已憋得耳鸣头涨，最后自己实抑制不住，先由鼻中喷出一口气，随着口也张开，算白效仿了一回怒蛙，倒累得娇喘吁吁。她叹息一声，知道自己并无死法，惟有等待污辱的来临了。

正在这时，忽听身旁嗤的一声，似乎有人在划火柴。心玉一惊张开了眼，就见床前立着一人，不知是何时进来的。这人年纪不过二十岁，穿着笔挺的葡萄灰色隐着蓝色细纹的漂亮西服，胸前飘着花领带，小口袋里露出浅紫手巾的角儿。容颜生得非常俊秀，那脸儿好像一块玉雕成的，并没有一点斑痕皱纹，配着黑儿亮的分头，红而润的嘴唇，似乎脸上只有白红黑蓝色，而且皮肤的细腻，似乎在修饰上下过极大的工夫。这时他正把一只大红宝石戒指的白手，夹着一支烟斗式的假翡翠的小烟嘴儿，上面安着的纸烟已燃着了，正要放在口里。他微笑着把眼光望着心玉，那情形好似已看见方才心玉闭气的情形，面上才做出怜恤而惊异的神色，但这神色好似浮在笑容上面。

心玉此际已把生死付诸度外，更不致对这突如其来的男子发生羞怯，就直着眼也望他。心想这定是谷中挺自觉没有引动我的能力，才使出这样一个漂亮角色，希望用此人的美貌来摇动我的心。方才他们所说意如看中要替我介绍的贾先生，定是此人了。谷中挺也太有眼无珠，以为我是什么淫妇浪女，能受这狡童浪子的诱惑么？但看此人的形容举止，并不狂暴，和那般横眉竖目的匪党大不相同。看不出他是怎样一种人，唱文明戏的戏子么？还是专骗女人的折白么？反正无论如何，他是被他们约来毁我的，却是绝无疑问。心玉想着，用鄙恨的眼光看着他，一语不发。

那少年拉过一柄椅子，在床旁一尺外坐下，吹去纸烟上的灰，似乎要寻机会和心玉说话。心玉此际仍望着他，却把他的面目当作消遣。心想此人算得仪表俊美，由相貌上看似乎没有接近匪类的理由，但他现在竟做着匪类的走狗，未免可异。自己看着他虽然面貌甚美，却好似并不完全，还有什么缺陷的地方。这缺陷也许就是堕落的理由和征像。心玉这样想着，居然闲情逸致的替他相起面来，结果果然发现他的双眼大有异状。那眼眶本来很大，足与弯黑的眉毛悬着的鼻子互相衬托合成美的焦点；但眼眶虽大，乌珠却嫌太小，当直视时，不但乌珠全部暴露，上下还露着一二分的眼白，于是乌珠成了孤岛，四不靠的在中间孤悬。因之他那刻薄卑鄙的本性，全由眼中表现出来。心玉看得明白，立刻警戒自己，不要因为他的容貌和善，误当作好人，而对他生什么求助的希望。

那人似乎以前曾由美貌得过无限的便宜，所以对于自己的脸子，非常信任。此际见心玉不住眼地看他，以为自己的工具发生了效力，引起她的爱慕。当下不由得就举手摸了摸鬓角，随把唇儿徐徐张开，露出编贝之齿。脸上展开笑容，才发出带鼻音的京腔道："密司凌，我真想不到今天这样见面。"

心玉冲口说道："密司特贾，我早知道你要来了。"

那人怔了一怔才道："不错，我是姓贾，我还没自己介绍，我姓贾名叫鹃魂。"

心玉嗤的一声笑道："好一个唱文明戏的名字。"

贾鹃魂闻言，似乎不解，用迷惑的眼光望着心玉道："这名字不好么？我本有学名，这两字是因为近年常在报纸上写点作品，胡乱起的笔名。密司凌不要见笑。"

心玉暗想此君居然还是位文学家，这是显露他不只貌美，而且有才。谷中挺选择这样人来对付我，定然很下了一番心思呢，就寒着脸儿问道："随你叫什么名字，和我说不着。只问你是做什么来的？"

贾鹃魂略一沉吟，才道："我不必说，你也该明白了。"

心玉道："不错，我明白。你是帮着谷中挺那群匪类来毁我的。"

贾鹃魂道："这话您只猜对了一半。我自然是受谷中挺邀来，要不然怎能进这房子？至于毁你，我却没那种心。"

心玉道："你不毁我，难道是救我来的么？那么你就出去，到警局报告，把我救出去。事后我一定酬谢你，比他们许你的钱数加多少倍都成。"

贾鹃魂听了，耸肩一笑道："我可不敢这样办。你知谷中挺不算什么，他背后却有个极凶的人，能够要我的命。"

心玉知道他所指的是姓郑的大汉，便又问道："你既不敢救我，那么痛快说想怎么办吧。"

贾鹃魂又吸了两口烟，才低声道："他们和我的条约，是叫我……"说着停了停，才又接着道："这你也总想得出来。"

心玉切齿道："他们叫你做禽兽的行为，现在我已失了自由，被缚在这里，你很容易成功。可是以后呢？"贾鹃魂道："他们叫我先和你发生夫妇关系，然后慢慢劝你，把财产都献出来。谷中挺和那郑掌柜只要钱财，可是也不全要，还可以提出三四成还你，作为咱们夫妇结婚和度日的费用。"

心玉听着，才明白谷中挺真实用意。贾鹃魂所言大概不假，谷中挺定曾这样许他，不由气得心如火灼，但仍忍着问道："你因为可以人财两得，就答应帮他们来毁我了。"

贾鹃魂道："我答应他们倒是实话，不过决无毁你的心。密司凌，你不要只看我交结他们，就疑心我是坏人。要知道我也是世家子弟，原籍是本省高阳人，我祖父还作过一品大官呢！不过近年家道已然中落，我在十五岁就到北京上学。中学毕业，又入了两年大学。因为家中实在供给不起，才半道退学。我又不愿回家乡去，就在京津一带流落，弄点小事糊口。现在我正给一家火油公司作捐客，每月也有百十元进项。谷中挺他们因为看中我的人才，和你般配，才特为邀我来劝你的。密司凌，我敢立誓没做过坏事，自觉人品学问也是配得上你。这虽是一件强迫的事，可是你能活动活动心眼儿，就可以化凶为吉。谷中挺不过贪图钱财，你就拼着几千给他们，自己还可以剩几成，又得了我这样的丈夫。密司凌，我不怕你见笑，这几年里想嫁我的女子不知有几百。我偶然和朋友到花街柳巷走走，那姑娘们都出来抢我，为我打得头破血流。可是我不爱那些闲花野草，只希望遇见一位窈窕淑女，组织个美满的家庭，

今天才算得着机会。密司凌倘不嫌弃，正式嫁我，既可以脱开
这步灾难，而且以后我更要努力上进，作你的好丈夫。再说密
司凌你虽是个处女，大约也懂得人生乐趣。以前我每和一个女
人发生关系，那个女人就像发狂似的缠住我不放，由此就知道
我多么善于伺候女子，女子从我身上能得多么大的快乐。你应
该明白嫁我是最大的福气……"

心玉本来在静听他说话，心想这小子能使出什么手段，及
至听他越说越不像话，就拦住问道："你说的全是真的么？"
贾鹃魂笑道："你早晚总能试验就知道我不骗你了。"心玉变
色骂道："你既有这种手段，怎不回家对你母亲姐妹施展，何
必便宜外人！姓贾的，你也曾受过教育，又是世家子弟，怎么
甘心给匪类当走狗，来欺侮我这孤苦的弱女！你莫只听谷中挺
的话，发糊涂想头。要明白谷中挺是我的亲戚，他用尽心机要
谋我的财产。今日的事，我是入了陷阱，你也受了利用，你打
算他许你几成钱财，是真心么？恐怕将来连你一齐毁了，也说
不一定。你还妄想人财两得呢！即使他不想骗你，从姑奶奶身
上，也是枉费心机。姑奶奶是拼出死去了，人在这里，由你们
摆治，你们是明白的，就趁早害死我。若留下我这性命，无论
到什么地步，我也得报这仇恨。再说我的财产，存的地方只有
我肚里知道，你们现在就用刀子一片片割我的肉，我至死也不
会拿出来。这并不是我爱财如命，实在是不甘心把钱送给你们
这班匪类。现在话说完了，我好像看见两件事：一件是我死在
这里，你们把我偷着埋了，一件是你和谷中挺，还有那姓郑
的，都被官人捕去，送到法场上枪毙。"

说着见贾鹃魂面色变白，就又说道："你本不在这案内
的，偏偏自投进来。现在由你胡作非为，不过以后可得好生保
住你那哄娟妓当娈童的脑袋。"

　　贾鹃魂听着，初是畏怯，继而似悟到她只是空言恫吓，就又恢复了笑容道："这不会的，我的脑袋还等你抱在怀里温存呢！眼看咱们就是夫妇，你怎肯毁了丈夫，害自己作寡妇呢？"说着就笑嘻嘻的伸手抚摩心玉的脸儿。心玉既无法躲闪，又不能支拒，只急得破口大骂。一面将脸儿左右转动，想咬他的手指。贾鹃魂一笑，又变计去摸她的胸前双乳。心玉像要疯似的，全身跳动，震得床板乱响。忽然见谷中挺由外面探进头儿，叫道："贾先生，你得温存些，叫我们姑娘受屈可不成。"说完就退出不见。贾鹃魂似乎得了暗示，就停止了轻薄举动，仍坐在床旁椅上，自取出纸烟吸着。心玉这时叫骂力乏，也只剩了喘息。贾鹃魂柔声问道："密司凌，你可要我燃支纸烟，放在你的嘴里么？"心玉呸了一声，也不言语。贾鹃魂道："我劝你仔细想想，为什么自讨苦吃呢？现在你应了这事，不过损失一点钱给他们，咱们就得以成为夫妇。我敢说聪明才力，都是头一等的，只要努力做事，有上几年，可以弄笔大钱，补上现在的损失。"

　　心玉此际已闭上了眼，只作不闻，心中却自行盘算，在这局势之中，内外尽是匪党包围，说不定附近值岗的警士，都已跟他们通同一气。自己又被缚在此，除非像什么神话的奇迹，来个飞行绝迹的仙人，才可以救我。但是哪里有这事呢？可是在他们那面，却可以随时侮辱我，糟践我，以至于杀死我。我一直挺硬，真是像贾鹃魂的话，自讨苦吃。现在看谷中挺对我的阴谋，似乎办得十分严密，不过中间有个小小漏洞，就是他想要对我实行诱惑，打算用和平办法，叫我自动把财产献出。无奈他们匪党中都是极粗鄙的人，没有一个能担承这事。他实在没法，才由局外约来这位票友儿。我已经下了决心，宁死也不能被匪徒侮辱，只是死也要死得干净。想到这里，似乎有了主意，就向贾鹃魂道："密司特贾，你把他们叫进来，咱们当面把事情说清楚。"

贾鹃魂听她口气有些活动，以为自己的品貌和刚才的劝说收了效，喜不自胜道："密司凌，你想明白了？本来么，损失一点钱事小，咱们夫妇以后的幸福生活事大，你说对吗？亲爱的——"

心玉看他那搔首弄姿，自作多情的卑琐样儿，不由一阵恶心，强忍着怒气，说道："总不能把我捆在这里，就能把钱拿出来吧？你也不能把人家捆着，对人家谈情说爱吧？先得把绳子给我解开。你敢吗？"

贾鹃魂窘笑道："这事我可不敢，我喊他们来人。"

心玉鄙夷地骂道："我知道你是人家的一条狗，你喊你主子来吧，就说我答应给钱。"

话音未落，只见门帘一掀，一直在门外监听屋内动静的谷中挺笑嘻嘻地道："妹妹，你要早这么明白，何至于受这一捆之罪呢？咱们是至亲，我不能给你亏吃，只要你回心转意，什么事都好商量。"

心玉见谷中挺恬不知耻已达极点，骂他都白费唾沫，冷冷地说："叫你们郑掌柜的来吧，要什么我都给。"

这时，天已经黑了，谷中挺出去一会，陪刚才那姓郑的大汉进了屋。那大汉伸手拉亮电灯，对谷中挺说一声"松开"，谷中挺和贾鹃魂两人赶忙松了绳，姓郑的自己坐在椅子上笑着说道："我们刚才得罪了，只要姑娘不闹，对老谷的亲戚，我们哪能不讲情面呢？"

这时绳已解开，心玉坐起身来，贾鹃魂要按摩心玉的手臂，意思是想让她活动活动血脉，心玉把身体一扭，不让他碰。

谷中挺道："妹妹刚才说愿意把钱拿出来，其实，这只不过是借给郑掌柜的做点生意，等赚了钱，连本带利再还给你。"

这明明是哄小孩的话，心玉把嘴一撇，说道："你说这话没人信，干脆说吧，你们骗我来，就是为了弄钱，咱们一切都直说更好。"

谷中挺看了看姓郑的，那人把头一点，谷中挺道："那好！你给你姐姐意如说过，我的老岳叔归天时给你留下两万五。我们不能都要，那五千留给你和这位贾先生办喜事，办完喜事还得过日子，咱们还是亲戚。"

那贾鹃魂还坐在床沿上，这时也赶忙插进来："密司凌，就这样吧，以后咱夫妇和郑掌柜、谷先生都是一家人——"

心玉用尽全身力气，朝贾鹃魂脸上一巴掌打去，只听一个响亮的耳光，那贾鹃魂"哎哟"一声连忙捂住脸。心玉骂道："你是什么东西！男不男，女不女，人不人，鬼不鬼，亏你还假装斯文，趁早滚出去！"

她刚才是生平第一次打人，用力很猛，那一巴掌正打到鼻子上，贾鹃魂的鼻血顺捂脸的手流下来，这意外的打击，使贾鹃魂怔住了。心玉转脸向姓郑的说道："郑先生，你让他滚，要提他，我宁死不从，咱们说痛快话，我只当这是被绑票，我给你们钱，你们给我自由。"

郑某哈哈大笑道："好！痛快！"说罢，向贾鹃魂一摆手："没有你的事了，去吧！明儿赏你五块钱。"心玉看这贾鹃魂诺诺连声，手和脸上还有血迹，捂着脸，低垂着脑袋，出门去了，活像一只被踢开的狗。

郑某坐到心玉对面，说道："我喜欢办事痛快，好吧，咱们谈谈条件，你刚才说绑票，也不错，我手下的弟兄是弄来过不少年轻女子，弟兄们玩腻了，卖到新加坡去，马来西亚去，去陪外国水兵取乐子。谁叫落到我们手里，她是命该如此！”

心玉经过刚才的盘算，并不显出害怕的样子，冷冷地道：“那还不如把人家整死呢。”

郑某微微一笑：“把人整死？那我们弟兄们吃什么？既请来了，就是我们的财神，我们得好米好肉供养着，还得白天黑夜看护着哩。”说到这里，他两眼射出凶光，直盯着心玉，活像一只呲着牙的老狼，摆弄着爪下等待宰割的羔羊：“进了我们弟兄这地盘，没有出去的门，哪一步都有人把守着哩！你刚才也看出这里的阵势，任凭她喊上一天一夜，也没人理这碴儿，她想往外迈腿，我抽她一阵鞭子，再饿她三天！我们这地盘，也没有到酆都城去的路，不给我们赚够大洋钱，想死可没那么容易！既落到我们手里，任凭她是贞节烈女，也由不了她自己做主。我有绳，把她手脚捆起来，她没法反抗；我有迷药，给她灌下去，她就失去知觉，刚烈的女子我也见过，我让她经过二十个男人，末了还得跪下央求我，乖乖地听我们摆布！”

谷中挺插进来道：“妹妹，你可是金枝玉叶的身体，可得自己救自己！”

心玉知道这伙匪党心狠手毒，丧尽天良，毒似蛇蝎，坏似豺狼，他们说得出做得出，刚才姓郑的是相信我是他们的釜中鱼砧上肉，逃不出他的手心，才敢那样放肆地讲出真相。在这个情势下，自己决不能硬抗，得设法先稳住他们。他们图的是钱，钱不到手，他们就会千方百计地逼迫、诱骗；一旦钱到手，他们就真能毁了自己。所以，眼下要让他们既抱着得到那笔钱的希望，又得不到手，这样才不会加害，也才能缓出时间来想法自救，就是自救不成，也才能找机会图谋自尽，保我清白身体。想到这里，并不搭理谷中挺，向姓郑的说道：“我把钱拿出来，你们真能恢复我的自由？"

郑某一拍胸脯道："凌小姐尽管放心，我刚才说的，是指对待那些平常的女子，凌小姐是我们帮老谷的亲戚，又是大学学生，我们不能无礼。只是凡入我们帮，人人都要献一份进门礼，凌小姐交了这份礼，就是本帮的姊妹，你愿意在帮里做事，保你一生吃穿不愁，你不愿在帮里做事，那就悉听尊便。我郑子范是一帮之主，说一不二！"

心玉听他说出姓名，猛然心中一惊：原来这家伙就是那万恶的匪首郑子范，他本是义姊凤宜的杀父仇人，义姊的血海深仇未报，想不到自己又落到他手里。凤宜正要找这匪首报仇，我要利用这匪徒送信出去，或许他们能够报官救我；我先要稳住这匪首，再设法逃出去，实在不行，也要找机会与他同归于尽，决不能让他阴谋得逞，人财两得。想罢，不露声色地道："我给了钱，你们马上让我出去，我不能入你们的帮，以后也不要再找我纠缠；第二，你们得把钱给我留几千，让我上完学，以后好找职业维持生活；第三，我没离开这里以前，只能我一个住在屋里，白天也不能有男人来啰唣。"

这三个条件，郑子范一一点头答应，便问存款和股票放在何处。心玉说明票据和一点古玩都锁在银行保险柜里，存折以及保险柜单据和钥匙，都放在一个小皮包，托房东太太代存，房东开了个商行，这个皮包就放在商行的铁柜里。所以要取这些财物，必须先找房东把那小皮包取来。谷中挺早已从意如处得知心玉把动产都存在银行，并把此事报告给郑子范，所以郑子范知道心玉所言不虚，原来匪徒们的设想，是劫持心玉，用欺骗、恐吓、诱惑以及强暴手段，逼迫她屈服，完全控制住她，再一步步勒索她的财产，未料想一盘棋只走了一两个棋子，这女子就表示屈服，眼看一笔巨款就可到手，所以少费许多周折。当下心中一喜，以为棋路很顺，这女子已入自己手掌，谅她跳不出掌心，财物到手后，再拨弄一两个棋子，完全控制她也不困难。于是也就表现得十分慷慨，说好由她写信，派人去取皮包。当下给她准备上等饭菜，又派一个老婆子来服侍她。

郑子范当年与何振邦合谋杀害言武举一家，二人瓜分财物以后不久，郑子范便离开当地，二人便无来往。何振邦娶了言凤宜，退职后到天津作寓公，改名何显，这一切郑子范全然不知。他怎么也想不到凌心玉所说的房东太太，就是自己杀害的言武举的女儿言凤宜。听心玉所说，他以为那何太太不过一个年轻寡妇，明天派人持信去取，她给了便罢，倘若不然，黑夜去几个人，连她一同毁掉。他这样打着算盘，哪里想到，满盘棋这一步失着，便要落个惨败的下场。这先放下不表。

且说容佩馨在心玉走后，就写了一封信，附上那枚戒指，傍晚时候，由邵老台送往何宅。邵老台到了何宅。一问女仆，知凌心玉一天没有回来，也自奇怪，把信交给凤宜。凤宜看过信，顺便把戒指戴在手上，也未理会。她想等心玉回来，把几件事再向她交待交待，然后就一无牵挂地去办自己的大事。但是左等不来，右等不来，一夜放心不下。

第二天上午，凌心玉还没回来。这是心玉搬来以后从来没有过的事，到邻近往心玉学校宿舍挂了电话，那边回答心玉并未回校。在家正在猜疑，邵老台也来探听，正都摸不着一点消息，女仆来报说商行的掌柜有事求见。原来何振邦到天津作寓公，不能把钱财坐吃山空，就出资经营一家商行，聘请掌柜主持其事。日前凤宜曾把全部家产交托心玉，所以心玉知道此处。防备直接说出凤宜地址会对凤宜有所不利，而且把信故意送到此处，也会使凤宜感觉到必有蹊跷。当下掌柜进到客厅，说是有个叫谷中挺的人到商行来要见太太，来替凌小姐拿东西，因太太交待过一概不准往家里领人，所以让来人在商行等待。说时递上一封信，凤宜看出是心玉的笔迹，只见信中写道：

何太太：

家姊来津卧病，我须在此护理，因急需用项，请将前托存尊柜皮包一只交来人带下为感，情可询来人。

心玉

凤宜看过这信，知道事有蹊跷：心玉和自己，情同姊妹，胜似骨肉，断无在信中称自己为何太太之理；再说心玉与自己同住卡德路本宅，送信送到这里，必是迫于不得已；而且还有一个更大的漏洞，心玉并没有在本柜托存什么东西，信中却说来取什么皮包，可见她送信的目的，不是来取什么皮包，而是送信给我，让我知道她的处境非常困难。那邵老台一听谷中挺的名字，连说这人不是好东西，把谷中挺的为人一说，凤宜更相信刚才的判断，为了探听心玉的下落，与掌柜和邵老台一同，叫了车来到商行，凤宜一人会见谷中挺。

谷中挺一见这位何太太年轻貌美，又有那种雍容华贵的气派，不由两眼骨碌碌乱转。凤宜看出他不是良善之辈，因要探听心玉的下落，不能不虚与答对。谷中挺只说意如来津，姊妹见面十分亲热，不料意如突发急病，心玉脱身不得，所以让他来取东西。凤宜点头，表示相信，只说这东西最好让她自己来取，再忙也不在乎个把钟头的时间。谷中挺推说实在分不开身，亲笔信件也是一样的。凤宜道："虽说有亲笔信，可是她这包内东西贵重，得一件件当面点清，如果她实在不能来，我们就派人送去，当面交给她。"谷中挺忙道："那就请何太太跟我走一趟吧！"他心想，只要你去，那是你自己送上一笔财路。来时由你，去时可就不由你了。

凤宜问："在什么地方？"

谷中挺道："不远，就在南市。您去，我给您叫车去。"这小子想把凤宜骗去。凤宜道："你留下地址，也许我去，也许派别人去，下午准送到。"

谷中挺道："那好，您到南市旅社找郑掌柜，他是我的朋友。"

凤宜听到这个地址，明白所说的郑掌柜就是仇人郑子范，因为这几天在南市旅社周围作了一些查访，知道这旅社正是郑子范所开，自己和他有深仇大恨，几年来忍辱含恨，就是为的要手刃此贼，现在义妹心玉又落入他的魔窟，这魔窟就有刀山火海，我也要闯一闯，与贼同归于尽，但目前还要拯救义妹，使她平安脱险，这倒要筹划一番。想到这里，仍不动声色地向谷中挺道："你说的郑掌柜，可是台甫子范？"

谷中挺道："正是，何太太认识？"

凤宜微微一笑："多年不见了，听说他在这里发财，早想去拜望他，总是不得便儿。下午要是没事，我兴许去看看凌小姐，也就便看望郑先生。就是我不能去，这事也好办了，郑先生是南市的头面人物，去人当郑先生的面点交清楚，也是一样。"

谷中挺连声说是，兴冲冲地告辞而去，自以为回去向郑子范禀报，又为本帮开拓了一条财路，一定会大受嘉奖。

谷中挺所言，邵老台在帘后听得清清楚楚，也知道心玉身陷贼手，心内非常焦急。心玉是义弟佩馨的未婚妻，佩馨被通缉不能露面，救心玉是义不容辞之事；再说这郑子范又正是言凤宜的杀父仇人，自己早有计划代她杀死此贼，如今两件事并成一件事，已经不能迟疑了。于是与凤宜计议，邵老台当时就到南市旅社去探察情况，随时察看动静，要凤宜速去官面报告。

凤宜也琢磨一番，如果只是报个人冤仇，就这机会前去，不惜和仇人同归于尽，但为今之计，还要拯救心玉，看起来势必要惊动官方了，郑子范这类人物是地头蛇，他和官面虽然通气，手眼只能勾结该管地面的公私两面，至于军政上层机关，他是够不上的。警备司令部参谋长，是何振邦在讲武堂的同学和好友，双方家眷也有来往，正好利用这个关系包抄匪窝，救出心玉。于是回家做了一些准备，随身带上应用的物件，坐车来到参谋长公馆。参谋长闻听这个案件十分震惊，想不到在本军的警备区内，竟有匪徒利用经营旅社为巢穴，勾结地面为非作恶，青天白日绑架妇女，勒索金钱。这案件正在职责范围，当即分派给侦缉大队当日破案。大队长为了不致走漏消息，把匪徒一网打尽，立即拨派人员出发。

原来心玉被关的处所，正与南市旅馆后进跨院相连，有一条暗道相通，跨院则由郑子范全家居住，左近住户也都是匪党或与匪党联系的人，因此任凭被骗或被掠者如何叫喊全然无用。万一出事，把暗道用伪装堵住，外面轻易看不出来，就可经那边后门逃走。

黄昏时分，正是家家用晚餐之时，侦缉队和一排士兵突然闯进旅馆，封锁了大门、二门，命令旅客任何人不得出门，有的匪徒企图抵抗或逃跑，只听四面呼喊，只见房上也卧着士兵，冲着大门和跨院架起了机枪。一位中队长率人冲进跨院，只见堂屋饭桌上菜还热气腾腾，郑子范全家、谷中挺和几个匪徒都被捉住，唯独不见了匪首郑子范。

中队长喝问绑架来的凌小姐和郑子范在何处，郑匪家人和几个匪徒推说不知，几个士兵逐屋和在院内搜查，没有发现暗道，中队长见谷中挺眼珠乱转，上前左右开弓给他两个大嘴巴，一脚把他踹倒，喝一声："说！"几个士兵又给了他几枪托，谷中挺这小子最脓包，吓得尿都出来了，浑身颤抖，用手指了指暗道。中队长吩咐一声："绑了！"就搬开伪装，领人冲进暗道，进入关着凌心玉的秘密小院。

郑子范白天听到谷中挺回来的禀报，仔细问了问这何太太的年龄、长相、口音，心中便有些疑惑，一下午也未见这何太太或她派人来送凌心玉所说的皮包，更产生了疑虑。为防万一，打算晚饭过后，趁天黑把这位女财神转移到附近的一个据点。刚端起饭碗，便听见外面大乱，说一声："我进去看看。"跳出来，三步两步便进了暗道。这时，他看清了局势，知道是警备司令部抄了自己的老窝。不容迟疑，他招呼另一位看守心玉的匪徒，用绳把心玉一捆，一人持枪，一人持刀，挟持着她奔出后门。

后门是一条小巷，旅社房上和院内同时喊声大作，二人挟着心玉走了几步，不料心玉忽然呼喊"救命——"挣扎着不肯走。郑子范一见心玉高声呼救，意欲把房上士兵注意力吸引过来，知道这位女财神不容易带走了，也推测到这意外事件的发生可能就出在凌心玉送出的那封信上，完全因为过于轻视了这个雏儿，才落到今天的惨败，不由悔恨已极。见凌心玉还在高喊救命，把牙一咬，右手抽出刀，一刀扎进了心玉的胸腔。

说时迟，那时快，心玉刚一倒下，邵老台出现在小巷里，他一面挡住去路，一面高声呼喊来人。这两个匪徒已经红了眼，郑子范冲着邵老台一扣枪机，邵老台中了一枪，仍咬牙扑上去，抱着郑子范不松。

这里的枪声、呼声，等于宣告匪徒在此，中队长领人也赶了过来，房上士兵也一阵呐喊，发现了这里的搏斗。这时的邵老台死抱着郑子范，那个匪徒又捅了邵老台两刀，中队长领人追了上来，见郑子范持枪顽抗，几声枪响，几个人同时射击，击倒了两个匪徒。赶上前来一看，另一个匪徒被击伤，郑匪已被击毙，心玉的胸脯在汩汩流血，那邵老台已经死了。

心玉被送到医院，容佩馨闻讯：爱人伤重，义兄惨死，哭得死去活来。顾不得自己还被通缉，坚持要到医院去看心玉。还是凤宜细心，帮助他改了装，西装革履，并由自己陪伴去医院。这样，谁也想不到苦主会与通缉的杀夫仇人在一起，自然会万无一失。

心玉伤势严重，又流血过多，已经气息微弱，一阵神志清醒，见佩馨和凤宜在自己面前，似乎非常宽慰，叫佩馨把她无名指上的那枚戒指取下，戴在他自己手上，然后挣扎着握着佩馨和凤宜二人的手，把他们两人的手握在一起，看着两人手上的一对戒指，断断续续地说道："祝你们百年好合！"正是：旅舍藏奸衣冠侣禽兽，风尘构面剑胆识琴心。

选自《刘云若文集》，华夏出版社 2000 年版